崖頭坪馬幫的血色花兒

火日丹 著

謹以此篇獻給在
那個
愚昧日子裡
我西北父老兄弟粗獷
的襟懷
和未曾開墾的那
無垠的山野……

簡介

《崖頭坪馬幫的血色花兒》是中國西部40年變遷的雄奇史詩，是中國大西北河湟地區斑斕多彩、觸目驚心的長幅畫卷。主人公馬幫幫主翟信一生奔波在沙漠戈壁、雪域青藏，通過自己三十多年的勤奮和膽略拉起了一支奔走在陝、甘、青、藏、川的馬幫隊伍，這些馬、騾子、駱駝裡有艱難跋涉在沙漠戈壁中馬幫們的豪爽、勇武、善良和對愛情的執著。小說以翟信四個花兒一樣的女兒冬梅、秋菊、夏芹、春桂的命運為線索，折射出中國大西北獨特的風土人情和中國西部人們苦難的生活。這裡有撒拉族獵人馬哈力熬鷹的堅韌、放鷹的勇武、虔誠的信仰和浪漫的愛情；有鳳凰山莊欒二的打家劫舍、奇異的婚姻、女人用肉體販煙悲慘自虐的命運和當年鴉片煙在大西北的瘋狂蔓延；有地痞劉龍土改中的血腥瘋狂和小地主程福祥的淫亂荒唐；有兵敗沙漠戈壁西路紅軍的慘烈、冤屈與悲涼。小說文字優美、語言獨特，翻雲覆雨，風俗奇異，通過鬥爭與生存的故事，給人留下了一個個不可磨滅的殘忍與善良的形象，刻畫了人性的善惡和古老土地在新生中的陣痛顫慄。那一首首優美動聽的大西北〝花兒〞民歌，唱出了中國西部河湟地區人們生存的艱難和浪漫的情懷，展示了無奈、蒼涼、堅韌、灑脫和對自由愛情、美好生活的大膽追求和心靈渴望。

目次

一

翟信瘋死瘋活了二十年，也沒弄出個帶把的兒子，他就對女人秀蘭看得淡了。二十年來，他把秀蘭抱到炕上，扔到草堆裡，放到馬背上。當他把秀蘭壓在身下時，或者準確地說，當他們赤裸裸地絞扭在一起時，他才會湧起一股強烈的、無法抑制的欲望。他每次都在企圖以征服對方、佔有身下的女人來證實自己的存在和強大。在那個時候，他會釋放出驚人的能量。他彷彿不是作為一個人，而是作為一匹狼存在著。他多麼渴望有一個兒子，他用他的勇猛為有一個揚鞭騎馬的兒子重複著那帶血的搏擊。然而，天命不可違，到頭來他身後還是那四個不安分的丫頭片子。他望著眼前洶湧澎湃的黃河水，心兒一會兒躍到巔峰，一會兒沉到穀底，摸了一下鬢邊的白髮，無奈地吼出了一聲嘶啞的呼喊。

河面上起霧了，躍出了一個紅彤彤的洋芋蛋。這太陽在乳白色的霧中，暈化出一輪血紅的光圈。盛夏季節已經過去。西灘頭，氤氳霧氣中，他看見一個漢子倉皇地往這面跑來，這時他從那對面的紅土嶺上聽見了雷鳴般的一聲咆哮。

「幫主，豹子——」漢子跌跌撞撞跪在了他的前面。

翟信一步躍到漢子前面說道：「豹子怎麼了？」

漢子抬起頭來望著翟信古銅色的臉說道：「馬哈力去殺豹子了！」

翟信聽到此話，驚了一身冷汗，然後帶著四眼一口氣跑到了紅土嶺上。他提著槍朝嶺下望去，只見嶺下是一片開闊的草灘和樹林。

草灘上微風輕輕地吹著，綠綠的草浪在風的吹拂下打著滾兒。草灘南面是樹林，林子裡黑幽幽的，此時此地顯得格外陰森恐怖。他看見馬哈力一步一步往草灘中央的死牛跟前走，莊子裡的牛都讓這頭豹子禍害盡了。翟信的心被一下一下地揪著，他不願看到為自己訓鷹的把勢馬哈力去冒這麼大的風險。他把槍瞄準了那潛伏著巨大神密的樹林。

這時，一頭斑斕的金錢豹張著血盆似的大嘴，突然從樹林中竄了出來，發出震天撼地的咆哮，而後如一陣風般向馬哈力猛撲過去。豹子來勢兇猛，馬哈力已來不及點燃獵槍。

金錢豹漸漸近了，眼看人與豹子肉搏的序幕就要拉開了。沒有了別的選擇，馬哈力抽出腰刀站穩身子，一下拉開了架勢。

金錢豹「嗖」地一聲躍起朝馬哈力的臉撲了過去，他身體往邊上一閃，豹子從他的頭上躍了過去。這樣三個來回，金錢豹完全被激怒了，它將前爪趴在地上一陣猛扒，塵土飛揚了起來，馬哈力將眼睛一遮又跳到了邊上。

紅土嶺上的翟信焦急萬分，可又不能對馬哈力前後的豹子開槍。翟信放開了手中的狗，喊道：「四眼，上。」

那狗一身黃毛，閃電般沖到馬哈力和豹子之間。

馬哈力見翟信的四眼沖了過來，勇氣大增，他大喝了一聲。狗聽到有人助威，更來了精神，斜刺裡朝豹子撲去。

豹與狗咆哮著立身廝咬，各顯身手。四眼緊緊咬著豹子的頭皮，一口撕下巴掌大的一塊豹皮。馬哈力趁機沖上去，在豹子後胯上捅了一刀。豹子扭過身一口咬住了四眼的後大腿，狗疼得朝豹子血糊糊的臉上猛抓一爪。

馬哈力見此情景跳了過去，一刀向豹子戳去，沒想到豹子突然打了一個滾，然後，尾巴一掃把馬哈力壓在了身下。

馬哈力拼盡全身力氣扼著豹子的喉管，豹子用兩爪往下扒著。塵土飛揚地下被刨出一個大坑。四眼見馬哈力被壓在下麵，瘋狂地跳起，在豹子臉上亂抓亂咬，趁此機會翟信的槍響了。豹子訇然倒地了。

翟信跑下了紅土嶺，把四眼抱在懷裡，他從懷中掏出草藥嚼了嚼給狗的傷口處敷了上去。他看到四眼被豹子咬斷的腿骨，白生生的骨頭露了出來，血糊糊地耷拉著。一個鐵打的漢子流下了眼淚。這時，他突然聽到了冬梅的聲音。

「阿哥——」冬梅踉踉蹌蹌跑來抱住渾身是血的馬哈力，她跪在地上用頭頂著馬哈力的膝蓋大哭了起來。

翟信回頭一看，莊裡人都跑了來，他看見冬梅還抱著馬哈力，他的臉一下沉了下來。他過去把冬梅一把從地上拉起來，吼道：「你一個丫頭家做啥來了。」

冬梅此時並沒被父親的威嚴所嚇住，她用自己的手輕輕抹著馬哈力臉上的血。

翟信被激怒了，他伸出巴掌一下扇在了冬梅的臉上，大聲吼道：「滾！」

馬哈力瞪了翟信一眼，把冬梅輕輕扶起，披上衣裳，拉著冬梅從人群中走了出去。

翟信氣得臉色發青，他早已發現冬梅與馬哈力眉來眼去，他不能容忍自己的女兒去找一個撒拉族的窮莊稼漢子。然而，從眼前發生的一切，他知道自己已經無法阻止這兩個年輕人火一般的戀情了。

馬哈力和冬梅沒有回崖頭坪，他們跑了，他倆幹出了令當地人視為大逆不道的事情。私奔了。這是翟信回到崖頭坪後找遍全莊，得出的一個使翟姓人家羞辱萬分的事實。

翟信帶著他的馬幫沖出崖頭坪，他咬牙切齒地吼道：「見了這兩個狗男女給我打死，全當我沒有這麼一個丫頭。」

馬幫們騎著馬，點著火把在漫漫黑夜中追尋著。驀然間，翟信的手觸到了臉上的疼處，一股強烈的悲哀頓時襲上心頭，嗓子眼裡像是卡了一根雞骨頭，噎得難受，他覺得自己像個褪了毛的老鷹，剛才還在藍幽幽的萬里碧空展翅飛翔，猛地來了一股惡風刮折了翅膀，重重地摔落到地面上，周圍是一眼望不到頭的亂石、枯草，還有墳堆、白骨。

「唉，女大當嫁，丫頭們大了就趕快嫁出去。」他輕輕咕噥著。

他感到一陣暈眩，隱隱約約滋生出一種事與願違的抵觸情緒。他看著這清涼而寂寞的黑夜，心中浮起一絲兒傷感。趕快把秋菊嫁出去，這時候他心裡突然有了這堅定的念頭。大姑娘跟著人走了，再不能讓二姑娘丟自己的臉。想到這裡，他伸了伸腰，他感到好受多了，呼吸也順暢起來。

晚間的天氣涼意很濃，路邊上的楊樹被風吹得刷刷響，不時有枯黃的樹葉飄落下來。

翟信在小時候就聽說過翟家早先就有一個風流無比的先人爺。這位先人爺在鳳凰山下一望無際的大草灘上與美麗的羌族姑娘漫起了花兒，這是先人爺與羌族姑娘最初的戀愛方式，這一習俗沿襲至今，給這裡多情的少男少女們提供了機會和場所，也使花兒這株西北之魂的民歌牡丹，在青春熱血的澆灌下注入了蓬勃旺盛的生命。

羌族姑娘用羌笛勾引著翟家先人爺，這是一種用山中的楊、柳、榆、丁香或者山坡路邊的毛刺等嫩枝去芯削成篳篳，插入開有四個孔的竹管而做成的樂器。羌笛聲聲，旋律悠悠，尖利的笛聲傳入了翟家先人爺的耳朵裡，他渾身的血開始沸騰，靈魂剎時出竅。翟家先人爺躍上一匹雪白的馬兒，腳蹬牛皮長靴，一身白色的衣服上披著一塊黑色的披紗，從林中打著呼哨出來，一陣風兒般來到了羌族姑娘的眼前。

翟家的這位先人爺唱著花兒：

我騎的是千里馬，
前面的路是平坦而光滑，
我不放趟子是成哩嘛。
我有成千成萬的牛羊馬，
前面是豐茂的草窪，
我不叫它們吃是成哩嘛。

石山尖上多少肥美的野牲啊，
我背的是牛筋作的弓，
我不射一支箭兒是成哩嘛。
啊！像牡丹花般的臉蛋啊，
星宿般的眼，
我不愛她是成哩嘛。

羌族姑娘並不似今天的姑娘般擁抱了愛情，而是用一條牛皮繩做成的炮掛，甩出了一連串的土塊，準確無誤地擊中了翟家的先人爺。

翟家先人爺忍著鑽心的疼痛，左躲右閃，風馳電掣般緊緊追趕著羌族姑娘的棗紅馬，在兩匹馬並排飛馳時，他攬腰把羌族姑娘抱了過去。翟家先人爺瘋狂地撕扯著羌族姑娘的花襖襖，他用手揉搓著兩個白生生的大奶子，用嘴含上了粉嘟嘟的尕乳頭。羌族姑娘在飛行的白馬上呻吟著，她用手勾住了翟家先人爺倔強挺拔的脖頸，臉上流下了兩行滾燙的熱淚。翟家先人爺用舌頭征服著美麗的姑娘，他聞到了一股玫瑰花的醇香，他看到了一朵含苞欲開的牡丹，他順著姑娘的導引，把他的堅強和勇猛在噠噠噠的馬啼聲中，在綠色如茵的大草灘子上，毫不猶豫地揚眉劍出鞘，挑開了男女之間最驚心動魄的隱密。

事情結束後，馬背上留下了如牡丹花般鮮豔的血跡，它和紅彤彤的晚霞相映成輝，塗抹成了人世間最美麗的圖畫。兩個忘情的人兒在風中顛簸著，仍然緊緊擁在一起，兩匹馬撒著趟子飛馳在綠色的草地上。

翟信想到翟家先人爺的風流韻事，心裡一陣激動。他自言自語地說道，「翟家人的門風。」翟信對馬幫們說道：「再不找了，讓他們去吧。」說這話時他無奈地朝東面發白的天空瞥了一眼。

鳳凰山的搶親習俗始于翟家先人爺。這裡的人們取親時，娘家人在夜幕降臨後把堡門打開，讓新娘坐在炕頭上，娘家人則藏在房頭、巷道的黑暗處，等待婆家人來搶新娘。

婆家人來後，不許將新娘落在地上，把新娘從炕上抱起，扛在肩上，跑出門外，放在大門外的馬背上。一出巷口，鑼鼓喧闐，裡裡外外一聲吶喊，婆家人前呼後擁打馬上路，娘家人大聲吆喝緊追其後。搶親的若在娘家莊裡被堵回，婆家人還要出錢出物，才能將新娘娶走。

翟家先人爺以他那強勁的種子在羌族姑娘肥沃濕潤的土地上，繁衍了一代又一代的翟家人。翟姓人家的男子漢世世代代以趕馬當腳戶為營生，把蘭州、洮州的茶葉、絲布馱到青海、西藏，再把青海、西藏的麝香、鹿茸等藥材運到內地。翟家的女人們則以青山為伴，以黃土為家，守著崖頭坪這黃河沿上的一片土地，忙完地裡忙家裡，用唱不完的花兒磨那熬不到頭的苦日子。

鳳凰山不論男女老少，自打會說話就會唱花兒，小的時候他們是用那一波三折的曲調哼著花兒，待姑娘來了女紅，尕娃的嗓子變得沙啞時，他們則在花兒中融進了一種哀哀的愁思，蕩蕩的激情，從這時起花兒則如那長了翅膀的精魂，飛蕩在崇山峻嶺，飄揚在田間地頭，天天伴著他們，月月牽著他們，時時與他們相依相伴，帶走了他們的痛苦與憂愁，帶來了無比的幸福與歡樂。

花兒（嘛）本（就）是心上的話，
不唱是由不得自家；
刀子（哈）拿來者頭割呀下，
不死是就這個唱法。

這是發自他們心靈深處的聲音，也是花兒世代相傳，令人喜愛的原因。他們用花兒真實地表現著自己苦難的生活，傾吐著對幸福生活和甜蜜愛情的大膽追求和美好嚮往。

那是民國二十一年，鳳凰山下的崖頭坪，張燈結綵，喜氣洋洋。崖頭馬幫的幫主翟信穿著麻布短褂，在月光映照的場上轉了一圈。場上點著火把，耀得整個堡子一片通紅，場中間的石桌上擺著一個個粗瓷大碗，桌下麵放著一溜四個貼著喜字的酒罈，刺激得那些馬幫們紅著臉，舔著唇，仰著脖子等待搶親人一走，這裡將是酒海的戰場，花兒的海洋，人們會拍著肚皮痛痛快快地吆五喝六大戰一個晚上。

翟信又往新房邊上溜了一圈，二姑娘秋菊的門前站著兩個穿戴齊整的丫頭朝他笑了笑。

他也笑了笑，看了看房檐底下臥著的花鵓鴿，他心裡一陣暗暗的欣喜。他雖然沒有多少田地，可他有騾子有馬有駱駝，這是他近三十年來奮鬥拼搏的結果。

翟信幼年時家境貧寒，靠上山擋羊打柴過日子。十四歲跟著叔叔的馬幫走南闖北，十八歲上拜了一位過路算命先生為師，因為，他嘴乖腿勤腦子活，深得這位先生的喜歡，每日裡除了演習武功外，先生還教他識文斷字。所以，他不但槍棒拳腳樣樣精熟，而且，對天文地理也略知一二。後來，叔叔在去松潘的路上病逝了，他就接過了叔叔的馬幫隊伍。不知過去了多少個日日夜夜，不知趟過了多少個溝溝坎坎，他才有了五百多匹騾馬和一百多頭駱駝。

快入天命之年的翟信人長得精瘦，細條個，高顴骨，挺鼻樑，兩隻眼睛不大卻炯炯有神。他是想要把四個姑娘，都嫁給那些富戶人家的。然而，大姑娘冬梅卻跟著馬哈力跑了。於是他就為二姑娘秋菊挑了川道裡最富足的人家。雖然，未來的女婿娃生就一付花花腸子，川道裡名聲不好，可那不影響吃，不影響喝，不礙拜天地生娃娃。秋菊為這事與他鬧過彆扭，不吃不喝。他想，她年輕姑娘家知道個啥？到了那個家裡她就會明白當父親的對她的一片苦心了。他讓三姑娘夏芹，四姑娘春桂，都要有個好去處，果真如此的話，他一個做父親的心也就安穩了。

月亮升上中天，堡子裡開始忙亂了。

先是「當當當」的一陣鑼聲，人們都紛紛從院中走到了場上。場中央點起了一堆火，像紅色的旗幟一樣，在空中抖動著，撕破了神祕的夜幕。四個法師頭戴牛頭馬面圍著火堆跳了起來，他們跳一圈，用錐子猛刺一下自己的臉，然後，唱起了一首古老的歌謠：

恭喜呀恭喜的大呀恭喜呀，
莊子裡的連呀手們來呀賀喜呀，
啊，
四蓮六兒落。

三星呀上來者一呀溜星呀，
月亮吧你就上呀來者笑呀盈盈呀，
啊，
四蓮六兒落。
我們呀來在了大呀場中呀，
明燈嘛就高呀掛者火呀紅通通，
啊，
四蓮六兒落。

歌聲一起一伏，忽高忽低，在堡子裡蕩漾，人們隨著歌聲圍著火堆跳了起來。新娘秋菊的心開始不安起來，她盼著抱她來的是那個英俊的小夥子程來喜，而不是金雞堡的劉家少爺劉龍。來喜說今晚上要搶她來的，他說搶了她，倆人遠走高飛上新疆。她盼著那一刻，而又害怕著那一刻。

鳳凰山從古到今，花兒是男女青年愛慕之後，試探追求對方的媒介，許多難以啟齒的話語可以隨著歌聲傳遞給對方，火一般的情愫可以在花兒中盡情地抒發。

秋菊在父親為她說了金雞堡的劉龍之後，她哭過，鬧過，可她阿媽卻說，女人嘛就那麼會事情，嫁個好人家，能生能養就算一輩子的福份。不愁吃不愁穿，人風流花騷點沒關係，只要他對你好些，這比啥都強。可她卻聽一塊的姐妹們說，這劉龍是個敗家子，憑先人留下的地多，吃喝嫖賭樣樣都幹。她聽到這話的那一天，心一下掉進了冰窟窿。那天傍晚，夕陽西下，晚霞染紅了半邊天，她一個人徘徊在黃河岸邊，在一片灌木叢中她坐了下來，思前想後為自己的命運而悲歎，她唱道：

日頭落在了石峽裡，
包冰糖，
要兩張橙紅的紙哩；
哭下的眼淚泡塌了炕，
苦命人，
哪一個疼腸我呢。

唱完這首花兒，秋菊不安地環顧四周，用雙手蒙住眼睛。這是一首呼喚心上人的情歌。在歌場上，就是素不相識的人，也可以聞歌前來，用歌聲傾訴自己的愛情。可是，鳳凰山的習俗，花兒不能在莊子裡唱，在父母長輩面前也不能唱花兒。可這裡是野地，荒野山間是男女自由交往、對歌求愛或幽會的廣闊天地，在這裡，禮教家規是難以約束的。就在這時，她的身旁突然響起了一個男子的歌聲：

雷響（哈）三聲海動彈，
海裡的魚娃兒不安；
只要（哈）尕妹子你有心，
外旁人幹恨是枉然。

秋菊被這突如其來的歌聲一下驚得站了起來，她回過身一看，石崖上站著一個身材魁梧的青年，這青年臉上一塊青痣，上面長著一撮毛，正用含笑的眼睛看著自己。她立刻感到臉紅心跳，心裡猛得一驚，趕快轉過身又望著波濤翻滾的黃河。青臉男人火辣辣的眼睛烤得秋菊後背有點發燙，然而她不想走，她腦子裡只是一片空白。

這時，身後又傳來那男子的歌聲：

天上的咕嚕雁飛回者來，
南來（吧）北往的叫裡；
我唱得花兒（哈）還者（呀）來，
不還是當賬者要哩。

秋菊的心情這時也平靜了下來，她在岸邊一個黑油油的平石頭上坐了下來，對面巨大的浪頭在河心奔湧，她猛得抬起頭來又把歌聲送了過去：

青石頭青來藍石頭藍，
青石頭跟前的牡丹；
阿哥是孔雀虛空裡懸，
尕妹是才開的牡丹。

秋菊一唱，那男子的花兒也對了過來：

前是黃河後是崖，
孫猴兒，
上不去娑羅羅樹了；
昨晚夕我你（哈）夢見了，
今個子端遇上你了。

秋菊因為這些日子心裡苦，有苦無處訴，聽到那男子唱到這裡，淚水撲簌簌地流了出來。她唱道：

上山的鹿羔兒下山者來，
下山者吃一回水來；
心上的阿哥你跟前（呀）來，
尕手裡抓住了唱來。

青臉男子從石崖上走了下去，他把秋菊從腿上攔著抱了起來。秋菊不知是對自己命運的絕望，還是對自由愛情的嚮往，她大膽地偎依在了小夥子的懷裡，她看到小夥子執拗地將嘴一下頂到了她的嘴上。

秋菊微微掙扎了一下，順勢一下勾住了青臉的脖子。

「你怎麼一個人在這裡？」青臉突然問道。

秋菊怎麼說呢？她一下從青臉的懷裡掙了出來，說道：「你是誰？」

「我是我，程福祥的尕娃程來喜。」來喜坐了下來，拔了一根冰草慢慢地嚼著。

秋菊一聽是程姓人家的尕娃，慌了。她說：「你別過來，你過來我要喊人呢。」

來喜笑著說道：「想尋死的人還怕程家人嗎？」

秋菊聽到這話笑了。她說：「阿哥，阿爸不讓我和程家人來往，你坐著我走了。」

來喜看著秋菊驚恐的神態反倒樂了。他知道，在鳳凰山，程翟兩家是一個先人的後代，人老幾輩人嚴禁兩姓之間男女互相通婚。

可是，來喜是一個你不讓幹的事情，他偏要幹的人。他說：「你走吧，過兩天我還到這裡來找你。」

秋菊朝來喜看了一眼，回過頭一口氣跑回了家。

來喜回到家後，過了兩天果然他到崖頭坪的黃河邊上去找秋菊了，可是秋菊沒有來。思念是痛苦的，它就像錐子一樣紮著來喜的心。於是來喜就一個人往崖頭坪去找秋菊，可秋菊卻如一陣風兒刮後再沒了音信。

來喜知道鄉里的姑娘是很不容易出門的。他想，我咋這麼傻，光說要搶她娶她，咋不問一下這姑娘姓什名誰是誰家的姑娘呢？

秋菊從黃河邊回來的那天晚上，心兒被來喜給攪亂了，她想，他為什麼要姓程，我怎麼沒福嫁給這個人呢？

這時，崖頭坪的狗突然咬了起來。原來，這天夜裡鳳凰山莊的尕老五領著莊人到崖頭坪來盜馬。莊人們都在堡牆外伏著，欒二首先領著幾個人從堡牆上跳了進去。裡邊是一排排的馬廄，到處彌漫著馬的尿臊味和草料的芳香。他們小心地繞過了地槍，誰知一個莊人忙中出錯腳尖碰在了地槍線上，只聽「咕通」一響，驚動得狗都咬起來了，翟信領著馬幫們一起出動，當場打死兩人，又把欒二打傷叫人捆了起來。

翟信讓馬幫們把欒二的衣裳剝光，吊在梁上用水蘸了麻繩打。欒二初時還昂著頭罵著，到後來渾身的血把整個人糊滿了。

馬幫們輪著用麻繩往欒二身上抽打著，雞快叫時個個累得都抬不起了胳膊，可他們沒聽見欒二的一聲呻吟。其中一個漢子說道：「走，先回去歇口氣，刮個碗子喝了茶再來。」

深夜，天漆黑一片。欒二就吊在秋菊住的小院背後的果園子裡。秋菊忽然聽到抽打聲沒有了，夜死一般的寧靜。她想，這人是不是死了。她穿上衣裳悄悄到了果園裡，她看到欒二被掛在樹上，她聽到了微微喘息的聲音。她想，待到天亮，阿爸就會把這人送到保公所，送保公所的土匪不是被砍頭就是要被挖眼睛。有一年，她跟著阿爸到保公所去，保公所的保丁拉了一車土匪的腦袋，像一車西瓜招搖過市。這人要被砍了，好好的一個人不就完了嗎？她想到這裡一下子割斷了欒二的捆繩，說道：「你快逃。」

「為啥救我？」

「別問了……」

「好吧！尕妹子。等我養好身子，一定來娶你！」

秋菊心裡暗暗發笑，心想，這人命都保不住，還說要來娶我。一陣風過，欒二一瘸一拐地很快消失在了茫茫夜的夢幻之中。

二

法師還在跳著喜神，他們一邊跳，一邊唱，在他們頭頂掀起了一個巨大的漩渦。人們沉浸在歡樂的氣氛中，圍著那個金色的漩渦載歌載舞，到處是歌聲，到處在歡笑，不論是老漢娃娃，還是老奶奶尕媳婦，人們都圍著火堆拍著手跺著腳。這時的翟信卻查看著堡上堡下各個卡子，在房前屋後馬槽邊上轉著，他叮囑馬幫們不敢麻痹大意，尤其對堡門上的人再三叮嚀千萬要看清來人，不敢有絲毫的鬆懈。

翟信轉了一圈後，回到上房裡躺在炕上吸了一會煙，然後，一個人坐在炕上刮起了碗子茶。夜越發深了，場上的歌聲還不斷飄進他的耳朵裡。他突然感到自己竟是那樣的孤寂。雖然，他有老婆有姑娘，可他總是忘不了西藏羌塘的卓瑪。那是他的心，他的肝，他舍不下的一塊心病命蛋蛋！到了晚上，四周寧靜，一線殘月隱晦暝朦，在淒清的星光下，他的身上就燃起了一堆火，那火燒得他坐臥不安。這感覺好像是一場夢，那夢在蜜中浸過在酒中泡過，很辣也很甜，但畢竟如過眼的煙雲，是那樣的虛幻縹緲遊走不定。

他打開窗戶，好像久已等候著的月光瀉進屋來。夜慢慢靜了，場上面的紅光也逐漸消失了，呈現出一片單調的深藍色。

到了雞叫三遍後，夜完全靜了，馬幫們都躲在黑暗處，只待婆家人來搶新娘。這時，馬蹄聲由遠而近，在靜靜的夜晚敲擊著地面格外清晰，沒等新娘秋菊哭出聲來，五匹馬馱著姑娘已沖出了堡門。

人們好似才從夢中驚醒，馬幫們敲著鑼，打著鼓，沉悶的鼓聲「嘭，嘭，嘭」在崖頭坪的上空回蕩著，人們在場上又開始唱歌跳舞。

秋菊被搶走後，翟信忽然覺得這事有點蹊蹺，但嘴上卻說：「這劉家人怪，娶個親都和別人家不一樣。」

翟信讓馬幫們將火把燈籠全點了起來，在四鄉親戚們到來以前先擺了宴席招呼堡裡的各位鄉親當家。他端起一杯醇香的青稞酒，先敬天，再敬地，而後唱著宴席曲敬各位老漢家。

喜溜啦喜呀喜溜啦喜呀，
一對的個喜呀鵲兒雙飛了起呀，
嘴兒裡麼唱呀的是喜慶曲呀，
脊背上麼背呀的是吉祥者來呀，
吉祥者來呀。
左繡了花呀右繡了花呀；
當家的個柴呀門上繡蓮了花呀；
七層的麼葉呀子者八朵的花呀，

繡下的個牡丹花兒往上者發呀，
往上者發呀。

翟信端著酒杯在各桌上招呼了一圈客人，覺得頭有點暈了。突然，場下一片吵鬧聲，翟信走到場外只見劉龍騎在一匹黑馬上，跟前一溜四匹馬，一共五條漢子。

翟信說：「你不是把秋菊娶走了嗎？」

劉龍穿著一身白絲綢褂子，用馬鞭指著翟信說道：「你別裝糊塗了。我們才進崖頭坪，你要什麼花招。」

翟信一看這尕娃怎麼和往常大不一樣，大罵道：「你狗日的嘴上奶水子還沒幹，怎麼這樣說話呢。」

劉龍說：「你讓我怎麼說呢？你把秋菊交著出來，不然我和你沒個完。」

翟信的火一下冒了上來，喊道：「給我打！」

馬幫們一聽幫主發了話，提上馬棒朝劉龍腰上就是一棒，和劉龍一起來的四個人急了，拿著馬鞭「啪，啪，啪」往人們臉上抽了起來。

馬幫們往邊上一閃，四個人護著劉龍匆匆從崖頭坪逃了出去。

忽然，遙遠的山上飄來一聲粗獷的花兒：

騎大馬，

背鋼槍，
富漢的門上催款項，
大姑娘，
馱在馬上。

翟信一想不好，鳳凰山莊人把秋菊搶走了。他跑進屋裡拿起槍，壓上子彈，帶上馬幫趕快騎馬向山上追去。

到了鳳凰山下，石頭打著呼哨從山上飄來，一群頭大腿子短的尕大漢醜陋地拍著下身，唱著淫蕩下流的花兒：

阿哥的肉是肉棒棒，
尕妹掰開了我放上。

馬幫們往山上一看，火把映得半個山紅成了一片，火光中一匹馬高高立於崖頂之上，上面騎著一個矮矮胖胖的漢子。

翟信抬頭一看，一個枯竭的眼睛深深陷在眼眶裡，這不是尕老五嗎？

尕老五說：「翟幫主，你和我成了親家，我也不難為你了，你認一下你的女婿娃吧。」

翟信在火把的輝映下，看到一個紅臉漢子站在尕老五的前面，在那些尕大漢們跟前這人顯得那麼英俊，那樣偉岸，這就是被他上個月抓了的欒二。

欒二哈哈笑道：「好我的阿爸呢，上山喝個碗子茶了再走。」

翟信氣得端起了槍，不等他的槍響，只聽「啪」的一聲，他的槍一下被打成了兩截。

這時，山上打起了尖厲的口哨，唱起了酸溜溜的花兒：

西寧的大路通蘭州，
嘉峪關通的是肅州。
盤罷了媳婦盤姑娘，
盤不到姑娘的肉上。

十八條騾子盤涇陽，
盤不到涇陽的路上。
十七十八的纏姑娘，
纏不到姑娘的肉上。

洮河沿上的柳栽子，
多會兒者長成樹呢？
手壓著指頭數日子。

多會兒者肉挨著肉呢？

一身白肉啦想乾了，
黑刺哈燒成炭了。
尕妹的心裡攪刀子。
今晚夕肉挨呀肉呢。

翟信在這無奈的憤怒中，臉上流下了兩行混濁的眼淚。他憋不住吼罵一聲：「日奶奶。」他沒唬住這些山野裡放蕩不羈的漢子們。

尕老五說：「翟幫主，男大當婚，女大當嫁，你心放寬了走吧，秋菊嫁了我們的欒二是她的福份，也是你的造化。」

翟信死去般無語，目光無神。山頭鳳凰山莊人的嘲笑比槍聲更嘹亮，更殘忍。

馬幫們提著刀揮著槍說道：「幫主，這口氣咽不下去，和這幫畜生們拼了。」

翟信久久地不吭聲，持著斷槍的手，一動也不動。他突然揚著頭哈哈哈一陣大笑，然後把手一揮說道：「回！」

馬幫們看著翟信情緒的突然變化，先是為之一愣，繼而想到幫主的決定是對的。他們跟了翟信這麼多年，他們深知自己的幫主在關鍵時刻頭腦是清醒的，此時此刻與山莊人硬碰硬，損失最大的將是崖頭馬幫。

此時，他們突然聽到了山上秋菊的哭喊，「阿爸，救救我啊——」

然而，崖頭馬幫卻順著原路一陣風撤了回去，他們留給鳳凰山莊人的只是幾聲尖厲的呼哨。

翟信和馬幫們往回走，走到金雞堡前的河灘裡天已大亮。天色由白而灰，沒有一絲兒雲彩。東面山上翻騰著紫紅的朝霞，半掩在白楊樹的大路後面，向著蘇醒的大地投射出萬紫千紅的光芒。

翟信他們在一片樹林邊上下了馬，幾個人蹲在清泉邊上撩著水洗了臉。泉水一激，翟信只覺疲乏頓消。他用手掬了一捧水，喝了下去，泉水清涼是那樣的甘甜。

就在這時大路上塵土飛揚，只見劉龍領著百十來個壯漢手提麥杈，一路喊叫著，甩著炮掛將石頭瓦塊打了過來。這些人都是種劉家土地的夥計，憑著人多吼叫著往前沖。

馬幫們都是經過大風大浪的漢子，趕快順著一道土坎爬了下去。

翟信提著槍喊道：「劉家少爺誤會了，誤會了。人是尕老五搶走的，我們兩家不要傷了和氣。」

劉龍手提一條烏油油的馬鞭說道：「沒誤會。我們打得就是你這個老畜生。」說著，石頭瓦塊雨點般地又落了下來。

翟信早聽人說過金雞堡的劉家少爺平時不學好，可他想劉家是個大戶人家，老太爺去世後少爺已當了家，尕娃娶了媳婦是會變的。沒想到，這劉龍還真是個潑皮無賴，秋菊到了他的手裡也過不上好日子，這一想翟信的心裡反倒舒坦多了，對鳳凰山莊的怨恨也就消了一半。

翟信說：「上馬。」

馬幫們都跳上了馬。

就在這時，一塊石頭打著呼哨砸在了一個馬幫的臉上，血從那馬幫捂著的手縫裡流了出來。翟信端起了槍，瞄著劉龍蒲扇般的右耳朵射去。只見劉龍用手壓著耳朵，臉白得成了一張紙。翟信喊道：「劉龍，你尕娃還年輕，我留你一條命。」說著，馬隊揚起塵土一陣風向崖頭坪奔去。

劉龍被抬回金雞堡，雖然，只打掉了半個耳朵，可他窩著一肚子的氣，這氣憋得他不吃不喝，躺在炕上起不來了。

劉家老太太是個拜佛吃素的人，她給兒子一邊包紮一邊說道：「尕娃，吃虧消災沒有啥，不要使狠逞強，要像你阿爸一樣做人，遇事多忍讓些。」

劉龍說：「媳婦讓人搶走了，我又讓人打成了這個樣子，還忍讓什麼。這個世道誰的拳頭硬，誰就是爺。尕老五為啥偏搶我的媳婦，就是阿爺活的時候太軟太窩囊了，劉家人的頭上誰都要屙屎撒尿呢。」

「那你要怎麼樣？」

「我把地賣了買槍買馬，用我的拳頭讓人看一下我們劉家人不是好惹的。」

「尕娃，地賣不成啊！那可是先人留下的基業，是你阿爺阿爸幾輩人的血汗！」劉老太太說著說著就哭了起來。

「阿媽，你別急，地賣了，我遲早還要把它買回來的。現在需要的是錢，有了錢，就有槍有馬，有了馬和槍先人的基業遲早還會回來的。」劉龍說著轉身走了出去。

劉龍一走，劉老太太趕快在佛龕下點了香，她嘴裡喃喃念著，希望佛指點她的兒子走上正道，讓佛保佑劉家的基業興旺發達。

劉龍去了保公所，他是想把地賣給保長程福祥。

到了保公所，劉龍直奔程福祥的住房。

程福祥說：「劉少爺，你的耳朵怎麼了？」

劉龍笑了笑，說道：「沒什麼，讓翟信那老狗打了一槍。」

「你看危險不危險，再偏些就沒有命了。」

「只掃了個耳朵尖子，過幾天就好了。」劉龍若無其事地說道。

程福祥說：「劉少爺，你現在成了家裡的當家人，可要學好呢，再不敢胡來了。」

劉龍把臉一橫說道：「我胡來什麼了？你別聽人們嚼舌頭。」他把話一轉又說道：「保長，我給你賣些地，要不要？」

程福祥愛財如命，自從當了保長後，這兩年也刮了些地皮，攢了些錢，正想置辦些田產，一聽劉龍要賣地，當然是求之不得了。可他故意漫不經心地說道：「怎麼賣呢？」

「我那可是大水田地，你先出個價碼。地就在金雞堡北面的川道裡。」劉龍說。

「一垧地二百塊白元怎麼樣？」

「你不要欺侮人，我那麼好的水地你當成旱板子出價，我可不是三歲的尕娃讓你哄。」

「那你說多少？」

「五百塊白元，一塊也不少。」

「三百塊。」

「好，我也急著用錢呢，就讓你撿個便宜。」

程福祥話說出了口有些後悔，給高了。但他卻裝著滿不在乎的樣子，說：「多會要錢？」

「今天我就帶上。」

「那可不行，你先把地量給我。先小人，後君子，一手交錢，一手交貨，還要找個保人劃押簽約呢。」

劉龍說：「那也好。」說著就往外走。

第二天一早，太陽剛從東山探出頭來，劉龍拉著騾子就來接程福祥了。

地是金雞堡北面的五十垧大水田地。那地真好，黑油油的土。平展展的一塊連著一塊，地裡這時還長著麥子。麥子勾著沉甸甸的頭，隨風不斷搖擺著，一浪浪如滾滾的波濤。

劉龍說：「這地怎麼樣？」

程福祥說：「湊合。」他捧著一把土搓了起來，他覺得這土肥得要在他的指頭縫裡流油了。他自打見了這地就喜歡得不得了，可他卻在嘴上說得那麼輕鬆。

劉龍說：「你再加上二十塊白元連莊稼給你一起賣了。」

程福祥說：「莊稼我不要，我就要你的地。」

劉龍和程福祥就在地邊上走了起來，兩人走過來，量過去，找了保人劃了押，白花花的銀元就流到了劉龍的手裡。

劉老太太聽見兒子賣了地是在劉龍和程福祥劃了押的那個下午。劉老太太顫抖著手，自言自語地說道：「程福祥啊，你不是個人，劉家老太爺活的時候待你不薄。你一個窮漢人家的尕娃，老太爺看你老實忠厚把你扶著當了保長，你怎麼挖劉家的基業呀！」說著說著劉老太太就痛哭流涕了。她哭著，喊叫著，在劉龍把白元馱走在路上時，她已經吞上大煙撒手歸西了。

這時，一輪碩大的落日，將要隱入蒼茫的天際，鳳凰山的一切都朦朧地籠罩著一層光暈，天地之間頓然由寥廓澄明演變為靜穆與莊嚴。在落日的餘輝裡，一片萋萋草枯萎著，風中飄蕩著一曲淒涼的花兒：

孫猴子上了個火焰山，
芭蕉扇，
扇滅了千里的火焰；
我死了陰魂還不散，
到陰間。
不叫他閻王爺安然。

三

鳳凰山莊在鳳凰山頂端的仙台峰，山莊人家都集中在天池角下神仙洞的周圍。進入山莊的戶門鳳凰峽口，只見懸崖峭壁，如刀削斧砍，最窄處只有一匹馬擠過的山道，真可以說是一夫當關，萬夫莫開。谷底是一個個臥牛般的大石頭，清溪潺潺，令人心曠神怡。繼而前往，便是莽莽蒼蒼的原始森林。這裡古木參天，芳草沒膝，山花爛漫，鳥雀啁啾。挺拔、蒼勁的古松和筆直高聳的山白楊交臂共生，高下相間，紅的火紅，白的雪白，青的靛青，綠的碧綠，更有那一株半株的丹楓夾在裡面，又粗又長的藤蔓就纏著這些高大的楓樹。

往上走去，仙台峰如一巨大的臥牛橫臥在鳳凰山上，四圍石壁陡峭，臺上鬱鬱蒼蒼乍看無一處上峰台之路。外來人從這裡根本無法上去，然而，對於鳳凰山莊人卻攀岩登級如履平地，人老幾輩就住在上面。登上環抱天池的仙台峰，穿過繁密的枝葉，透過冉冉飄動的層霧，隱約亮出一片黛綠的水，這片水在峰台之上，它就是天池。這裡的一切都呈現出看不見纖塵的純淨自然本色。天池水終年碧藍澄澈，明麗見底，而且隨著光照變化，季節推移，呈現出不同的色調與風韻。秀美的，玲瓏剔透；雄渾的，碧波萬傾；平靜的，以恬美招人青睞。每當風平浪靜，藍天、白雲、遠山、近樹，倒映池中；水上水下，虛實難辨；夢裡夢外，如幻如真。

天池之下有一個深不見底的洞穴，穴外被水簾遮住，這裡就是神仙洞。神仙洞外有座石屋，從地下與神仙洞相通，是山莊人聚會商議事情的地方。

據說，仙台峰由於山勢險峻，多少年前一些人在上面自立為國，一個只有三百多人的仙台國在仙台峰上維持了將近二百年之久。

當年，左宗棠遠征新疆時，路過此地，攻了半個多月拿不下來，後來，聽了一個老道士的計謀，找來上千隻山羊，利用一個晚上，在這些羊的脖子上掛上燈籠，把山羊圍堵上山，才使這個山中之山，國中之國的仙台國，以為天兵天將突然降臨，惶惶從山上下來俯首稱民

鳳凰山莊男人多為頭大腿短的尕大漢，或是脖子下吊個大嗉子的傻呆人，女人們則個個如花似玉，精明麻利。莊子裡生下男孩設宴共慶，似過節一般，生下女孩則放到天池中的木板上，讓其緩緩漂入池中，山莊人家平日裡以種鴉片為生，待到收了鴉片，女人們三個一群，五個一夥走出山外，把鴉片送到收貨人的手裡。男人們平日裡日出而作，專會作種鴉片的營生；日落而息時，別看頭大腿短，襠裡那如棒槌般的家什和常人一般，能幹出驚天動地的事情。山莊人在夜深人靜時就騎上馬帶上槍去偷去搶。可他們有個規矩，兔子不吃窩邊草，就是不搶不偷身邊的父老鄉親，但女人是要搶的。尕娃們大了就去搶媳婦，看上哪家的姑娘了，就是天王老子的人也要把她搶來給自己當老婆。

山莊人搶來女人生下一個尕娃後，就開始進行一種特殊的訓練。

所謂的特殊訓練，就是讓她們躺在炕上，兩條腿分開吊起，令女人的牝口張開，紅豔豔似剛綻開的一朵紅牡丹。

第一個階段，自家男人從女人的牝口往子宮內塞棉花，先塞四五團、五六團，以女人的最大承受為限。塞好後，讓女人起來，男人拿皮鞭木棍跟在後面，強迫女人在原野上猛跑。凡是跑得慢的，就不停地用皮鞭、木棍抽打。這是一種殘酷的訓練，然而，為了金錢，男人和女人配合默契，共同挺熬著一個個難關，如若過不了關的，山上人反倒要對這男人和女人進行恥笑。就這樣，讓那些棉花團子一直裝在子宮內，晚上睡覺也不取出。五天后，女人適應了，隨便怎麼跑也不感覺疼了，於是，便又被放到炕上，吊起雙腿，再往裡塞棉花團。塞個差不多，又把女人趕進原野，讓她們猛跑。

這樣反復四五次，直到棉花在女人的子宮內塞得滿滿的，硬邦邦的，依然如平常一樣跑動自如，第一關算是過了。

第一關過後，男人緊接著又把女人放到炕上，從牝口把棉花一團一團地掏出。接著，他們又往裡面塞東西，這一下是鋸末屑。這種鋸末屑多選的是栗樹鋸末，用火炕過，又重新研得像面一樣，異常鬆軟，但比棉花要重得多。

這第二關塞鋸末屑，也反復四五次，是最為關鍵的一關，有些女人這一關過不了，就痛苦地暈死在了炕上。

第三關難度較前兩關更大，但第二關過了的，一般第三關都能挺著過去。這一關，男人把女人放到炕上，把鋸末屑從牝口掏出後，把幾個麵團子用油紙包著塞進去。這種麵團子是選用上等麵粉，由山莊精于麵食的男人活成，派壯漢擀成麵團子。當用油紙包好的麵團子往裡塞時，就是再潑辣的女人也無法忍受，沒有不如喪考妣地大叫的。

鳳凰山莊的女人們啊，她們在那個歲月裡，為了生活，就是這樣慘無人道的折磨自己。當然，這主要是那些男人們，他們把女人作為自己發財的運輸工具，做著滅絕人性的訓練。人有了貪欲，就有了獸性，就會變得瘋狂，就會泯滅了自己的人性。

麵團子塞進去後，如果不遇上月經期，是不掏出來的。如果要掏出麵團子，那就是有重大行動了。所謂的重大行動，就是女人用人體偷偷地販運鴉片。

當時，蘭州、洮州、西寧、西安、四川，明裡也是禁止鴉片的，還有各方軍閥、民團等，也都紛紛設關、設卡，以查禁為名，既罰款，又沒收，乘機斂財。可是，鳳凰山莊讓女人販運鴉片，既隱密又安全，十去九成，而成功一次利潤成十幾倍的往上翻，於是家家戶戶有槍有馬，他們結成弟兄，抱成團團，挑起大旗與官家在深山密林中周旋。

秋菊到了鳳凰山莊，尕老五第二天就擺了宴席慶賀。對於山莊人來說，一家的事情就是眾家的事情，有福同享，有難同當。山莊人喝酒喝的都是自家做的青稞酒，他們把酒罈子抱到院中的石桌子上，用粗瓷大碗往脖子裡灌。酒喝到高興時，山上山下琴聲悠悠，酒麴宴歌連聲不斷。到處是春天的氣息，到處是悠揚的花兒，濛濛升騰的地氣，在殘雪化露的土地上，慢慢地飄蕩著。

天上有幾朵白雲，一行大雁排著「一」字，從南面飛來，哏嘎叫著。

山莊人跳著喊著，「欒大哥，來個雙的，喜慶，喜慶。」

欒二舉起了槍，把眼睛眯成縫向空中瞄著。

「我看欒二有多大的能耐。」

「看那個㞞勁，連個大雁的毛都打不下來。」

欒二把槍慢慢從眼前移開，放下來，然後說道：「打雁不打頭，不然鬧得成幫雁沒有個著落。」說完，他把槍又端了起來，只聽「咣，咣，咣，咣——」四聲響，第二、三、四、五隻大雁，一個跟一個從空中栽了下來。趴在牆跟前的兩隻狗，「汪」地叫了一聲，一前一後箭一般地飛出院子。

欒二高聲喊道：「四季裡發財！」

山上山下的人們都樂了，跳起了輪子舞，圍著欒二轉了起來。在悅耳的羌笛聲中，人們甩著麻布長袖，翩翩起舞。他們你一拳，我一腳地拍打著欒二，算是對他的欽佩。女人們用尖利的嗓子唱道：

鳳凰山是高聳的，
它有一道長年不消的雪線，
只有雪豹呀才把雪線當作樂園。

歌手的歌聲是美妙的，
美妙的歌聲也有局限。
只有勇士的鋼槍，
才像仙樂一樣撥動人的心弦。

三

轉眼間，黑虎黑豹兩隻狗拖了四隻大雁。欒二從腰間拔出牛耳尖刀，開膛破肚取出大雁的五臟六腑，還冒著騰騰熱氣就扔給了兩隻狗。

這天晌午，尕老五一手端著酒碗，一手攥著雁大腿，猛咕一口酒說道：「欒二兄弟，你槍打得好，人也有心計，我放你個二掌櫃的。」

欒二跳下炕，看了一眼秋菊說道：「多謝大哥看得起。」

秋菊穿著一件藍色襯皮的短裝，把頭抬起來笑了笑，對尕老五說道：「大掌櫃的可別把他寵壞了。」

尕老五過來朝秋菊身上捏了一把說道：「你不要寵壞就行了，我是憑本事用人，不會錯的。」

欒二拉過一把椅子讓尕老五坐下。

尕老五又說：「興許我有走不動爬不動的一天，你可要拉扯一把我們鳳凰山莊。」

尕老五回頭喊了一聲：「弟兄們，都過來碰一下。」

人們此時都喝得面紅耳燒，一搖一擺走了過來，說道：「大哥說了算，聽大哥的。」

尕老五哈哈笑道：「插香！」

一溜十九根香，攥在欒二的手裡。

欒二跪了下去。

院子裡的男男女女，又跳起了輪子舞。這是一種古老的集體舞蹈，動作莊重大方，舒展粗獷豪放。速度有快有慢，慢時如鴻毛落地，無聲無息；快時則威風烈烈，氣勢澎湃。人們邊跳邊唱，曲調時而深沉，時而高昂，節奏多變，隨著歌段的不斷反復和情緒的上升而逐漸加快，欒二被圍在中間做拜把子儀式。

欒二嘴裡念道：

十八羅漢在四方，
大掌櫃的在中央。
流落山林百餘天，
多憑眾兄來相幫。
如今小弟為四梁，
還望眾兄多扶持。
別看小弟把權掌，
前打後護理應當。
下有地來上有天，
我和眾兄一線牽。
如果落到狗官手，
鋼刀剜膽心不變。
小弟費話有一句，
五雷擊頂不久全。
親人祖輩受株連，

小弟心中無怨言。
大哥吉星永高懸，
財源茂盛沒個完。
眾弟兄們保平安。

每念一句，欒二從手中拿一根香插在香槽子裡。十九句念完了，十九根香也插完了，這時人們的舞蹈也在飛快而熱烈的氣氛中結束了。

尕老五一揮手說：「兄弟說得我心裡痛快，秋菊給阿哥們倒酒。」山莊人們都叫了起來，酒碗和鑼子碰得叮噹響。

欒二是洮州城裡欒繼宗三十歲上得的貴子。欒繼宗是清朝末年的舉人老爺，任過涼州和甘州的知縣，雖說到了民國年間家境逐漸敗落，可百足之蟲死而不僵，也是當地富足殷實的人家。

欒二上山以前看上了城裡許老太爺的千金。那時候，洮州城裡大戶人家說親，別說是自由戀愛，就是由媒人介紹，男女頭一次見面都不行搭話。可是，欒二卻悄悄進了許老太爺的後花園，並且拉住了姑娘的手，收了姑娘的香荷包。回到家裡，欒二就鬧著他母親給他去說許老太爺的姑娘，他母親就把欒二的意思說給了欒繼宗。欒繼宗一聽此話，心中大為不快，大罵兒子不爭氣，說你不好好用功學習，一天到晚想媳婦想瘋了，這事情用得著你個人瞎操心嗎？

欒二的母親說：「兒子也大了，該到說媳婦的時候了，你就依了他吧。」

欒繼宗把臉一吊，說道：「不行。」

欒二就和老子頂了起來。

欒二說：「現在民國革命已好多年了，你看多少人的婚姻不是自願的，偏你固執得很。」

欒繼宗一聽這話就惱了，他順手提了根棒，喝道：「沒家教的，你這幾年的書都念到豬肚子裡去了。我們這種人家能和那些爛幹人家比嗎？」

欒二也惱了，說道：「我們這些人家怎麼了，你年輕的時候，我阿媽還不是你用花兒勾引來的。」

他母親就笑了，說道：「有其父必有其子，你年輕時還不是一樣。」

欒繼宗聽到這話臉就氣青了，上去給欒二就是一個耳光。

欒二說：「你不給我說許家的姑娘，我就到鳳凰山找尕老五去。」

「龜孫子由下你了。你一天到晚不學好，跟上那些少爺們打槍放鷹，成了什麼了。我打死你個不爭氣的。」欒繼宗提著棒就追了上去。

「你等著瞧吧。」說完，欒二就到朋友家騎馬打槍玩去了。

欒二在朋友家一玩玩了四天。這下，家裡人慌了，以為他真的上了鳳凰山莊。那時候，官家有明文規定，誰家有人在外當土匪，知情不報者，全家按死罪抄斬。欒繼宗一看兒子四天還沒回來，就到州府裡報了案。說：「我那該死的逆子准是投土匪去了。他今後不是我的兒子，我也不是他的老子，任由你們處治吧。」

誰知第五天太陽在東面山上一冒花，欒二從朋友家耍完回來了。

一進城門，走在街道上一搖一晃地往家走。幾個人一見，說：「欒二，你幹啥去了？」

「上朋友家玩去了。」

「實話嗎？」

「實話。」

「你老子已給你報了土匪啦。」

他一想，沒辦法，調頭出了城門。

那晚下著雪，快雞叫時，落起大塊的雪片來了，散雪又涼又硬，像白沙粒子。風嗚嗚地吼著，攪得漫天皆白，一把一把地揚起雪塞進他的脖子裡。

人生，有時弄假也會成了真，眼下他只有一條路了，他只能去投奔尕老五。

第二天晌午時節他進了鳳凰峽口，兩邊陡峭的石壁直插雲天，懸崖上長著一株株彎彎曲曲的松樹。雪還在下著，飄飄灑灑，紛紛揚揚。山上的雪被風吹著，不停地飛舞著，在峽溝裡攪動著。他試著吼了一聲，聲音四處回蕩，一直向遠方溝裡傳去。此時，他有點後悔，進也不是，退也不成，他怨恨父親把他逼得好苦啊！想到這他又往裡走去。

欒二順著崎嶇的小路往裡走，走著走著被黑幕遮蔽的天慢慢地開了，太陽直射在了溝裡，陽光反射過來耀人的眼。遠處的山峰、林莽，都籠罩在一片雪簾霧幛中，埋掩在深睿的沉寂裡。欒二吸了一口氣，一邊走一邊唱了起來。

這一唱，欒二心情豁然開朗了。一路上，他沒有碰見一個人，天快黑時他看到了一個石頭小屋。他站了下來，摸了摸身上的匕首，他真不知往裡走是吉還是凶。他忽然看到小屋裡有個矮矮胖胖的老頭，老頭的脖子上斜吊著一個葫蘆般的大嗉子，樣子很醜。

胖老頭走出門外問道：「尕娃，上山幹什麼去？」

他說：「我到鳳凰山莊去。」

胖老頭說：「有事嗎？」

他說：「我要找尕老五。」

胖老頭狡黠地望著他笑了笑，把他讓進門，上了炕。炕很燙。上面鋪著一條氈，氈上是一條又髒又臭的破被子。

胖老頭給欒二泡了三炮臺碗子茶。

欒二給胖老頭說了上山的情由。胖老頭說：「把少爺不當去，上了這個山就沒有退的路了。」

欒二說：「這條路我走定了。」

「不後悔？」

欒二說：「你這個老漢怎麼這麼囉嗦。」

「尕娃——」胖老頭長歎一聲，說著從懷裡「唰」地抽出一把砍刀。

「把左手伸著過來。」

欒二平時雖說膽大如虎，還從來沒見過這個陣勢，脊樑骨上一下子爬上了一層冷汗。他把左手給了胖老頭，胖老頭抓住欒二的左手放在切菜板上。

胖老頭又朝欒二瞅了一眼，說道：「不後悔？」

「不後悔。」

只聽「咚」的一聲，欒二的小拇指齊齊地從根子上被剁了下來。

欒二撿起那個活蹦亂跳的小拇指，扔進自已的嘴裡咽了下去。

「兒子娃。」胖老頭伸出了大拇指。他說：「這是莊規，誰要進山都躲不過這道門檻。」接著，胖老頭給欒二手上倒了一種藥，這藥抹在手上疼痛一下消失了，反倒有點涼絲絲的感覺。胖老頭哈哈笑著拿出一壺酒，說道：「都成了自家的弟兄，來，先暖和暖和。」

欒二端起酒，「咕，咕，咕」幾口喝了下去。

胖老頭讓欒二換了衣裳，然後端上肉，兩人吃飽喝足一起來到了山上。

原來，這胖老頭是山上的山神爺，是專門接送上山和下山莊客的。

到了山上，欒二見了尕老五，看到那只獨眼他有點失望，這就是名震洮州的土匪頭子尕老五嗎？山神爺悄悄對尕老五說了一會。尕老五上下打量了一眼欒二，說道：「先讓這尕娃住下。」

這時，一股鑽心的疼痛突然從欒二的手上湧出，他全身立時滾過一陣冰涼。

山谷的風中，欒二覺得有兩條幽涼的蛇從眼眶遊出，就在這一刻他覺得自已已經長高長大，成了一條五尺的漢子。

冬季很快過去了，寒風中也有了春天的氣息，冰花兒在逐漸消融。雪開始發粘，夜靜得出奇。被封凍了一冬的黃河嘩啦啦說開一下子就開了，冰塊漂浮在黃河上，互相撞擊著，浪濤一個跟著一個，雪崩似地重疊起來，發出驚天動地的聲音。

四

春天攆著馬兒奔跑，送走了寒冷的冬天，趕來了炎炎的夏天。靜寂的熱氣在大地上蒸騰著，閃著光，火辣辣的太陽還向山野和平川照射著。翟信的心情一天比一天壞，性情也變得煩躁不安，他想不能讓秋菊待在鳳凰山莊，這種婚事就像頭上讓鳥兒拉屎巷道裡讓瘋狗咬傷，會對他今後的生意帶來晦氣和黴運。

翟信讓一個馬幫去叫馬哈力，讓他上山把秋菊要回來，可是，馬哈力正在熬鷹，熬鷹是不能中途停止的。

馬哈力是鳳凰山一帶數一數二的獵人，就因為他家裡窮，翟信死活不同意他與冬梅的婚事。後來，就發生了他和冬梅私奔，直到兩個人抱著尕娃來見翟信時，翟信仍然對小倆口不給好臉。可秋菊的事情發生後，翟信不得不找馬哈力，他知道馬哈力和尕老五蕩過羊，放過馬，在山裡一塊打過山羊，逮過麋鹿，是一塊住，一塊屙，一個背窩筒裡捏牛牛刮椽子的好朋友。

馬哈力養著大大小小七八隻鷹，十幾條狗。狗裡面有黑豹、麻豹、花豹、金豹等獵犬。鷹裡有雞鷹、有兔鷹。兔鷹生活在鳳凰山崇山峻嶺之間，力大兇猛，善於捕兔。雞鷹是飛在黃河沿岸地帶的鷹，體小力單，善於捕雉。俗說說得好，兔鷹不落低山，雞鷹不就險峰，這兩種鷹是馬哈力的幫手，也是馬哈力的驕傲，無論是雞兔還是山羊野狼，到了關鍵時刻，鷹犬奔突，塵土飛揚，在血與火的較量中，令日月無光，使天地震撼。

鳳凰山的獵人們出獵時都騎著馬，架著鷹，狗在前前後後奔跑追逐，鷹在上上下下飛舞競技，丰姿頗為剽悍，聲勢非常壯觀。那些獵鷹，都是他們自已所擒，所熬，所馴。放鷹進行捕獵，一般的獵人都會。可想擒活山鷹，再把它調教成獵鷹，這可就是一宗只有少數人才能幹的絕活了。

馬哈力是撒拉人的驕傲，是一位擒鷹、熬鷹的高手。鳳凰山一帶連同整個洮州地區，上百架獵鷹，都是出自他的手調教出來的。

這絕活是他家的祖傳，是秘不外泄，不對任何人說的。當年，翟信請他給崖頭坪熬訓鷹，冬梅就是被他的毅力所感動，對他的勇敢所敬佩，跟他自由地飛翔到這裡的。

鳳凰山的連綿群山與青海境內的原始林莽相毗鄰，省界相交處，有一條荊棘叢生，枯樹兀立的山溝，因高過人的松茅草裡蛇很多，人們把這條溝叫做蛇穀。

那天，蔚藍色的天空一塵不染，晶瑩透明。山頂上飄浮著一朵很大的白雲團。馬哈力進了蛇穀，聽見草叢中蛇爬行的嚓嚓聲，他就知道這蛇是什麼蛇，有多大。他忽然聽到了樹枝草葉的響動，他循聲跑去，看見一條杯口粗的烏梢蛇。他俯下身一把卡住了蛇頭，攫住蛇尾，轉動身子，一邊不停地抖動著。沒抖動幾下，烏梢蛇的頭便耷了下來。馬哈力趁勢將攫住蛇尾的手平平端起，朝空中繞幾圈，一米來長的烏梢蛇被纏在了臂上。那黑黑的蛇頭，掐在他食指和拇指之間。

馬哈力挽著蛇上了鳳凰山頂，山頂上有塊房屋大的岩石酷似人頭，這就是人頭岩。那岩石腦袋是個禿頭，連草也沒長一棵，周圍是一個凹進去的洞穴，山鷹們就在裡面築窩。

這時，天上滾過一團烏雲，烏雲當頂，山鷹們紛紛縮進洞穴。天宇中，只有一隻黑褐色的大山鷹在盤旋。大山鷹見馬哈力向洞穴靠攏，急遽下降，抖動翅膀，扇起一陣陣陰風，把馬哈力的頭髮扇得簇立起來。

又一陣陰風從天而降，大山鷹以更加淩厲的攻勢撲了過來。馬哈力迅速叉開雙腳，半蹲著身子，把挽在手臂上的烏梢蛇對著山鷹拋了出去。只見大山鷹迎著烏梢蛇一撈，蛇便被鷹緊緊攫住了。此時鷹猛扇了幾下翅膀，將頭高高昂起，雙翅收攏，兩爪貼在腹部，像飛艇一樣往高空射去。此時的烏梢蛇，不再像在馬哈力的手臂上時那麼馴順了，它靈巧地扭動著身腰，頭部敏捷地避開了鷹嘴的啄擊。烏梢蛇的頭部像一條具有魔力的鞭繩纏住鷹的頸項，那垂在鷹爪下的蛇尾，也趁勢翹起纏住了鷹身。

大山鷹那有力的翅膀漸漸地垂了下來。

「啪！」山鷹墜地了。馬哈力連忙跑過去，用右手緊緊掐住烏梢蛇的頭部，左手托住山鷹的身子。一隻搏擊長空的蒼鷹，就這樣被馬哈力智擒了。

剛抓住的活山鷹稱作生鷹，要想成為熟鷹，則須經過艱苦的訓練過程。這個過程就叫熬鷹。

馬哈力在自家院後半山腰搭了一間孤零零的茅草房，草房外面平整了一塊鷹場。依著山岩，馬哈力挖了十幾個山洞，隔著木條門，能看見裡面關著各類不同的鷹：金鷹、雀鷹、鷂鷹、水鷹，而馬哈力在人頭山剛擒的這只鷹，就依冬梅的意思給起了個黑鷹。

熬鷹開始的那天，暖流在田野裡翻滾著，肆虐著。馬哈力和冬梅跪在地上，兩手放在胸前，乞求真主保佑他們幹成這件事情。

「主啊，我們只崇拜你，只求你佑助——」

然後，馬哈力將黑鷹立在一個「幹」字形的銅架上，兩爪綁上了鐵鍊，就開始熬它了。

馬哈力穿了一身紅布長衫，長衫上發出熏人的魚腥味，手持一根一米長的銅棒走出草房。他先對著藍天，伸開脖喉漫了一首花兒：

寶石山根裡的牛尾巴草，
錦雞娃多，
黑鷹抓不下兔了；
阿哥的肚裡心思多，
實話說，
鷹娃子你熬不住了。

這是馬哈力的精神勝利法。頭幾天，黑鷹性強，精力飽滿，馬哈力讓紅色的長衫刺激它，魚腥味用來逗撩它的食欲。

果然，馬哈力離鷹還有一丈遠，黑鷹就扭動起來，肩翼頂著銅架頂端的橫杆「吱嘎」作響，利爪抓扯著鐵鍊拽來拽去，同時昂頭奮翮朝馬哈力沖來。然而，囚在腳上的鐵鍊把兇猛的黑鷹拖住了。它回過頭，對著鐵鍊猛啄，直啄得堅硬的鷹嘴破了，鼻洞裡滲出了血。

黑鷹發狂了，奔跳撕扭，左沖右突，而一丈外的馬哈力卻悠悠然地盤腿坐在地上，盯著黑鷹的一舉一動。當它發狂告一段落，斂羽停爪歇息時，馬哈力就起身，將銅棒倏地戳向黑鷹的喉部。

「呼哎——，呼哎——」叫聲又起，那翅膀重新張開撲打，那爪重新蹦跳。馬哈力和黑鷹都如此反復著各自的動作。

白天熬過去了。

黑夜降臨，大地安詳地入眠了，遠山、近村、叢林、土丘，全都朦朦朧朧，像是罩上了頭紗。馬哈力抱來幾捆柴，在黑鷹的周圍點燃了一圈柴火。那熊熊的火焰，雖然燒不著黑鷹，但陣陣熱浪終於燎得它再次發怒了。儘管一整天沒進一點食，沒喝一口水，它依然野勁不減，對著火圈後圍著它轉悠撩逗的馬哈力，煽動羽翼撲過來。可是，那無情的火陣和腳下的鐵鍊，使它枉耗了一次又一次的精力。整整一夜，馬哈力沒有合眼，手持銅棒，反復撩逗著黑鷹。

第二天，馬哈力依然手持銅棒重複著頭天的動作。黑鷹雖然沒進一點食，但仍然頑強地反抗著，還不時發出嘶啞的嚎叫聲。伴隨著嚎叫聲，那帶血的液體噴了出來，滴在項羽中，撒在泥地上，紅痕驚魂，其狀頗有幾分慘烈。

人和鷹就這樣爭鬥著。這是精力、毅力和智力的較量，看不出誰在熬誰。

經過三晝兩夜的苦熬，到第三天，馬哈力眼睛已佈滿了血絲。

冬梅說：「你去睡，我幫你熬一夜吧。」

馬哈力乾咳了幾下，笑道：「沒關係，這狗日的是西番的犛牛，只認著一個人。」

冬梅看了一眼黑鷹，黑鷹伏在銅架上，眼睛半睜半閉。冒著血泡的嘴不停地張開，對著虛空啄一下，又俯下對著早已癟了的胸腹狠狠地戳磨著。

馬哈力走過去用一根更粗的鐵鍊將黑鷹牢牢捆縛在銅架上，然後將用線拴著的嫩斑鳩對著黑鷹扔去。這鮮活的小飛禽刺激得黑鷹「呼哎——，呼哎——」地叫了起來，昂首向獵物啄去。因鐵鍊束縛著，只叼著一撮毛。望著被馬哈力拉了回去的斑鳩，鷹的鉤嘴大張，舌頭不斷地伸縮。如此幾番後，馬哈力提出一籠斑鳩和數十枚雞蛋，對著黑鷹晃了晃，然後分發給關在土洞裡其它的鷹。這對飢餓無比的黑鷹，無疑是莫大的刺激。最後，馬哈力還是擲給它了一個雞蛋。但當黑鷹剛叼著，馬哈力尋根銅棒揚起，又將它到口的雞蛋擊碎了。黑鷹朝天「呼哎——」地叫了幾聲，頭耷拉了下來，似乎已顯得有些馴服了。

就在這時，翟信派的人又來催馬哈力。馬哈力對來人說：「你們怎麼不知道熬鷹的規矩。你給幫主說，熬完鷹我肯定去就是了。」

夜又降臨了。北方的夜晚又清新、又明亮。天空像是刷洗過一般，沒有一絲雲霧，藍藍的像大海。銀白的月光灑在地上，把個奇石密佈的山谷照得亮亮堂堂。

馬哈力拿出一塊生黃麂肉，就著那圈火薰烤後，一條一條地撕下來，在黑鷹的鼻子上左右晃動著，等它聞著肉味再次奮力掙扎時，馬哈力卻丟進了自已的嘴裡。

頭兩天馬哈力對黑鷹採取的是戳打熬法，後兩天是飢餓熬法。第五天凌晨，馬哈力改變了熬法。他熄滅柴火，掃除灰燼，在地上鋪了一層翠綠的柏樹椏，遮蓋了頭幾天的一切痕跡。他脫掉了紅布長衫，換上黑布長衫。他那熬了四天四夜的臉，蠟黃的沒有一點血色，那雙佈滿血絲的眼，也愈見分明了。同時，黑鷹那對琥珀色的眼睛，變得血糊糊的，原本油亮亮的黑褐色羽毛，也黯然無光，淩亂不堪了。

在這些日日夜夜裡，冬梅一直陪在馬哈力的身邊。她心疼她的男人呀！她知道只有她的鼓勵和支持，她的男人才能做成這件事情，才不至於半途而廢。

馬哈力試著鬆開了黑鷹身上的鐵鍊。剛見它露出凶相，馬哈力就揚起手中的銅棒，威脅性地朝它喉管戳去。頓時，高揚的頭頸低垂了，欲張開的雙翅緊斂了，目光呆若獄中經年的囚犯。

看來它已歸順真主了。

馬哈力從石缸裡撈出一箱溢著清香的豆腐，在上面塗了一層厚厚的蜂蜜，笑微微地捧到黑鷹的面前。黑鷹貪婪地啄食著。無論馬哈力這時用銅棒怎樣戳打，它也一動不動只顧啄食。

馬哈力恩威並重的熬法，終於使這只野鷹馴服了。

晚上，他躺在炕上，頭一放到枕頭上不一會兒就睡著了。他開始呼呼嚕嚕地進入夢中，冬梅坐在他的身邊撫摸著他的頭髮，不時把臉貼到他的臉上，她看著他深深陷進眼眶的眼睛。她哭了！到了第四天的早上，冬梅把他叫了醒來，這是馬哈力早早安排好的，因為野鷹馴服後，最關鍵的是要把它訓練成逐雞逮兔的能手。

太陽從東山出來了，它射出道道強烈的金光，在樹林的黑色樹頂燃起了團團的火焰。馬哈力來到一片開闊的大草灘子上，這裡有一群群的羊群、牛群和啃著嫩草的馬兒。他走到一處平展展的地方，首先訓練黑鷹跳架。他一手架鷹，一手拿著一塊肉，相距一公尺，啁！啁！地呼叫，黑鷹見肉饞涎欲滴展翅撲食，忽地一下跳到了馬哈力拿肉的胳膊上，於是跳架成功。

能跳架，說明黑鷹對馬哈力已有了共處的感情。接著，馬哈力找來一大一小兩個兔頭，讓冬梅拿在左右手上晃蕩誘食，使鷹望而生津，頻繁跳架。鷹天性機靈，會看人臉色行事，若棄大撲小，馬哈力把臉一沉，瞪它一眼，鷹尷尬沒趣，第二次則棄小撲大。這樣訓練的目的是，在捕兔時，黑鷹就會專捕大兔。在喂肉的時候，馬哈力又將胳膊交架去喂，黑鷹捉兔時也就學人的姿勢雙腿交架，這樣會免遭捕獵時掰襠喪命。

馬哈力訓鷹到第七天，黑鷹對周圍的環境熟悉了，他就著手開始破鷹。破鷹這一關非同一般，此時熬練不好，鷹不是見兔不捉，就是騰空而去，一番苦功將會付之東流。

這是一個晴天，金色的陽光如同美酒，把大草灘子映輝成五顏六色的圖畫。冬梅和馬哈力各拿一根長杆在草地上撥拉著，當驚起兩隻兔時他們不放鷹，若驚起的是老兔他們也不放。一陣風兒吹過，草浪翻了翻，突然一隻麻兔從草中竄出，這是一只當年的幼兔，馬哈力立即將手中的黑鷹撒脫。黑鷹騰空而起，驚起的麻兔慌而不亂地朝前奔去，竄入一處鍋形凹地，停住後打個顛倒又往後跑。黑鷹在慣性作用下剎不住車了，繞了個大圈又追。麻兔發現黑鷹撲來，就地翻個滾，四蹄朝天，來了個兔子蹬鷹之勢。

這時，黑鷹壓低盤旋，偵察琢磨，只見它陡然升高，「嗖」地一聲直剁下去，離地三米時來了個鷂子翻身，將麻兔從後胯一爪抓起，拋出老遠，趁麻兔驚魂未定猛撲過去，鷹嘴左右兩啄，將兔眼珠啄瞎，然後，提起麻兔打一個旋向馬哈力送了過去。

馬哈力把鷹一氣訓練成了，他那個高興勁啊！摟著冬梅在草棵裡打起了滾，一會兒這個笑，一會兒那個笑，一會兒兩個人摟抱在一起對著笑，把個黑鷹也笑得圍著他們上上下下打著旋兒。

馬哈力去鳳凰山莊是從青石峽邊的山道往上走的，這裡一面是石崖一面是黃河。大山中開，峙立如屏，長河滾滾，奔騰喧囂。黃河從谷地咆哮而下，水霧彌天，泥浪洶湧，波瀾壯闊，濤聲震耳。

登上仙台峰，月亮升上來了，天池優雅的池畔，映射出淡淡的、柔和的、溫情脈脈的月光。藍藍的漣漪上，幽幽的月光在上面彈來彈去，盈盈波光蕩漾著森森凜凜的山影，夜色變得蒼白而發黑。滿地樹影重重，在遠處空地上可以看見各種動物的頭蓋骨和牛一般大的石頭，整個山溝裡杳無人聲，這溝是臥牛溝。他知道這裡雖然不見一個人，可他早已被山莊人暗中瞄上了。他往前走，正是黎明前最黑暗的一瞬。他藉著月光看到一塊巨石後面有一個莊戶人家，他在山上歇了歇，大踏步往前走去。突然，後面一陣風響，他一下抽出了靴中的匕首。可是慢了，不待他回過頭來，他的手腕上被猛得敲了一棒，一把尖刀已逼在他的喉嚨。

馬哈力對眼前穿著破皮襖的山羊鬍子笑了笑，說道：「我要見尕老五。」

「好大的口氣！你是什麼人？」

「你就說馬哈力來找他了。」

山羊鬍子掏出一條兔皮罩子蒙在了馬哈力的眼上，手上套了一條繩子，他被牽著到了神仙洞。這洞裡點著幾盞大油燈，幾十個山莊人圍著一堆柴火烤著生羊肉。馬哈力被摘下兔罩，他一眼便看見坐在地下往火裡填柴的那個人就是尕老五。

馬哈力說：「老五哥。」

尕老五拍了拍馬哈力的膀子說道：「賊骨頭，你怎麼來了？」

馬哈力就給尕老五說了秋菊的事情，尕老五看了一眼欒二笑道：「二掌櫃的，你問一下你的秋菊願不願意回去？」

欒二把馬哈力瞪了一眼，拔出槍朝洞中的油燈一個點射，嘴裡說道：「瞎操心。」

這時，一股香風飄來，傳來一陣清脆的笑聲。洞裡飄出一位嫋嫋婷婷身穿粉紅色短褂，下穿綠色裙褲的女人。

馬哈力一看這不是秋菊嗎？秋菊高挑著兩道柳葉眉，圓圓的臉上兩個小酒窩。秋菊對馬哈力笑著問道：「姐夫來了？」

馬哈力把身子欠了欠，說道：「阿爸讓你回去呢。」

秋菊說：「我已是欒二的人了，你回去給阿爸說，要嫁劉龍讓他嫁去。」

秋菊和來喜只是在訂下的婚姻不幸時對了幾首花兒，在那時她把自已的希望寄託在這個人身上，她希望來喜把自己搶了去，兩人遠走高飛。可是，來喜沒有來，她卻被欒二搶了婚，破了身。她在澎湃激蕩的夜晚，看到了欒二的勇武和溫情，她突然發現這個人才是她心目中的男子漢，是她可以信賴的兒子娃。

洞裡人聽到秋菊對馬哈力說了這麼乾脆的話，一下跳了起來，拍手的，打口哨的，冒怪聲的，嘻嘻哈哈笑成了一團。

馬哈力看到這種情景反倒不自在了。他沒想到眼前這個白麵後生，竟會這麼快將秋菊的心抓到手裡。

就在這時，只聽尕老五喊道：「掌燈，今天秋菊的姐夫來了，我們一搭鬧活鬧活。」

「嘩」地一下燈火通明，一個短腿粗胳膊的山莊人抱著一摞碗往地上一放，一罎子酒就傾在了各個碗裡。

尕老五把馬哈力打了一拳。

「來，幹！」

說著先端起一大碗酒仰脖子灌進了肚裡。

馬哈力笑了笑和大家一起喝了起來。

「讓二掌櫃的和秋菊對個花兒。」尕老五一說，人們都說：「好，二奶奶先唱一個。」

欒二給秋菊眨了個眼，秋菊說：「阿哥，那你就先引一個。」說著就往欒二跟前靠了靠。

欒二用酒潤了潤嗓子，叉著腿扶著耳朵唱了起來：

哎——

胭脂川買下的胭脂了馬，

哎喲喲，

回來了轉槽上吊下，

阿哥的肉呀，

我倆的婚緣哈鐵打了下，

生死的薄子上造下。

秋菊聽欒二歌聲一起，她端起一碗酒走到馬哈力跟前說：「姐夫，把這碗酒先喝了。」

馬哈力接過酒二話沒說，一口氣喝了下去。

秋菊笑了笑，說道：「今天我也高興，我就給大家亮個嗓子。」說著，她展開了圓潤的歌喉：

哎——
喲，
哎呀——
大紅嘛洋緞的臥龍呀帶，
哎呀——
二龍吧吸珠的轉帶，
你把我稀罕的我把你愛，
哎喲呀——
一天吧三趟的看來。

欒二接著秋菊的聲音又唱道：

高高紅的兜兜高高紅的線，
扣線嘛紮下的牡丹。
阿哥的肉呀，
為了尕妹是心扯呀爛。
哎喲——

誰有個我的扯盤？

秋菊不知是另有心事，還是酒喝得多了，她一下哭出了聲來哽咽著唱著：

鳳凰山根裡的一眼呀泉，
尕桶啦擔，
樺木的勺勺啦舀幹；
要得嘛我倆的婚姻散，
三九呀天。
青冰上開一朵牡丹。

馬哈力本來是為翟信要人來的，一看這個情景有點坐不住了。他正在發愣，突然聽到尕老五說：「讓秋菊的姐夫也唱一個。」

馬哈力說：「我唱個酒麴。」他抿了一下嘴，把嗓子清了清，唱道：

碟碟兒圓來盅盅兒圓，
盅盅兒裡頭青龍閃。
雙手兒端來雙手兒敬，

雙手兒敬上心一片。
先敬我的大掌櫃，
再敬二掌櫃挑旦，
三敬尕妹子秋菊兒花，
四敬眾弟兄把酒杯翻。
吃酒兒容易敬酒兒難，
這一杯水酒要吃幹。

「好，幹！」尕老五滿臉放花，對眾弟兄們說道：「我把兄弟們的心意領了，大家幹！」眾人端起碗，一飲而盡。

這晚月亮非常好，它掛在中天，天是暗藍色的，沒有一點雲彩。月亮把柔和清澈的光輝灑遍了山山嶺嶺。鳳凰山的山峰、林木、石崖和那光潔如玉的天池，蒙在一望無涯的潔白朦朧的輕紗薄綃裡，顯得縹緲、神密而綺麗。

尕老五和馬哈力睡在一個炕上，說起了他們小時候一起放羊的情景，故事把他們帶到了童年遙遠的過去。

他倆在一個酷熱難耐的下午鑽進了劉家的洋芋地。那時劉龍的父親還活著。他倆刨了滿滿一背簍洋芋，在一個土坎子下他用蒿草燒紅了土塊，把洋芋放進地鍋，把土塊砸碎嚴嚴地埋了起來。

不一會兒，洋芋燒熟了。香噴噴、綿沙沙的洋芋蛋被他們吃的香啊，可就在那天下午他倆的羊被狼叼走了。狼叼走了他們的一隻羊，可一下咬死了他們的五隻大肥羊，他倆見到死羊的慘景，又急又氣，胸中的火一下湧了出來。他倆整整追了二十裡山路，在一個石崖下的山洞裡，他倆找見了狼窩。

他倆用石頭堵了洞，用蒿草點了火往裡薰，狼娃子被燒死了，那只鑽進洞裡的老狼被煙薰得無奈出來時被他們砸斷了腰，活活給砸死了。

說起小時候的這些事情，尕老五顯得那樣的安詳，那樣的投入，他用那只獨眼望著深不見頂的高空，目視著天宇中那受苦的月亮。

五

程福祥自從買了劉龍的地他是連一天也不得安穩了。程福祥性貪，見了地恨不得全攬到自己的懷裡，可往外掏錢時他又如挖自己的心肝，一直遲遲拖著不給劉龍付利索。一來二去兩人就別上勁了。那天，太陽剛從東面山上探出頭，劉龍就走進了程家大院。劉龍去後程福祥正躺在炕上吸著煙，劉龍就坐在邊上等著。

等了足足一個時辰，程福祥躺著不起來，劉龍就說話了，「程保長，你把我的錢多會能算清。」程福祥沒吭聲，還在吸煙。

劉龍說：「你不仁我不義，我也就不客氣了。」

說著他給幾個夥計一使眼色，夥計們把程福祥的兒子程少白拖出門外就拉上了馬。

劉龍臨出門說道：「程保長，拿上錢來領人。」說著，馬蹄聲由近而遠，向金雞堡方向飄去。

程福祥這才如夢初醒。他有兩個尕娃，大尕娃程來喜是從旁人家裡抱著來的，小兒子程少白瓜著連自己的屎都往臉上抹呢，可那是他程家遺留下的惟一精血。

程福祥想來想去就去找尕老五了，他想這時找誰都沒用，只有找尕老五幫這個忙才能解決問題，因為他對尕老五是有恩的呢。

那年，尕老五在尕司令馬仲英的號召下，揭杆而起，掀起了反對國民軍的武裝起事。後來尕老五被國民軍抓了押在保公所。那是一個月明星稀的晚上，月光灑到崖壁上、山坡上，傾瀉到庭院樹枝和房頂上，程福祥悄悄給尕老五松了綁，把他放走了。當時，程福祥是為了給自己留個後路，他想，國民軍遲早是要走的，可地方上的人惹得太多，以後自己怎麼活人呢？沒想到今日裡果然用上了。

尕老五見了程福祥以禮相待，答應得很痛快，他說：「狗日的劉龍敢在我的地皮上綁苦票，我去要人。」

欒二問：「去多少人？」

尕老五說：「去多了不算兒子娃。」

「你一個人？」

「一個人。」

「有把握嗎？」

「練練膽子。」

「好！」

欒二從後脖子上拔出自己的雙槍，扔了過去。尕老五雙手接住槍，打馬朝金雞堡奔去。欒二則領了些人悄悄地跟在尕老五後面，暗中保護著。

金雞堡在鳳凰山西北四十裡的地方，這裡渠水潺潺，楊柳成行，黃河從邊上流過，轉動著一個巨大的水車輪子，水車把黃河水舀出來，倒進木槽，再從木槽流進水渠，澆灌著這裡大塊大塊的田地。

劉龍自從秋菊被欒二搶走後，心中一直憤憤不平。他賣了地換來了上百條快槍，在堡子裡招募地痞閑漢，開始橫行鄉里，他搶了程少白做人質，立逼著程福祥要交出所欠的銀兩。

尕老五往金雞堡走，他在這大水田地邊上從沒有來過。他剛要進堡，突然一個瘦瘦的黑臉漢子在堡門頭上喊道：「幹什麼的？」

尕老五在馬上用鞭子指著黑臉罵道：「瞎了你的狗眼，我是你五阿爺。」

對方剛要接火，尕老五一槍點去，那人手腕中彈，槍就從手臂滑了下來。

聽到槍聲，劉龍和十來個夥計跑了出來。

尕老五把馬頭往上拉了拉，說道：「誰是劉少爺？」

對方說：「你找劉少爺有事嗎？」

尕老五說：「這麼說你是劉少爺了。」

「你是哪一位？」

「山莊的尕老五。」

「啊！原來是老五哥掌櫃的。快！到裡面喝個茶。」

尕老五說：「不啦。我是為程保長的兒子來的。」

劉龍一聽為這事情，把臉一吊說道：「讓他把錢拿上來領人。」

尕老五說：「他有錢就不找我來要人了。」

劉龍說：「買了地不給錢，天底下這話說不過去。」

尕老五說：「我替他求個情，讓他十天之內把錢交來。」

劉龍說：「不行，一手交錢一手放人。這老傢伙把我的地都種上了，還賴著把錢不算清楚。」

尕老五說：「你放人，我讓他還錢，他沒錢就讓他退地。」

劉龍用槍筒挑挑帽簷兒，說：「說了個輕鬆，我要不放呢——」

尕老五從鼻子裡一哼，說：「手頭的算盤珠子你個人撥。我可是一個人來的，我不帶千軍萬馬。惹惱了我，可也難送神。快把人放了！」

劉龍剛想讓手下人動手，他忽然看到邊上林棵裡面有幾支槍管正對著他。於是，他借坡下驢笑著說道：「看在老五哥掌櫃的面上，放人！」

劉龍一喊，幾個夥計把程少白領了出來，走到尕老五馬下，尕老五順手一拉，程少白就坐在了他的前邊。他說了聲「後會有期」，馬兒就四蹄放展往回跑去。

一路的順風涼颼颼的，尕老五心裡就很受活。他用嘶啞的聲音吼出了一首花兒：

哎——

打一把五寸的刀子哩，
阿哥的肉呀，
包一個烏木的鞘哩。
長一個五尺的身子哩，
哎喲，

闖一個天大的禍哩。

馬哈力從山莊回來，翟信聽到秋菊不願回來，氣得在家裡大罵了起來。

「我怎麼養了個土匪種呢，這不是要我一家人的命嗎？」

馬哈力聽到這話，心裡很不高興，他說：「你老漢家話別這麼說，現在哪一個不是土匪，當官的刮地皮，當兵的偷人搶人，把老百姓禍害盡了，山莊人還沒有這些人壞呢。」

翟信聽馬哈力這樣說，也就不言傳了。

這時，正是三月好風光，報春的燕子往來梭巡，空中充滿了呢喃的叫聲；剛出土的綠草兒，在渠邊，在田埂上，在山坡上點綴的大自然格外清新；太陽用溫暖的光芒照拂著崖頭坪的牡丹樹，使含苞待放的蓓蕾露出了淡淡的粉紅色。翟信罵歸罵，可他聽到秋菊這個態度，牽腸掛肚的心也就死了。他長歎一聲：「嫁出去的姑娘潑出去的水，由她去吧——」

他把家裡安頓了一番，從崖頭坪挑了三十多個男家，趕著騾子，牽著駱駝下了蘭州。

翟信這次下蘭州，有三個打算。一是程福祥把兒子來喜託付給他，讓他送到來喜的阿姑家，在蘭州上學堂，鄉里的私塾已經關不住這只鳥了；二是他要在蘭州辦些自衛防護的武器。自從秋菊的事情發生後，他對崖頭坪的安全越來越擔憂了；三是到蘭州辦些貨上西藏，賺些錢，當然主要是他舍不下的卓瑪，那個夜夜晚夕裡夢見的命蛋蛋。

馬幫出發不久，就遇到了滂沱大雨，翟信和馬幫們一人頂著個羊毛氈騎在馬上走著。雨越下越大，他們走到七道子梁，大雨傾盆往下潑著嘩嘩的雨水，馬幫們只得下馬歇息住在了路邊上的馬店裡。

老闆娘有三十來歲，臉上光光淨淨不算漂亮，可很風騷，一對大奶子甩過來甩過去在馬幫們身上蹭著，撩得這幫漢子們渾身躁熱，不時在那磨盤大的屁股蛋上摸一把。

翟信就說話了，「少騷情，你一個尕店裡有幾個女人，我們這幫漢子如狼似虎可不是吃素的，惹著起來，你一個老闆娘就招架不住了。」

老闆娘說：「我們這裡要多少有多少水靈靈的尕妹子，你們的漢子如狼似虎，我們的尕妹子也不是吃素的，等一會你們就知道了。」原來，這地方窮，家家戶戶都做皮肉生意，情急中隨便一拉就是幾十個，所以說，老闆娘的口氣才大得讓馬幫們吐舌頭了。

人們說著笑著鍋裡的面片子就熟了，翟信一口氣吃了四大碗，見鍋裡的飯不多了，就停了下來。雨還在下著，淅淅瀝瀝的雨聲神祕地響著，屋裡就進來了一個一個的女人，把漢子們不斷引向各裡各處。

陪翟信來的是老闆娘，老闆娘這時已收拾得楚楚動人，坐在了翟信的炕頭上。

翟信急急慌慌的一陣大動，心就疲軟了。雖然，這個女人野性十足又溫柔無比，可他一想起他的卓瑪，對這個女人就沒了一點興趣。

她說：「你不喜歡我？」

他說：「誰說的？」

她說：「我說的。」

他說：「我和別的女人不習慣。」

她說：「家裡那口子比我好？」

他伸著腿，長長歎了一口氣。

這時，就聽見了一聲悶騰騰的槍響。

翟信說：「不好。」一把將老闆娘拉到被窩裡。

老闆娘一把摟住了他的脖子，她的肩膀抖動著啜泣了起來。

她說：「我是個千人踏，萬人搗的貨，沒人疼腸著。」

他說：「別出聲。」他從枕頭底下摸出了槍，他知道這是打劫的毛毛賊。

他在窗戶孔裡看到有一個胖子一手提槍，一手揮著刀正指揮著幾個人拉他們的牲口。他一個點射，那胖子一頭栽到地上再沒起來，其他人看胖子倒了，抬上胖子趕快往外跑，他又往黑暗中掃了一梭子。

毛賊跑了，他不知怎麼一下來了精神把老闆娘拉到懷裡，瘋狂地幹了起來。

淫雨連綿的夜晚滋潤著人們的情欲，蕩漾著男人粗重的喘息和女人尖厲的呻吟。

到了蘭州，翟信前兩件事辦得很順利，他讓幾個馬幫把大小槍枝藏在麻袋裡馱了回去。然後，他辦了幾十馱子布，買了上百把刀子上了西藏，他知道藏族人最喜歡這種十樣錦的刀子了。

進青海不幾天就開始起風了，剛開始還是黃沙塵土，到後來變成了黑沙暴。一股股沙柱呼嘯旋轉，如同大漠幽靈。風把牲口刮得東倒西歪，沙子像湧動的潮流，不斷向他們襲卷而來。

翟信和馬幫們把駱駝拉到低凹的彎子裡，人和騾馬全躲在駱駝後面，他們一起一伏移動著，沙流從他們身下滾滾向後面流去。馬幫與黑沙暴持續了大約一個多小時，給他們前面留下了幾座沙丘，黑沙暴才匆匆過去了。

黑沙暴一過去，太陽又像熱烘烘的火爐子，蒸烤在了他們的頭上和臉上。翟信掏了掏耳朵裡的沙子，用手抹了一把臉，打開一個羊皮袋和馬幫們喝起了甜蜜蜜的黃酒。這酒是他們自已做的，鳳凰山家家戶戶都會用黃米釀制這種色澤鮮明，香氣濃郁、醇厚的飲料酒。喝了酒，歇了一會，馬幫們又來了精神，不知是誰起了個頭，大家都跟著唱了起來：

大馬兒走過了火焰的山，
尕馬兒走進了個荒灘，
哎呀——
一晚夕想你者三更了天，
哎喲。
肋巴骨扳成了算盤。

馬幫們一唱勾起了翟信對卓瑪的思念，翟信說：「走吧。」

馬幫們起了身，但還是嘴裡唱著：

西寧吧丹格爾古鄯的驛，
蘭州的街道裡過了；

哎呀——
心肝花牽給者阿哥的心，
三站路踏一站了。
呀——

鐵匠爐子是鐵打鐵，
哎呀——
砧子是生鐵鑄的。
哎，
萬物是真的人假的，
陽世是五葷人鬧的。

馬幫們就這樣說著唱著，用歌聲伴著那艱難的跋涉，到了遼闊的雪域西藏。這裡的確是塊美麗的地方，處處給人以夢幻迷離、色彩斑斕的感覺。羌塘是一片真正的高天闊土。由於這裡有透明的空氣，只要登高遠眺，幾百公里外的景物清晰可辨。同藏北的河流與藍天一樣純淨的牧羊女，每天可以觀賞幾百公里以外的他鄉美景。但是，她們也許永遠不能涉足她們所熟悉的那些山山水水。

她們就在自個兒居住的方圓幾十公里的草場上放羊蕩牛，生兒育女，圍著灶台和奶桶轉來轉去，走完她們人生的全部旅程。卓瑪就是一個牧羊女，但她也是這裡千戶老爺的女兒。她其實長得很一般，短短的身材，乳房很大，臉上還有幾顆很顯眼的白麻子。可這個女人在翟信眼裡就是一朵白牡丹了，那發達的胸脯，挺拔的脖子，碩大的屁股，使他熬過了無數個不眠的夜晚。

翟信到了羌塘，一面把貨物找買主出手，一面到藏家人的氈房裡收了酥油、麝香、鹿茸、熊掌和冬蟲夏草。羌塘地區有數不盡的寶藏，然而很多寶藏在外來人不收之前，他們是不知道其珍貴價值的。

對於羌塘的牧民來說，牛羊既是生活資料也是生產工具。牧民所有的生活都源自牛羊，所以，在牧民的價值觀念中牛羊佔有極為重要的位置。判斷一戶人家的富裕程度，就是看門口的牛羊多少為標準。由於受這種傳統價值觀念的影響，有些牧民便不知道自已為誰而生為誰而活，於是不明不白地成了牲口的奴隸。卓瑪家的牛羊是羌塘地區最多的，沒有人能知道她家到底有多少頭牛，多少只羊，可卓瑪從小養成了勞動的習慣，她喜歡在勞動中唱那些歡樂的歌，因為這些歌使她心情愉悅，忘記了什麼是憂愁，什麼是悲哀。藏家人每一樣勞動都有一樣勞動的歌，打酥油有打酥油的歌，織毯子有織毯子的歌，就連拴牛也有拴牛的歌。只是有些歌的歌詞比較簡單，是一種按勞動節奏哼唱的勞動號子。卓瑪就喜歡唱拴牛歌，唱這首歌時她把自已的情，自已的愛，完全融進了歌裡，使這些可愛的動物歡呼跳躍，把毛茸茸的頭伸進她的懷抱裡。

巧來，
巧來——
啊，巧來，

五

她用一種親切的聲音唱著喊：「來吧，來吧——」

翟信來到卓瑪家的帳房邊上，他遠遠地就聽到了這種聲音，卓瑪每次呼喊他時就唱這首拴牛歌。他每次把自已的頭放在那圓圓滾滾的乳頭上時，她就輕輕撫摸著他蓬鬆的頭髮，唱著說：「我的犽犛牛呀，我調皮搗蛋的犽犛牛。」

翟信不論到哪裡，每次想到這些他就有一種衝動，他忘不了他千里路上的牡丹花，這是他四十多歲的人還能不顧長途的疲勞，走四川，上新疆，跑西藏的動力。

他過去用手蒙住了她的眼睛，她的歌聲一下停了，她的臉上露出了淡淡的紅暈。

「啊！我的犽犛牛來了。」卓瑪長長地舒了一口氣。其實卓瑪才二十歲剛剛出頭，要比翟信小二十多歲，可是，在她的眼裡，他永遠是她的犽犛牛。她日日等，夜夜盼的就是這頭頑皮的犽犛牛。

翟信把她抱進了帳房，他一下扯斷了她的紅系腰，一雙有力的大手瘋狂地揉搓著她的大奶子。

卓瑪也用手勾住了他的脖子，嬌滴滴地說道：「急啥呀，饃饃不吃碗裡在，夠你個貪嘴的犽犛牛吃的。」

卓瑪一說翟信就更急了，他急不可耐地把她放到紅地毯上，嘴唇兒吸到了她的小口上，他吮吸著她的舌頭，眼前面飄動著五顏六色的星星，用他那強勁有力的身體包擁了她。

黑黝黝的夜晚，似乎更能增添情趣，她在他的身下扭動著，使他完全近於瘋狂了。

她把他的手拉到自已的胸脯上。她說：「你真壞。我的心好疼好疼啊！你不能不走嗎？給我阿爸當招女婿，這千千萬萬頭牛羊，這一片好馬跑不到邊的草場全是你的。阿哥，你答應我，你答應我不走了。」卓瑪說著說著淚水就從臉上流了下來。

翟信摸了摸她的頭髮說道：「你跟我走吧，我會好好地待你的。」

卓瑪說：「不，我到那裡會急死的，阿哥，你就留下吧。」

翟信聽到這話披上了皮襖，他身邊響起了那清脆悅耳的歌聲：

高高的幹壩山頂上，
假如把拉薩看見的話，
吉祥天女的朝見，
可以在山頂上做了。

葉川壩的井水呀，
比剛出籠的酒都好，
那個汲水姑娘呀，
比金裝的菩薩還美。

杏子在嘴裡是好，
花兒在眼裡更好，

請你把佛堂的門開開吧，
花是給菩薩獻的。

你明天要走了，
心上的話今天就說吧。
臨別的時候呀，
心上難過者怎麼說哩。

布穀，布穀，你以為怎樣？
你在這裡盡情地叫它吧。
假如你放在中原皇帝的金鑾寶殿上，
你連翅膀扇一下的膽子都沒有。

翟信聽到這裡打了個顫，他眼前幻出了濁浪排空的黃河，他是吃黃河水長大的呀！他望了一眼帳房外天上的星星，說道：「卓瑪跟我走，你跟我走，我捨不得我的黃河水呀。」

「那你就捨得我。」卓瑪把頭放在翟信寬厚的胸前，抽泣得整個身體晃動了起來。

「天啊！我的心要讓你們扯碎了。」翟信走出帳房，風一吹，他那昏昏沉沉的頭腦又慢慢清醒了。

翟信在卓瑪家住了十天，貨物備齊後他又與她呆了一個銷魂的夜晚，第二天頭遍雞叫，他就跟著他的馬幫出發了。他希望在他還沒有到達納木錯湖的時候，太陽不要出來。但是，太陽卻出來了。月亮，在他剛走出卓瑪的帳房時還放射著光輝，現在卻只像一灣水銀似的閃著光；原先令人非常注目的遠處黎明的粉紅色閃光，現在要細細找尋才能發現；原先遙遠山巒上模糊不清的斑點，現在已經一目了然了。那是一處處的瑪尼石堆，上面立滿了五顏六色的插箭。翟信騎在馬上往遠處望了一眼，大地在一瞬間竟然發生了如此大的變化。雪峰彷彿悅耳的音樂般時而變成藍色，時而變成淺紫色，時而又變成了玫瑰色。他又想起了他的卓瑪，多麼好的一個女人啊，她給了他一顆用任何財富也換不來的心，是這顆心慰藉了他孤獨疲憊的身影，也是任何一個女人沒能點燃他心靈之花的原因。

太陽升起來了，它像一顆五彩繽紛的鑽石熠熠閃光，把它溫暖的光輝灑在綠油油的草地上。翟信哼起了他最愛唱的那首《腳戶哥》：

頭幫騾子滿頭紅，
你看阿哥者好威風。
騾子呀走到西口外，
西口外馱一趟麝香和虎骨者來。
騾子趕到巷道裡，
叫一聲尕妹房上看個來。

五

騾子趕到大門外，
叫一聲尕妹你開門來。
雙扇的大門兩面兒開，
叫一聲腳戶哥快進來。
騾子拉到了轉槽裡，
喂了麩料飲水哩。
尕馱子卸在檯子上，
三間的大房歇蔭涼。
大紅的八仙桌四四方，
烏木的筷子雙下上。
青銅的壺兒裡茶燉上，
七寸的碟子裡肉撈上。
方盤子拾上的大鍋盔，
指甲面片兒蔥花配。
一口氣吃飽著心歡暢，
我的尕妹哈好心腸。
頭幫的騾子起了程，
二幫的騾子響起了鈴。

一條條大路通天邊，
　腳戶哥的孽障哈說不完。

翟信經過半個月的長途跋涉到了青海境內，望著大漠蒼穹的阿尼瑪卿山他笑了，他笑這愁慘慘的雲，昏沉沉的天，他笑眼前連綿起伏的戈壁沙漠和荒涼淒黯的深谷城灘。

六

遠處天際，阿尼瑪卿山高聳入雲，一片潔白，山體挺拔俊秀，周圍盡是奔騰起伏的峰巒，猶如從天上躍跑下來的一群白駱駝。大片大片墨綠色的原始森林，鋪墊在白駱駝腳下，使他們昂首噴鼻，各有奇姿，更顯得栩栩如生。馬幫們穿過一塊草灘，走進了一片樹林，突然，馬蹄噠噠，幾匹馬從右側過來沖到前面堵住了他們的去路，把他們團團圍了起來。來人是馬步芳的黑馬隊，把他們逼到一塊低窪的草灘裡。只見眼前一個被水沖刷成的大坑裡活的和死的足有上百來人混在一起，哭聲，喊聲，罵聲，攪成了一團。翟信彷彿又進入了夢幻似的，他看見大坑裡人往人身上壓著爬，血乎乎的蠕動著。坑外的士兵騎在馬上用棍棒和皮鞭往坑裡趕著成群結隊的男男女女。

這時，馬上跳下來一個人拿著皮鞭喊道：「拿上鍬往坑裡填土，埋這些共產黨紅軍。」

翟信打了個激靈，愣了一下神，他看見坑裡一個十六七歲的姑娘正從坑裡往外爬，嘴裡喊著：「大伯，救我，救救我啊！」

淒厲的喊聲和哭聲像針一般紮著翟信的心。

忽然，白光一閃，一把明晃晃的馬刀在空中畫了個弧，砍在了她的手上。

「啊！」姑娘慘叫一聲跌進了人堆裡，四個手指還在坑邊蹦蹦跳動著。

雨點般的土一鍬鍬往土坑中飛去，哭喊聲刺激的這些士兵瘋狂了，翟信剛一愣神，臉上「啪」地就被抽了一皮鞭，塵土整個兒彌漫飛揚在大坑的上方。翟信和他的聯手們，以及士兵和周圍的莊戶人一起掩埋了坑裡的人。他們看見那些黑馬隊高揚著青天白日旗幟從浮土上面跑過，浮土還在緩緩地動著，大地上還能聽見黃土下面人們的呻吟。翟信的心在顫抖，兩條腿打著擺擺，上下牙碰撞出「嚓嚓」的聲音。待他醒過神來，他看見那些黑馬隊早已離他們遠去，他好似看到浮土中伸出了一隻手，他的頭髮一下立了起來。

翟信大喊一聲：「快跑。」人們紛紛跳上馬，趕著騾馬駱駝匆匆往樹林深處跑去。

他們慌慌張張走了兩天的路程，第三天的下午，他剛靠在樹邊歇息下來，翟信猛然聽到身邊有微弱的聲音在喊。他以為碰見鬼了，拔腿要跑，前面草叢中一個人站了起來說道：「老鄉，救人。」

他看到眼前這位身上裹著破麻片的年輕人，大約有二十來歲的年紀，瘦削黑紫的臉龐，佈滿血痂的嘴唇，一雙深深陷進眼眶的眼睛瞅著他。

翟信拉住馬，往後退了一步，問道：「你是什麼人？」

那人說道：「老鄉別慌，我是紅軍。」

翟信說：「你怎麼在這裡？」

那人說：「我是被那些騎兵抓住後，半道上逃跑到這山崖下的。」

翟信雙目緊閉，騎在馬上停了一會，然後長長地歎了一口氣，說道：「孽障著，趕快把衣裳換掉，加在我們的夥子裡。」他一邊說，一邊給那位紅軍扔過去一套麻布衫和一件破羊皮襖。

「你叫什麼名字？」

「李志新。」

「以後就叫尕進財吧。攢著學會河州話，你們下邊人的話別人一聽就發現了。」

李志新感激地朝翟信看了一眼。

翟信的臉抽搐了一下。他們又出發了，向著東方，向著黃水滾滾的家鄉。大漠裡的風起了，在他們後面呼嘯著、追逐著、掩埋著他們的腳印，催趕著他們的身軀，並越過他們直向東方撲過去……。

李志新騎在駱駝上心中一直忐忑不安，這些日子來雖然他和這些馬幫們一起吃，一起睡，一起奔波在那茫茫的戈壁荒灘，但他忘不了那火熱的戰鬥生活，忘不了那些與他一起浴血奮戰的弟兄們啊！他不相信紅軍會失敗，會失敗到馬步芳隊伍的手裡。記得那是十二月初，馬祿騎兵旅，馬樸騎兵旅，韓起功步兵旅及馬步青的炮營，聯合夾擊紅軍。在強敵面前，紅軍戰士儘管疲勞不堪，但一聽到槍聲就來了勁，紅了眼，紛紛請纓出戰。那時，他是團長，他和其他紅軍弟兄們依託城牆垛口，打退了敵人一次又一次的進攻，戰鬥一直進行到了第三天的下午。

戰場在甘肅河西走廊的一座土圍子附近，不遠處屹立著雄偉的萬里長城。長城盤旋逶迤，挺起高高的脊樑，它雖然經過了千百年的滄桑巨變，風雨剝蝕，卻依舊展現著那巍峨的雄姿，依然張開那博大的胸懷，像要把這支歷經戰爭創傷的西路紅軍健兒摟抱在懷裡。

下午四時許，嘹亮的衝鋒號吹響了，多年來沉寂的土圍子，頃刻間在熾烈的槍炮聲中顫抖起來了，土圍子城牆上掩護紅軍部隊的機槍「噠噠噠」地歡叫不停，復仇的子彈呼嘯著飛向馬步芳隊伍，壓得他們不敢抬頭。李志新和三十七團、三十九團的勇士們，從東門沖出，一路砍殺出去。包圍土圍子的馬步芳隊伍猝不及防，四散逃奔，如潮水般退了下去。紅軍官兵乘勝追擊，寸步不讓，一直追殺到古長城，並佔領了一道草梁子。李志新站在草梁上舉起望遠鏡進行觀察，突然，他與身邊的警衛員同時倒了下去。原來是一顆子彈同時穿透了他倆的大腿，幸運的是李志新沒有傷了骨頭。衛生員跑過來為他倆做了包紮。就在這個時候，只見正前方遠處塵土飛揚，遮天蔽日，是馬祿的騎兵旅反撲過來了。

騎兵們揮舞著雪亮的戰刀，嘴裡吼著：「保家衛國，保家衛國！」風馳電掣般沖了上來。刀光劍影，血肉飛濺。紅軍利用草梁，按照打騎兵的經驗，打馬腿的，瞄準馬上騎者的，一陣陣排子槍齊射，飛奔的戰馬中彈撲嗵倒地，馬背上的敵人被摔得老遠，不死即傷。後面的騎兵又上來了，嘴裡喊著：「不怕死的上啊！」還沒有接近紅軍陣地就讓子彈把腦袋打得開了花。李志新指揮著戰士們打得越來越興奮，可馬步芳隊伍到底人多，一批倒了，又上來一批，紅軍漸漸支持不住了。騎兵們看他們漸漸占了優勢，喊道：「抓活的，抓活的。」

李志新領著幾百人朝草梁子背後繞了過去，然後，趁馬步芳隊伍正面攻擊的空隙，從薄弱處沖了出去。他們一直往阿尼瑪卿山挺進，雖然沖出了包圍，可他們與紅軍大部隊脫離了。

半月多來，他們在冰雪覆蓋的大山裡轉悠，吃的是野菜和山上的青稞，喝的是山溝裡的冰雪水，可他們的行蹤卻被馬步芳隊伍發現了，這一次他們在那亂石密林裡竟遭到了完全的覆沒。

李志新想到這裡，心如刀絞般的難受，他望著蒼天發出了一聲悠長的哀歎。

尕老五把程福祥的傻兒子程少白從劉龍的手裡救了出來，又給了程福祥一筆錢，把劉龍的賬給還了，程家一家高興地給尕老五磕起了頭。

這天晚上，程家紅燈高懸，悄悄為尕老五和幾個山莊人擺上了酒席。

程福祥不知對尕老五怎麼感恩才是好，兒子傻是傻，可是他程福祥的精血，是程家惟一的一滴血脈。他知道只有這兒子可以為程家傳宗接代，可以為程家留下根基。

酒喝得很狂，沒有那麼多虛套，三拳兩勝一哐當。一圈下來個個都是酒酣身熱，還在那兒碰碗。程福祥被幾個人敬了酒，已覺頭重腳輕，他問一個山莊人：「你家掌櫃家裡有人啦？」

「掌櫃的尕娃都有了。」

「再想不想說人？」

「山上的規矩一人只許有一個女人。」

「掌櫃的多有個也不成？」

「我也說不上。」

「你看我家姑娘怎麼樣？」

「我也沒見過。」

當下，程福祥把姑娘喊來。程福祥說道：「丫頭，給大掌櫃的倒酒，這是你阿哥的救命恩人。」

這姑娘叫翠花，原來是程福祥的丫環，後來拜程福祥為幹大，成了他的乾女兒。這年她十八歲，穿著一件緊身粉花小布衫，梳一條過屁股的大辮子。雖說是莊稼人的姑娘，然而，經常跟著程福祥在世面上跑，出落得真不俗氣。她走上去，奶聲奶氣地說：「五阿哥，喝酒。」說著滿滿地斟了一大碗。

尕老五當時已經喝得雲山霧罩，翠花這一聲甜甜地叫喊，喊得他渾身的麻骨散了。尕老五眼睛直直地盯在翠花的臉上，一下子就挪不開步了。

尕老五把翠花一把拉到懷裡，照翠花胖乎乎紅通通的尕臉蛋上狠狠地親了一口。

就在這時，翠花被拉了起來，臉上「叭」地被扇了一巴掌。原來，這是到外邊撒尿去的欒二回來了，一見這場面就給翠花一個嘴巴。這一下，尕老五火了，順手拔出槍，說：「日奶奶，誰尿管我的事。」

欒二說：「我。」房子裡一下子亂了營。

程福祥率領全家，齊排排地跪在了地上，連連說：「兩位爺甭發火，這都是我的意思。你們救了我的尕娃，就等於救了我們全家。這個劉龍壞著說不成，啥事都能做得出來。我把翠花給大掌櫃的，把大掌櫃的服侍好，這也是應該的，這也報不盡你們的大恩大德啊！」

「你胡尿做得啥，大掌櫃的家裡有女人呢，瞎操心。」欒二指著程福祥說道。

在一片亂糟糟的吵鬧聲中，尕老五漸漸地清醒了過來，他仔細地聽了聽，這才明白發生了什麼事情。

他突然一跺腳，說：「閉嘴！」

程福祥全家嚇得都不敢說話了。

尕老五說：「你們要幹什麼？」

程福祥說：「讓翠花侍候你大掌櫃的。」

尕老五說：「好我的保長呢，不過有一條。」

「哪一條？」

「就因為我要回你的尕娃，你就要推出你的丫頭，你們虧先人呢。你們為翠花想過嗎？好！我把你的尕娃再送回去！」

「這，這這……」

程家一家人都驚得跪了下去。

尕老五見時機已到，就問：「還給不給翠花了？」

程福祥看了看家裡人，笑了一下。

「說！」

「不給了，不給了。」

程福祥一家人，真是又驚又喜，如在霧裡雲中。尕老五一揮手，率領山莊人，回到了鳳凰山莊。

這天晚上，萬籟無聲。在深不可測的高空裡，有無數的星星眨著眼睛。欒二心裡有些難過，他覺得自己一時衝動傷了大哥的面子，太對不住了，他收拾了一下，準備去尕老五的房裡請罪。這時，門「嘩啦」一聲開了，尕老五大步走了進來。

尕老五說：「秋菊，你先出去一下。」

秋菊朝倆人臉上看了看，走出了門外。

秋菊一出去，尕老五把門一關，就給欒二跪下了。

欒二慌忙也跪了下去，扶著尕老五。

尕老五說：「二兄弟，我尕老五犯了親手訂的莊規，貪花戀柳。當時，那丫頭把我饞壞了！我想女人啊！一見那丫頭，想的我呀都尿了褲子，真想摟住她，親個夠，我這是明知故犯，要罪加一等。你斃了我吧！」

欒二不知說什麼好，他說：「阿哥，誰讓我們腿裡夾個棒槌呢，我一時衝動，真對不住你啊。」

尕老五說：「兄弟，你做得對！你必須斃了我，以正莊威。你不開槍，我自已動手。」

說時遲，那時快，尕老五飛快地拔出匣子，對準了自已的太陽穴。

欒二一看不好，一個惡狗撲食飛過去搶槍。

可是，槍「當」的一聲響了，子彈從尕老五嘴邊擦過，打中了他的左肩膀，尕老五苦叫一聲，栽倒在了地上。

眾兄弟們闖了進來，這時才知道發生了什麼事情。

尕老五喊道：「都給我跪下，拜欒二為大掌櫃的。」

尕老五靠著牆掏出了槍，說道：「跪下！誰不跪下我斃了誰。」

眾弟兄們紛紛跪了下來。

尕老五說：「我們鳳凰山莊，莊規是不能亂的，任何人亂了莊規就和我一樣。從今往後欒二就是我們的大掌櫃，都聽他的。」

欒二還想說什麼。

尕老五說：「別說了。你要再推辭，我現在就死在這裡。」他又把槍頂在了自己的太陽穴上。

欒二於是說：「好，那我就答應了。往後一切按老五哥的莊規辦，大小事情還得靠各位幫忙了。」

這時，山莊的大鼓銅鑼敲起來了，嗩吶悠揚的聲音攪得天上的鵓鴿歡快地向遠方飛去。

七

鳳凰山的女人們要說灑脫，還是崖頭坪的女人們活得自由自在。這些馬幫的婆娘們，別看男人們在時，忙了地裡忙家裡，白天給男人們燒三炮臺的碗子茶，晚夕裡則在炕上瘋，在被窩筒裡野，侍候得男人們無論走到天南海北，心裡想得還是熱炕頭上的牡丹花。

這些女人們在男人們走後更能放得開了，她們不管到山上砍柴，還是到地裡拔草，整天价花兒不離口。那些過路的或是打柴拾糞的男人們，就被她們的花兒纏住了腳，與她們對個混天黑地，鬧騰個白天黑夜。若遇個沒心沒肺的二百五，幾個婆娘過去，扒了褲子掏出牛，一根細細的草棍棍往那尿尿的眼眼裡一塞，疼得他叫姐喊妹子下了話，才把他放開，讓他好好思謀一番，崖頭坪的尕妹們哄不成。

崖頭坪的女人們在男人走後，好似都有一個默契，誰也不管誰。有一個花兒說得好，「陽世上來了陽世上鬧，陽世上活多少呢，」這就是她們能夠想得透，想得通，在青春年少時不虛度年華，為了情，為了愛，而死死追求的原因。

馬幫們多在開春時節外出，這時春暖花開，各處的男人們就到崖頭坪地邊上與女人們對花兒。男人們要想贏得女人的心，花兒不但要唱得好，而且要能唱出情味，唱出女人心裡的酸楚，女人們願意和這樣的男人交朋友。

翟信和馬幫們上西藏不多日子，就到了拔草、鋤草的時節，女人們的老相好或新相識就到地邊上對花兒來了。

男：哎——
陽山的牡丹呀，
照陽山呀，
哪一朵它開的最鮮豔呀？

女：青石崖上的紅牡丹呀，
牡丹花兒開，
一朵比一朵惹人的眼。

男：哎——
山裡的牡丹呀，開千層呀，
照到川裡的水又紅呀，
哎喲，
牡丹雖好摘去時難呀，

摘不到手裡是枉然呀。

女：哎——
東山的個白楊呀照西山，
西山的牡丹映紅了山；
阿哥是太陽山谷裡攀，
尕妹是才開的紅牡丹。

男：哎——
山裡高不過鳳凰山，
鳳凰山站在個白雲端，
花兒裡為王的紅牡丹，
紅牡丹它開在春天。

女：哎——
川裡美不過崖頭川，
坪頭上鋪上了綠絨毯，
人中間英俊的是少年，

阿哥的肉呀，
掛牽著我的心花肝。

男：哎——
半個天晴來嘛半個天陰，
半個裡燒紅呀著哩；
兩個的身子嘛一個（就）心，
尕心們連實呀著哩。

女：哎——
燈盞裡沒油哈添油來，
手拿上撥燈棍來；
我有個哈膽子開門來，
你沒個膽子哈進來。

兩個人對到這裡，算是接上了口，對上了竅，然後走到一起，你摟上肩膀，我摟上腰，親親熱熱一番，接著再對再唱，直到兩人緊緊擁在一起，女人們恓恓惶惶把心裡的憂愁與煩惱一古腦兒哭出來，他們才雙雙牽手往家裡走。崖頭坪的女人們就是這樣打發著她們寂寞難耐的日子，可男人們一回來她們就收斂了，因為，她們知道外面的朋友是水中的月，牆上的影，飄乎不定，來去無蹤，沒有牢靠。所以說，不管男人們回來問不問她們，她們早已把心思兒撲在了自己男人的身上。

翟信領著馬幫回來後，家家戶戶的女人們宰羊殺雞慰勞出門的阿哥，把家裡僅存的一點茶葉和冰糖泡上三炮臺碗子茶讓男人喝。這時候，男人們笑，女人們哭，互訴著別離的辛酸，和牽腸掛肚的思念。

翟信的女人秀蘭，人長得俊不說，針線茶飯樣樣都會，而且世下了一付好嗓子，年輕的時節裡草尖上飛，唱花兒唱紅了一個川道。可這個為翟信生了四個姑娘，麻利幹散的女人，翟信死活就是看不上，也就沒了那些溫溫柔柔甜甜蜜蜜的話兒。可是，這女人卻待翟信好，不論天陰下雨或是冷月寒天，冬天翟信有冬天的皮襖，夏天有夏天的綢褂，而且每件衣裳，每雙襪子上都有她紮得一朵朵噴吐著驕焰的牡丹花，就連那翟信穿得鞋墊、襪子的後跟上都有那紅紅豔豔的一團火。這是她對翟信的一片情，一片愛，一種說不清道不明的溫存。她知道這牡丹花兒有靈性，它可以在男人憂愁時，給以安慰；在男人遇到困難時，給以祥助；在男人沒了主心骨時，會啟迪他生出大智大慧；它是女人帶在男人身上的護身符，是女人留給男人舍不掉的想頭。

秀蘭也是有朋友的，年輕的時節裡，川道裡的好男人都到她這裡來過，都舔過她的唾沫，揉過她的奶子，摟住她的細腰瘋死瘋活地狂過，可沒有一個人動過她的心，她心裡只有一個真正的男人，那就是翟信，她知道有了這個男人，她這朵花才能開得這麼豔，活得這麼開心，才會像蔥秧兒一樣直溜溜的端。

她給翟信捧來鹿茸酒，這是翟信最愛喝的，炒了豬腰羊心牛蹄筋，來慰勞她出門回來的阿哥。

雖然，四個姑娘都那麼大了，可她還像年輕時節一樣頭上插著一朵牡丹花兒，臉兒洗得白白的，眉兒描得彎彎的，屁股一顛一顛在翟信的左右跑前跑後。

翟信說：「你先到後面去吧，讓我在這裡歇一會兒。」

秀蘭對翟信的話並不怨，只是笑笑，就到後面自已的房裡去了。這時，她就會在房裡一個人唱一首心酸的花兒：

哎——

日頭上來是喲胭脂紅，

月亮呀上來是水紅；

白天裡呀想你肝花兒疼，

晚夕裡想你是心痛。

欒二當上大掌櫃後，莊中大小事情他仍然聽尕老五的，欒二最為擔心的是山莊的安全，為了防止官兵的進攻，他不論颳風下雨還是酷暑寒天，總是帶著黑虎黑豹兩隻狗山上山下到處巡視。他在山下設了一些暗堡，這些暗堡在岩石底下，在茅草叢中，若不是知情人，根本無法發現。欒二經常槍不離手，就是子彈袋也是無冬無夏勒在褲腰帶上。

欒二做事是很有心計的，他不但對山莊上上下下的人以誠相待，而且常用一些小恩小惠的手段籠絡人心。哪家若生活上有了困難，他親自找管家，為其要錢要糧，予以解決；哪家有了婚喪大事，他都要親自上門進行周旋；所以，不上半年的時間全莊的人都對他服服貼貼，就連以前對他有點不服的人，看到他超人的膽略和管理山寨的能力，也對他佩服得五體投地。

為了防範官兵的攻打，欒二一面叫莊人四處買槍，另外，他讓山莊人家家養狗，當官的養三五條之多。每天，欒二都和弟兄們對狗大加訓練，每到開飯時間即打梆子喂狗。時間長了，這些狗只要一聽梆子響即去吃食。晚上，夜幕遮蔽著大山，這些狗埋伏在山上山下，溝溝叉叉，一遇生人即通風報信，互傳信息，只要主人一聲令下，這些狗一擁而上對來人進行襲擊。一時間，鳳凰山莊的狗讓人望風喪膽，誰也不敢輕易走進山來。

黑虎黑豹是一母狗雙生的弟兄，渾身黑得幾乎沒有一根雜毛。這兩隻狗屬於一種高大、瘦削、粗頸大頭、耳朵細長的品種。它們整天不離欒二左右，不管是生人還是熟人，只要到欒二十步之內，它倆馬上就提起前腳坐著，鼻子朝天，眼睛緊緊盯著來人。有一次，山上來了一個生意人，因為不熟悉情況，剛要掏槍打鳥被黑豹一口咬住了手腕，不是欒二喊得急，那人的手幾乎要被咬了下來。

那是一個秋天，和秋天連接在一起的是陰鬱而潮濕的天氣。那天，天由陰轉晴，陽光從雲層中射出，潮濕的金光籠罩了鳳凰山的岩石和樹林。欒二和秋菊心情特別好，帶上黑虎黑豹進入了後山的一道深溝，突然，黑虎黑豹警惕地朝著灌木叢中狂吠起來。欒二「唰」地拔出槍來。他從黑豹黑虎的叫聲裡聽出有點異樣。他撿起一塊石頭，向叢林拋去。這時，叢林中一陣旋風，接著一聲長長的虎嘯，撲出一條扁擔花虎來。扁擔花虎也許餓得慌，根本不把欒二和秋菊放在眼裡，直向黑豹追去，黑豹也許是為了調虎離人，保護主子，拐向山梁奔去。

老虎在後緊追不捨。

「快救黑豹。」隨著欒二的大喊，黑虎已向扁擔花虎追了過去。

黑豹越過山梁，直奔山莊一家後院，試圖逃進屋裡躲避。院子外是幽深密集的松樹，幾隻轉悠的狗見扁擔花虎掉頭就跑，遠遠地站下叫上幾聲。黑豹一鑽進松樹中，速度減慢了，老虎已追到身後。就在這萬分危急的時候，黑豹向兩根大松樹叉中間竄了過去。老虎眼看獵物張口即得了，一個衝刺，盡力猛撲過去。哪知，黑豹已跑掉，老虎卻被兩根松樹叉牢牢鉗住。扁擔花虎發怒了，拼命嚎叫、掙扎，發出雷鳴般的聲音，松樹「唰唰唰」地抖動著，怎麼也脫不了身。欒二趕到跟前，見老虎躺在松林裡，四腳亂刨，黑虎黑豹前後夾攻，猛叼猛咬。這時，老虎突然翻過身來，欒二一個箭步飛去，騎到了老虎背上。常言道：「騎虎難下。」老虎見背上有人，怒吼一聲，一翻身，來了個四腳朝天。欒二被摔倒在地，一隻腳還緊緊勾住老虎的肚皮。他雙手一推，又躍身騎到老虎的肚皮上了。老虎的兩隻後腳在空中亂蹬，一點作用也沒有。威脅欒二的是兩隻前爪。一隻前爪抓來，被松樹擋了一下，欒二順勢用左手握住，緊緊夾在腋下。另一隻前爪又抓來，欒二未能防住，鋒利的鐵爪撕下了他肩上的一塊肉。欒二忍住劇痛，用右手握住虎腿，緊夾腋下。這時，黑豹一口咬住老虎的喉管，黑虎一爪摳出了老虎的一隻左眼。秋菊提著斧頭一直下不了手，趁此機會她把斧頭朝老虎的血盆大口劈了下去。斧口劈在老虎的上頜骨與下頜骨之間，如同劈到樹樁上，斧頭被死死卡住，怎麼也拔不下來了。欒二急中生智，順手抱起一塊石頭，往斧頭背上砸去，只聽「嘩」的一聲響，老虎的頭骨被劈成了兩半。老虎不動了，欒二一陣頭暈也癱軟在了地上。

秋菊叫來人將欒二抬到屋裡，嚼了草藥貼敷在欒二的傷口處。欒二感到了一陣鑽心的疼痛，秋菊讓他躺在炕上慢慢吸食大煙，身上的疼痛才慢慢減輕了許多。

自從欒二當上大掌櫃後，秋菊一直負責鴉片煙的販運倒賣任務。他們把鳳凰山的鴉片往外販運，把川康邊境黑水、那娃的鴉片收集起來進行倒賣，這種買賣途中不遇麻煩，平安回來，就可獲得豐厚的利潤。可是，由於路途遙遠，交通不便，僅藏區的行程就要耗時一兩個月，加上沿途土匪、關卡很多，風險很大。所以，鳳凰山莊的女人們一般用人體將鴉片往洮州、蘭州發送，男人們則進川康，走險道，把大量的鴉片運往四面八方。

秋菊生性潑辣，且花兒唱得葷，唱得酸，山莊人見了她是又愛又怕，加上她做事又穩當又靈活，山莊的收入自然也好了許多。

尕老五當大掌櫃的時候，女人們出外都不帶槍。有一次，一個女人往蘭州販大煙，被路上的幾個士兵給堵住了。其中一個當官的過來捏了一下這女人的臉，嘿嘿笑著說道：「尕妹子的臉蛋兒水汪汪的，那玩意兒肯定還是個水啊。」女人聽到這話，抬手就給那個軍官一個耳光。這當官的愣了一下，然後對著手下的七八個兵丁說道：「這尕妹子性子陡得很，打個排子槍不成問題。」說著，對手下的一個大個子說道：「大個子，你先上。」

大個子過來將那女人抱起摔在地下，三下五除二就將那女人扒了個淨光，然後爬上去就往裡塞，塞了半天也進不去，他提著褲子走到那軍官前面敬了個禮說道：「報告排長，這婆娘和別的女人不一樣，塞不進去，讓我把那玩意豁開看一下，到底是個什麼家什。」

那女人往當官的跟前靠了靠，說：「讓他們走開。」

那位軍官說：「弟兄們先到邊上去。」

士兵們嘻嘻哈哈笑著說：「排長要吃獨食呢。」然後朝石頭坎下走去。

只見那女人從身下抽出一個油包，打開來是一包煙土，足有二兩。那軍官笑了笑，一把拿過來裝進兜裡。

女人們回來後，欒二馬上給女人們配了槍。並且，走時三個一群五個一夥遠遠地互相照應著。

秋菊一般情況下不出山，只在山上調配女人們販運煙土，如果遇上了大買賣，她才親自出馬，魔高一尺，道高一丈，在秋菊的指揮下，鴉片煙像黑霧一樣，從鳳凰山莊繞過高山湖河，不斷向整個大西北蔓延，成了當時西北主要種植、販賣鴉片的基地，形成了對馬步芳隊伍倒賣鴉片解決軍餉的嚴重威脅。

八

李志新到了崖頭坪後，腿上的傷口化膿了，翟信就讓他在家裡養著。他整日裡躺在炕上，腦海裡就浮現出一幕幕過去的記憶，但最多的還是在部隊裡的往事，尤其是與他患難與共的戰友。西路軍從危難中沖出來了嗎？他們現在在哪裡？

在炕上躺了一個多月，李志新的傷非但沒好，反而一天天加重了，這下可急壞了春桂。春桂就住在李志新的隔壁，這些日子裡她為李志新端飯送水，熬湯換藥，可是這傷口不但沒好，眼看著他的腿腳一天天腫得都要冒出水了。春桂急得哭了，她拉住翟信的胳膊說道：「阿爸，你快叫一下王半仙，進財哥的傷越來越重了。」

翟信就打發人把王半仙叫了來。

王半仙官名叫王世發，是當地數一數二的老中醫，一頭白髮，留著一撮山羊鬍子，細條的臉上一對能穿透人心靈的眼睛，他懂些麻衣神相術，能掐會算，是當地有名的大能人。

王半仙一看傷口，一聽李志新的口音就知道這人是被馬步芳隊伍追殺的紅軍。

王半仙對翟信說：「幫主，你膽子不小啊。」

翟信就對王半仙說了實話。

翟信說：「馬步芳太做孽了。」

王半仙說：「這些話不說了，你給我熬些藥去。」說著他把帶來的一包藥給了翟信。然後又說：「把這藥熬成泥，每天早晚用鹽水洗了傷口在上面抹上。」

王半仙打開李志新的傷口，用竹簽子一下一下挑出了五六條長蛆，用鹽水反復把傷口洗了兩遍，將帶來的藥泥抹了上去。

王半仙做完這一切就往外走，翟信趕了出去說道：「今天的事情，還請半仙哥多多保密。」

王半仙把袖子一甩說道：「你把我看成什麼人了。」

王半仙走後，李志新的傷一天天好了，傷一好他就活蹦亂跳閒不住了。翟信就讓他訓練馬幫打槍格鬥。

翟信知道他的池小養不了這條大魚，李志新也沒有久留的意思，可崖頭坪多麼需要這樣一個能文能武的人啊！有了這個人，馬幫走到哪裡他們都不怕的。

那是一個中午，整個崖頭坪靜得沒有一點聲音，作活的和閑漢們都在蔭涼的地方休息著。遠遠的地方，在黃河的岸邊，高高的水車緩緩地轉動著，把黃河水不斷舀到水槽裡，清淩淩的水翻著波浪，順著水渠流向四面八方。不時有微風從坪上面掠過，穿過樹林，使得葉子簌簌地響了起來。李志新走進翟信的上房，翟信光著膀子正在葡萄樹下歇涼。

翟信把半截樹樁樁往前一推說道：「尕進財，坐一會。」

李志新笑了笑，接過翟信手裡的羊角巴吸了兩口旱煙。

翟信說：「尕進財，你孤身一人孽障著，跟前也沒個洗衣做飯的，我想讓你在夏芹和春桂兩個裡挑一個。」

翟信的兩個姑娘一個比一個長得俊俏幹散，李志新養傷的這些日子裡整日裡就和她們在一起，對兩人的志趣脾性瞭解得清清楚楚，他知道這是兩個溫柔多情的人兒，可他怎麼能在這裡娶親成家呢？

李志新說：「幫主的救命之恩我都沒報呢，怎麼敢有這個想法。」

翟信說：「你要看得起我，就在這兩個丫頭裡挑一個。」

李志新在這樣的處境中是不敢推辭的，他笑了笑沒有吭聲。

翟信想，李志新是不好意思了，就朝門外喊道：「春桂，你把你阿姐叫上一搭來。」

兩個姑娘進來了。夏芹長得很豐滿，但個子小一點。春桂是個細高個子，略微顯得瘦了一些。兩個人兒一進院子，使這古舊老院剎時顯得光輝燦爛。春桂用憂鬱的眼睛朝李志新看了一眼，微微朝他笑了笑。李志新看到了春桂臉上一對小小的酒窩，被春桂的天真爛熳吸引了。

翟信朝李志新問道：「你看上的哪一個？都是自家人直說。」

李志新說道：「還是大的好。」他說大的好，指的是個子大的春桂。

翟信哈哈笑道：「尕進財的眼力不錯，一眼便看上了我們的夏芹。」

春桂的眼裡一下汪出了兩眶淚水，臉一紅低著頭往外跑去，臨出門狠狠將李志新剜了一眼。

李志新說：「錯了，錯了。」

翟信不知是沒明白還是真湖塗，他說：「沒錯，沒錯，事情就這麼定了。」

李志新回到自己的房裡，心中一片茫然。他想，自己怎麼了？難道真是虎落平川了嗎？他感到了一種寄人籬下的悲哀。他又想起了那些朝夕相處的戰友們，他們現在在哪裡？一個脫離了革命大家庭的人，就像大雁離了雁群，他又想起了那雙憂鬱的眼睛和兩個小小的酒窩。

在浩翰無垠的大西北，「五馬」並立，長期統治著這一方古老的土地，他們收入的很大一部分是靠收交煙販的稅款而大發橫財，加之馬步芳隊伍大部分軍餉是暗地裡倒賣鴉片籌措的，所以，倒賣鴉片是西北「五馬」的主要經濟來源。可是，自從欒二和秋菊抓了鴉片的倒賣，由於方法得當措施有力，就對「五馬」的利益造成了威脅，也與當地政府發生了嚴重的利害衝突。

過去的日子裡，由於鳳凰山莊偏僻遙遠，山大溝深，加上西北各「馬」也無暇管顧這裡，鳳凰山莊曾有過一段比較平靜的日子。

可是，形勢的發展使馬步芳軍隊越來越感到這只與它爭食的狗已搶開它的主食了，這就促使一支隊伍千里迢迢來到了鳳凰山。

這是個莊稼上場的日子，空氣在灼人的陽光下顫抖著，田地裡到處黃黃的一片。馬步芳軍隊的一個旅來到了鳳凰山下，把營盤紮在了黃河岸邊。旅長叫陝福，是一個身材粗短，鼻子扁平，肥頭大耳的壯漢。這人由於鼻子塌陷，人們背地裡都叫他塌鼻子旅長。

陝福在打西路紅軍的時候還是個尕連長，由於他心狠手辣，曾在一次屠殺俘虜中，一口氣砍了三十多個紅軍，再加上這人作戰時敢打敢沖，很受上面的器重，不幾年時間就被提拔成了馬步芳精銳部隊獨立旅的旅長。

陝福來後，派了個偵察連上了山，可這一百來號人馬一進鳳凰山就生不見人，死不見鬼，他等著等著就坐不住了。

於是，陝福親自帶人往山裡走去。到了仙台峰下，只見壁立的山峰直聳雲霄，從腳到頂，全是青藍色的岩石。有些地方，非常突出，好像就要崩塌下來一樣。有些地方，又凹了進去，如同裡面有很深的岩洞。岩石上下的縫隙裡，到處長著枝椏彎曲的野生雜木，看來極像巨人身上的粗毛一樣。再塗上一層蒼茫的暮色，抹起向晚的陰影，就更顯得兇險嚇人了。

部隊進了鳳凰山，不見一個人的蹤影，陝福就越發感到此山的恐怖了。他們剛坐在樹下歇著蔭涼，只聽「轟」地一聲，身邊的一塊石頭炸了，接著山兩邊的石崖崩裂，飛石如仙女散花鋪天蓋地砸了下來，山谷中人嘶馬嘯，林棵裡機槍、步槍一起叫了起來，殺聲震天。陝福跳上馬，和一些官兵匆匆往溝外逃去。這時，山上沖下了幾十隻狗，瘋狂地撕咬著，奔逐追趕著官兵們。

密集的槍聲劈劈啪啪地冒著火光向外沖，震動著大地，在官兵的退路上掃射著。人喊馬嘶，狹窄的山道被擁擠的人馬堵塞了。

陝福提著手槍吼道：「一團掩護，其他人先撤。」

一團很快佔據了跟前的一個山包，幾挺機槍狂吼著，向後面追來的人們一陣猛掃，山道才慢慢被疏通了。

眼看官兵們全部撤出峽外了，尕老五還不見欒二發話追擊，大叫道：「驢日下的跑完了，怎麼還不追呀。」

欒二說：「山下肯定有接迎埋伏，我們追出去要吃虧的」。

尕老五火了，「你們不追我追。」他跳上馬，單臂兒抓著韁繩從後面追去，十幾個莊人也跳上馬一塊跟了他。繞過幾道山彎，前面是一個開闊的林帶，尕老五幾個人眼看要追上前面的退兵，只聽「啪，啦啦啦」幾聲響，槍子兒呼嘯著刮了過來。尕老五剛要拉轠繩，馬失前蹄一頭栽到了地上，幾個士兵過來把尕老五脖子壓住給五花大綁了。

陝福領著部隊逃出了鳳凰山峽，他把尕老五幾個山莊人押回兵營裡，讓兵士將麻繩蘸了水一陣猛打，然後給幾個人砸了腳鐐手銬關在保公所裡。

程福祥這時急了，尕老五怎麼說對自已也是有恩有德的，不能不幫他。於是，他給站崗的士兵塞了些錢，親自去看尕老五。

一進房間，撲鼻的酸臭氣味直頂程福祥的腦門。黑暗中只見尕老五花麻鬍子亂蓬蓬的，一隻眼凹陷進眼眶，另一隻眼異常明亮。

程福祥一把抓住了尕老五的手。

尕老五笑了笑，說：「程保長還有心來看我。」

程福祥說：「掌櫃的，你受罪了。」

尕老五哈哈笑道：「老天爺世下人就是讓到陽世裡受罪來的，這有啥呢。」

程福祥望著尕老五這個樣子有點心酸。他說：「掌櫃的，你看讓我給你幫個啥忙呢？」

尕老五說：「到這一步了還幫啥忙呢，你要有心，我也就求你找人行刑時給我留個全屍。」

程福祥聽到尕老五的話有些難過，說：「大掌櫃的忙我一定給幫。」

程福祥回來想，這事只有找劊子手劉占標了。他在家裡悄悄擺了酒菜，把劉占標叫了過來。

程福祥說：「劉總管，我有一事相求，不知能行不行？」

劉占標說：「保長有啥事只管說。」

程福祥就把這話給他說了。

劉占標說：「旅長說要砍頭呢，這全屍怎麼個留法？」他想了想後說道：「這樣行不行，我把頭砍下，但不斷頭，留點皮肉，這也算是全屍了。」

程福祥說：「也只有這樣了。」

兩人吃肉喝酒，劉占標喝著喝著就胡吹亂諞了。

劉占標咕了一口酒，說道：「我們這殺人的行道，也是個功夫。殺人要先學會磨鬼頭刀，刀口由厚磨薄，用指頭一彈發出脆生生的響聲才算好了。練刀法要用巴蕉頭畫好墨線放在板凳上，一刀一刀照著墨線砍，線先由稀然後到密，直練到齊線削下巴蕉頭不倒啦，最後還要練在夜間砍明火香頭，也要到砍下香頭香不倒才算出師。出師後先要砍一隻羊，這羊把頭在劃線上砍下後，羊身子能在路上走十來步遠呢。」

程福祥聽著劉占標的話，汗就從頭上冒了出來，一個勁地給劉占標倒酒。

劉占標也喝得興起，說道：「百聞不如一見，到時你一看就知道。這揮刀、落刀、拍頸、踢腳，留下的肉皮寬過了二寸就算不得好功夫了。」

程福祥這時倒酒的手開始打擺擺了，他說：「這殺殺殺頭的行道，還有這這麼多的學問？」

劉占標說：「那年保公所砍土匪，二十個土匪排成行。土匪們對我說，劉哥，來利索點，我說，弟兄們放心，有感到疼的，今晚夕來找我。說著我一氣把二十個頭讓滾到了一起，個個朝我眨著眼笑呢。」

行刑的那一天是個陰天，愁慘慘的雲壓得保公所前的集鎮一片寧靜。

不到十點鐘，只聽軍號嘹亮隊伍把集鎮圍了裡三層的外三層。只見街上兩塊高腳牌上寫著：「搶人殺人，如此下場。」牌後四支步號吹著淒厲的聲音，再後又是一排荷槍實彈的士兵；中間九乘無頂轎子坐著上身赤裸五花大綁背插斬標的尕老五和另外八個山莊人，轎後便是劊子手劉占標捧著鬼頭刀。後面又是一排全副武裝的士兵，最後是騎馬的監斬官。

尕老五和那八個山莊人昂著頭，不時將手舉起向兩邊圍觀的人作揖，嘴裡城道：「各位送行的道謝了，二十年後又是一條好漢。」

號聲還在沉悶地響著，行刑隊之後那些看熱鬧的一浪推一浪地跟著走。這裡面就有鳳凰山莊欒二他們，他們一直緊緊跟著行刑隊伍，可兩邊槍口就在他們眼前晃動著，使他們一直下不了手。

這時，法場上早已佈滿武裝士兵，四周圍架著機槍。天上的雲越來越黑，烏雲滾滾直往下壓。

押解尕老五等人的隊伍終於到了刑場。只聽監斬官一聲令下：「隊伍散開！」武裝士兵便齊排排地散開像梅花樁一樣站著，端著步槍警戒著，刑場上殺氣騰騰。

那劉占標頭纏青絲帕包頭，左耳邊吊起「指天恨地」的包頭尾子，把黑色大氅一脫，上穿密門扣子緊身衣，下穿藍色兜襠褲子，腿纏裹布，腳蹬滿身紅花布鞋，右手背拎拐子刀，站在中間。尕老五拖著腳鐐走到紅氈中間，盤腿坐下，過來一個人抽下其背上的斬標，尕老五從劉占標手裡接過酒碗，兩人將碗一碰，「咕，咕，咕」一氣喝了下去。站在場外的欒二看到此情此景，心如刀絞，把手伸進了腰裡，他正要往外拔槍，秋菊在他的胳膊上使勁擰了一把，她悄悄說：「你瘋了！你沒看見那些機槍全對著我們嗎？」

尕老五這時也看見了場外的欒二，他揚著頭高喊：「保我山莊的大旗不倒啊！」周圍的人們看見尕老五朝天哈哈又一陣狂笑，他要了一碗酒，喝完酒對劉占標說：「兄弟，來吧。」

欒二的眼睛濕潤了，他感到有點天旋地轉，黑雲團壓得更低了。

劉占標向尕老五點了點頭，一個箭步上前站在尕老五背後，左手掌一拍尕老五後頸，說道：「老五哥，上路吧——」右手一拐子刀過去，尕老五頭向前一耷，竟掛在胸前。好個劉占標，左腳尖向前蹬著尕老五的背心，用勁向右一踢，屍身翻面向右倒出，頸上紅光一下噴了出來。這套動作一氣呵成，不過三四秒種。可要知道，劉占標如不用這一蹬一踢，那屍身必然向後倒轉來，血就要噴在他自己的身上。

此時，天上一聲炸雷，不一會大雨如注整個兒倒了下來。欒二幾個趁人們四散開的空隙，冒雨把屍首一裹搶向山去。

這晚，神仙洞裡供著尕老五等九個人的牌位，山莊人齊排排跪在他們的靈前。洞外，風呼呼地吹著，雨越下越大，深深的黑暗籠罩著鳳凰山的山山嶺嶺；暴雨的聲音和狂風的怒號，掩蓋了洞內的哭聲和人們憤怒的哀鳴。

尕老五等人在神仙洞內入棺，請來喇嘛念了三天經，然後在第四天晨曦來臨之前，用一陣沉悶的大鼓開頭，繼之三聲土槍響過，山莊人抬著棺木往墓地走去。前面是女人，一路哭聲。隨後是嗩吶、牛皮鼓、大鑼樂器，奏著嗚嗚咽咽低沉悲哀的調子。男人們則一路哼著入墓歌。

男人們甩著膀子，一邊哼，一邊跟在靈柩後面。到了墓地，待將九個棺材依次放入墓穴中，男人們又哼起了一首古老的歌：

快給兄弟一捆木炭，快給兄弟加一捆乾柴；
快給兄弟添一包食糧，快給兄弟加一床棉被；
食糧要顆顆壯的，被蓋要軟綿綿的。

女人們向墓穴倒著木炭、乾柴，用鐵鏟鏟起砂子、黃土倒向墓穴，待黃土填上一半，男人們又哼起歌：

給你的炭火熊不熊？
給你的柴山闊不闊？
給你的食糧足不足？
給你的被子暖不暖？
你卻為何不答我？思念纏住了心窩窩；
你卻為何不答我？熱熱飽飽睡好覺。

男人們的問聲又激起女人們感情如潮，哭聲動地。她們一邊哭，一邊撫著土磕著頭。蓋墓人又鏟起土往穴裡填，直到堆起了九座小山，男人們又唱起了訣別歌；

走吧，你走了不會回來，人世間躺著的多麼自在；
只有活著的，哭著，哭紅了燃燒的兩腮。
你走吧，走吧，走吧，記起時，催我山莊的牡丹開；
你走吧，走吧，走吧，思念時，你變只蜜蜂莊裡來。

這時，黃土蓋上墓頂，人們都在墓地邊跪著，磕著頭，哭著。欒二用火點燃了紙錢，於是，抬棺人走了，男人們走了，女人們也走了，但那喪歌嗚嗚咽咽似乎還在天空中悠悠回蕩……

九

冬梅自從跟了前莊的馬哈力後，她是連身心一起依了她的心上人了。她跟馬哈力一起做禮拜，一起到清真寺裡聽阿訇講經，一起上山砍柴或打獵挖藥材，就連名字也隨著撒拉人起了個賽麗麥。

剛開始，翟信一直不認馬哈力這個女婿娃，就連冬梅也不讓進娘家門，可在外孫子的周旋下，翟信終於慢慢改變了態度。

那是在冬梅的兒子三歲的時候，馬哈力和冬梅又領著兒子到了崖頭坪。剛進門，翟信就從地裡轉回來了，冬梅忙從炕邊站起來說道：「阿爸——」

翟信的臉陰沉著沒有一絲笑容，翟信說：「你還有這個家嗎？」冬梅把兒子抱到翟信跟前，陪著笑臉說：「你看你的尕孫子。」

翟信說：「蘿蔔菜根子。」他說了這話，可一看見尕孫子白白的臉，他就笑了。

一看翟信笑，冬梅就笑了，趕快出去把馬哈力叫了進來。

馬哈力說：「阿爸。」說這話時馬哈力怯怯的。

翟信「嗯」了一聲就出去了。

這晚，馬哈力和冬梅住在了崖頭坪，翟信把尕孫子抱過去和他睡在一起。夜靜靜的，冬梅和馬哈力心裡好高興呀！冬梅將頭靠在馬哈力那寬厚的胸脯上，在他那粗重的喘息聲中，她好似又聽到他講撒拉族先人的傳奇故事。

那是七百多年前，在撒馬爾罕地方撒拉族先民尕勒莽和阿合莽兩兄弟，從遙遠的中亞撒馬爾罕王國裡，率領同族紮木散一些人，牽上一峰白駱駝，馱著撒馬爾罕的一碗土和一壺水，一本《古蘭經》，想尋找一處新的樂土。他們不辭辛苦，跋山涉水，越過新疆天山，東進嘉峪關，經過甘肅的肅州、甘州、天水、甘谷，進入寧夏又輾轉來到拉卜楞的甘家灘。當尕勒莽一路眾人從故土離別不久，又有同族四十五人，沿著尕勒莽走過的地方越過新疆天山，從南路東進，跨過雪山冰峰，進入青海境內，沿瀚海南岸，進入現今青海的貴德縣，除十二人留在貴德縣的圓珠溝地區外，其餘三十多人繼續東進，在拉卜愣的甘家灘與尕勒莽弟兄巧遇，相互說了賽倆目。稍待休整，又向前走。進入青海循化的夕昌溝，翻過孟達山，來到前莊的奧土斯山。這時，天色已晚，個個精疲力盡，加上缺水短糧，駱駝也走得又乏又累，又餓又渴，他們便休息在奧土斯山。到了半夜，尕勒莽醒來看時，不見駱駝的蹤影，急忙叫醒夥伴們，點上火把從烏土波納亥山坡找下來。他們找呀找，一直找到前莊的唐古提。天亮了，太陽照耀著眼前平坦清秀的曠野。他們去找水喝，到泉邊卻發現馱經的駱駝臥在一個清泉邊，駱駝已變成化石昂著頭顱好像和他的主人說話一樣。尕勒莽兄弟倆卸下《古蘭經》和馱著的水土，與大家一起去看駱駝化石的情景，想到駱駝伴隨主人走過的艱難里程，人們都放聲大哭了。尕勒莽弟兄倆翻開《古蘭經》，邊念邊張手祈禱，乞求真主保佑。最後，他們捧起泉水一口一口地喝，大家覺得這泉水又香又甜和撒馬爾罕的一模一樣。一看水土與撒馬爾罕的完全相符，他們同聲感謝真主：胡達呀，你襄助了我們，總算找到了撒拉人落腳的地方。

馬哈力和每一個撒拉人一樣，把這個故事反復地講給自已的妻子，講給自已的兒女，讓每一個撒拉人都記著先人創業的艱辛和經過的磨難。冬梅是很愛聽馬哈力講這一切的，每當馬哈力講時，她都靜靜地聽。她愛身邊這個人，她喜歡他的剽悍、勇武和火一般熱烈的感情。

夜很快地過去了。第二天一早，馬哈力和冬梅早早起來，向翟信道別後，一家人高高興興地往自己家裡走。

馬哈力的家鄉前莊，居住的大多數是撒拉人，他們種著很少的田地，主要以狩獵為主。這裡狩獵有兩種習俗。一是持槍帶狗行獵，莊裡人結伴同行，但忌諱點人狗數目。獵到野物後，主要射中者分獸頭、獸皮，肉則均分給所有來的人。另一種是獵人不帶獵槍、獵狗，只用套繩、陷阱、地弩等捕捉野獸。他們不僅會設套、置井、安弩，而且，他們通過多年狩獵的經驗，根據觀察野獸的腳印、糞便，便可知野獸出沒的路線和規律。

每次出發前的晚上，獵人和家人們懷著虔誠的心情，向真主祈禱，請求寬恕自已的罪孽，護佑他們平安歸家。然後，他們同聲高唱：

不是我喜歡殺生，不是我心腸狠，
只因為肚皮餓哟，只因為身上太冷；
胡達呵，請寬恕你的子孫！
——無可奈何，不得不已。
撒拉人有一條命呵，也是一般的凡人。

呵嘿嘿，剝了它的皮，我才有衣穿呵，

割下它的肉，我才有東西吃。

我只有喲借它的命來養我的命，

饒恕我吧，萬能的真主。

馬哈力聽到尕老五遇難的消息是在他剛從山裡打獵回來的中午。那天天格外明亮，一進村莊犬吠鳥鳴，使打獵滿載而歸的馬哈力心情有點激動。他和進山的獵人們把獵物搭在馬上，昂著頭往莊子裡走，這時，他突然看到冬梅披頭散髮沖著他急速跑來，撲在他身上嚎啕大哭了。

「冬梅，咋了？」馬哈力被突如其來的變故驚得愣在了那裡，他搖著渾身抽搐顫動的冬梅大聲吼道。

冬梅抽咽著說道：「老五哥他——」

「老五哥怎麼了？」馬哈力抱著冬梅問道。

冬梅抬起頭說道：「老五哥被陝福殺了。」

馬哈力從冬梅的神情中已猜出了八九分，他咬著牙說道：「塌鼻子我日你阿奶。」說著他騎上馬就往鳳凰山莊方向奔去，他要去看他的老五哥，去約那些天不怕地不怕的漢子們為老五哥報仇。

這時，突然一陣風吹過，烏雲打著滾兒翻了過來，風狂雷響，山路上就反了天。俗話說：「人逼極了為匪，狗逼急了咬人。」山路上人影奔突，大叫大喊，筋疼骨散的獵人們，身上一下子又充滿了力量。

馬哈力騎在馬上，充滿淚水的眼睛望著這混沌的世界。他知道老五哥拉起杆子，還是為了他們這些窮弟兄。可老五哥卻走了，走得是那麼匆匆。他真怨自已這次出獵不應該那麼貪心，竟和老五哥沒見上最後一面。

陝福處決了尕老五和另外八個山莊人後，心裡才算平衡了許多，休整了兩個月，他準備再次攻打鳳凰山莊。

欒二得知這一消息後，除在山上留了百十個精悍的兵員之外，其餘莊上的男女老少帶上物品，翻過了兩架山，撤到了青海境內。

這時，正是入冬季節，山上山下蒼茫一片，散落在各處的房屋、森林、河谷、高山，在大地上靜靜地臥著，到處是一片淒涼。這次部隊一進峽，陝福就下令燒山。熊熊的大火從山下往山頂沖去，嗶嗶剝剝，火光沖天，熱浪打著滾兒橫掃著山上的松林樺木，不斷從山下向山上推進。大火吐著長長的烈焰，舔吐著山上的森林雜草，像一面紅色的大旗舞動著，呼呼啦啦從山前舞到山后。半個月後鳳凰峽整個兒成了一片焦土，蕭瑟空寂的山中沒有一點聲音。

燒了山，陝福就讓部隊在山中搜索。你進我退，你左我右，山莊人和部隊在鳳凰山中轉開了圈子。由於山莊人熟悉地形，大部隊進到山中不但抓不到山莊人，反倒在山中處處挨打。陝福就想，這樣拖下去部隊是待不長久的，那麼，只有一個辦法，就是讓鳳凰山人治鳳凰山。他知道這些地頭蛇人熟地形熟，讓他們收拾地方，比他親自出馬好得多。於是，在他的周旋下，鳳凰山保安大隊正式成立了，地點設在程福祥的保公所，正司令為程福祥，副司令是劉龍。

劉龍人長得精瘦，柳葉眉，小鼻子小眼，自從賣了地買了槍，早已是鄉間人們不敢小視的一個人物了。雖說他為保安大隊副司令，實權卻掌在他的手裡，保安大隊各小隊長都是他的人。有了實權名正言順，他首先想到的是要搞點馬。他知道崖頭坪有馬，而且都是些地方上不多見的好馬，別看這些馬幫們長年裹著個破羊皮襖，可他們在外奔波家裡都有實貨。這些馬和銀兩對他來說是至關重要的，當然，那如花似玉的夏芹和春桂更是他在失去秋菊後，朝思暮想覬覦已久的了。

劉龍知道要在崖頭坪得到這些他是要吃虧的，於是他設宴款待地方上的紳士和有名望的人，準備在席間捉拿翟信，以私通共匪窩藏紅軍的罪名，逼他滿足自己的要求。

翟信接到請柬是在一個下午。隨著太陽的西沉，翟信真不知如何是好，去還是不去呢？去的話，劉龍這人不地道，誰知他葫蘆裡賣得什麼藥。不去的話，自己與地方上不交往，恐怕這保安大隊以後要找崖頭坪的麻煩。帶上尕進財可以壯自己的膽，可他是紅軍，是藏在這裡的共產黨，一聽口音是下邊人，人們肯定會要問的。然而，尕進財不去，劉龍要是假公濟私對自己報復怎麼辦？小人得志不可不防啊。他想來想去，最後還是決定去了。他想，劉龍也是地方上的人，他就給自己不留個後路。

那天，鳳凰山的各種人物都入了席。程福祥一入席就怪話連篇了，人們自然也就天南海北地諞了起來。人們都推程福祥坐在上席，程福祥說：「這麼多的老漢家，我坐在上面不合適吧。」

人們說：「有啥合不合適的，你是保長坐在上面最合適不過了。」

程福祥說：「那個位子是大姑娘坐的，我坐上怎麼說呢？」

人們就笑著說：「那你就是大姑娘唄。」

程福祥的話是指當地的一個笑話，劉龍一聽以為在取笑他呢，臉就吊了下來。

程福祥看見劉龍的臉，知道這人又多心了。

程福祥就講開了這個故事：一天中午，有個年紀十七八歲的姑娘走進了「增和橋」飯館。她四面張望了一下，見西南角窗子跟前有一張空飯桌，便走到飯桌的上席坐下。不多一會兒，又有一個和尚走進店來。他一眼便看見了姑娘，就在姑娘的左側坐了下來。接著，又有一個白面書生走進飯店，他走到飯桌的正牆根，仔細觀看著牆上的字畫。當他看到西南角的時候，見和尚和姑娘兩人同坐一張飯桌，便走上前來施禮問道：「不敢動問，這位老師傅和小姐可是此地人？」和尚回答：「不是。」那姑娘也漫不經心地搖了搖頭。白面書生又說：「小生也非此地人，我們三人有緣在這裡相會，真乃三生有幸也！」說罷，便在和尚對面坐下。這時，店小二跑了進來，陪笑問道：「請問三位客官，想吃些什麼？」和尚說：「要一盤素菜。」書生說：「再加兩斤好酒。」姑娘沒有作聲。店小二答應一聲轉身走去，不大功夫將酒茶端來，書生站起身來說道：「小生有一言不知當講不當講？」和尚說：「請講無妨。」姑娘仍不作聲。書生說：「我們三人既然有緣相會，以小生之見就應該行個酒令，誰若說得好，就可不出酒菜錢。」和尚問道：「以何為題？」書生望著窗外說：「對面橋上有『增和橋』三個大字。我們以年齡大小各占一字為題。」互通年齡之後，和尚年紀最大，下來是書生，姑娘年齡最小，便商定和尚以「增」為題，書生以「和」為題，姑娘以「橋」為題。

行令開始，和尚用筷子敲了一下碗說道：

有土也為增，
無土也為曾，
取了增邊土，
加人便成僧。
僧家徒兒人人愛，
阿彌陀佛隨身帶，
有朝一日修成了，
仙家該吃這酒菜。

和尚說完，書生接上搖著頭說了起來：

有口也為和，
無口也為禾，
取掉和邊口，
加鬥便成科。
科家弟子人人愛，
文房四寶隨身帶，
有朝一日得中了，

秀才該吃這酒菜。

書生說罷，洋洋得意，想這酒菜錢他倆人是出定了的，便向姑娘道：「小姐輪到你了。」
只見姑娘望瞭望窗外，回過頭來說道：

有木也為橋，
無木也為喬，
取了橋邊木，
加女便成嬌。
嬌嬌女子人人愛，
兩個乳頭隨身帶，
一個奶和尚，
一個奶秀才，
有朝一日奶大了，
老娘該吃這酒菜。

和尚和書生聽了連連嘆服，叫來店小二付了酒菜錢。
話說到這裡，人們哈哈大笑，劉龍也笑了。都說：「大姑娘坐，大姑娘笑。」人們就把程福祥拉到了上席裡。人們先讓翟信過關，翟信也不推辭，就數起了螃蟹。

一隻（麼）螃蟹八（呀）八隻腳，
兩個的（哩兒）眼睛（來呀）身背上一隻殼。
夾夾兒緊來扯呀扯不脫，
五金的（那個）魁首（呀哈）咱兩個哪一個喝。

拳一劃，氣氛自然就活起來了，人們一下來了精神，吹牛的，說笑話的也就多了。輪到劉龍過關了，劉龍先喝了一杯，然後把酒杯舉過頭頂，一下沖進來十來個保丁把翟信捆了起來。

酒席上的人們都慌了，紛紛站了起來。程福祥說：「你們要幹啥？」

劉龍說：「司令不幹啥。翟幫主私通共黨，窩藏紅軍，與各位無關。」人們才勉強坐了下來。只見院裡院外已站滿了兵丁。就在這時，一把槍頂在了劉龍的後腦勺上，只聽一聲大喝：「把槍都扔到院裡，爬在地上，不然我敲了這個狗頭。」

原來，這是欒二。欒二聽到保安大隊請地方上的人吃宴席，卻把鳳凰山莊扔到了一邊，就來看看這些人到底要幹啥。他通過內線扮成廚子在席間串來串去，窺視著這些人的動靜，沒想到卻遇到了這件事情。

劉龍說：「把槍都放下。」保安隊員們一個個把槍扔在了地上，爬在了院子裡。

欒二用槍點著劉龍的頭說道：「你狗日的尾巴一撅，我就知道你要屙什麼屎。」然後，欒二讓劉龍喊著牽出了兩匹馬，臨走往劉龍的腿上放了一槍，說道：「讓你尕娃先成個單腿，不然你還上天呢。」

劉龍一下跪在了地上，欒二扶翟信騎上馬一陣風從保公所跑了出去。

一路上，翟信和欒二一直沒說話。到了崖頭坪，欒二停了下來，說道：「阿爸，你老漢家保重，我走了。」

翟信說道：「你把我害得苦啊！我再有八張嘴也脫不開與你們的關係了。」

翟信說著這話，望著天上淡淡的白雲，然後歎了一口氣說道：「你走吧。」

欒二從保公所一走，人們趕快把劉龍抬到房裡。

程福祥說：「快把王半仙叫來。」

人們就趕快去叫王半仙了。

王半仙一進屋看到劉龍的腿上咕嘟嘟還往外流著血，臉白成了一張紙，就問道：「要命呢，還是要腿。」

劉龍呲著牙說道：「命能保下就行了。」

王半仙說：「生火。」

院中立時用木炭生起一堆火來。

王半仙用利刃將劉龍的折腿一刀剁了下來，抱住剩下的半截肉樁子就塞進了火堆裡。一股焦糊的肉香在院中彌漫著，殺豬般的吼叫回蕩在保公所的上空。

劉龍頭上滾著豆大的汗珠昏了過去，待他醒來一摸，右腿處空蕩蕩的，他心裡一陣悲涼。他想，我這個人怎麼命這樣苦呢，成了一條單腿，我再能在這川道裡站起來嗎？

劉龍傷還未完全好，上面連續催保安大隊儘快解決地方治安。上面一催，程福祥就去找劉龍商量。

劉龍說：「程保長，保安大隊你是正職，我是副職，該怎麼辦你就怎麼辦，問我做什麼。」

劉龍話是這麼說，可他在底下把各小隊隊長叫來，吩咐沒有他的命令誰也不許擅自行動。這樣一來，程福祥空有虛名對保安大隊更是沒有一點法子了。

十

程福祥自從買了劉龍的地，這幾年風調雨順，糧食打得越來越多，他就把這些糧食在荒月裡借給那些窮漢人家，秋收後又連本帶利收回家來，由於地廣糧多，小鬥出大鬥進，日子過得就冒出油了。再加上與劉龍一起在保安大隊，劉龍攬權攬得凶，他也就趁機落得個自由自在。

俗話說飽暖思淫欲，程福祥吃得好喝得好，一天到晚閑著沒事，他就一門心思花在女人身上了。程福祥的夫人是父母小時候為他娶的童養媳婦，比他要大十四歲，此時人老珠黃已是快六十歲的人了，對男女之間每晚的遊戲已沒了一點興趣。而程福祥正在虎豹之年，白日裡養精蓄銳，晚夕裡就不安穩了。他有個毛病，從來不問黃花閨女，就喜歡沾那些剛結了婚的少婦。他說，姑娘們啥都不知道，過了門的女人才知道渠渠道道，玩起來才有那個浪勁，才能惹得你把勁都使出來。

每年春暖花開，新的生命蓬蓬勃勃時就到了拔草時節，程福祥就要在家裡雇上幾十個女人來拔草。給她們吃的，給她們穿的，工錢也比別人給的高，還讓她們整天在地裡漫花兒，女人們就爭著往這裡來了。到了晚上，他把這些女人分開住在庭院裡，各房裡都有暗道，他就輪流往各個房裡跑。這些女人大多數是有男人的窮人媳婦，有了事也不敢聲張，再說得了程福祥的許多好處，自然都裝得相安無事。

程福祥玩女人是很有耐心的，他每到一個房裡，先和女人說一會兒話，問一問家裡有幾口人，生活上難辛不難辛，待女人對他有了好感以後，就用手在女人乳頭、大腿和肚腹上慢慢撫摸，然後用嘴在乳頭上吮咂一會，手從上往下旋轉著遊移著，待到女人用玉手摟住他的脖子在床上左右移動輕輕呻喚時，已是水到渠成，女人下邊已水汪汪濕成了一片。這時，他不緊不慢地把女人摟在懷裡，他玩得很投入，玩得很細心，玩後還讓女人和他緩緩地對一首花兒。整個晚上，他耐心地開導著，疏通著，女人們就喜歡在程福祥這裡多住了。於是，程家大院常年女人不斷，程福祥就在院子中間種了上百株五彩繽紛的牡丹，有紅的，有白的，有藍的，有紫的，各種牡丹紅紅火火，和來的女人們相映成輝。

這裡面最數紅牡丹白牡丹開得如火如荼，姹紫嫣紅，千姿百態，耀人的眼，彷彿有人扯下鳳凰山的彩雲，借來神仙洞邊的雪色，引來了波濤翻滾黃河的金色波光，使它們成了一朵朵紅的、白的、黃的、各色的牡丹。看那紅的，有紅暈上頰，渾然如醉的「醉西施」；有含情脈脈，欲笑還斂的「淺紅嬌」；有粉瓣上染一點深紅，傳說是楊貴妃指印的「一撚紅」；有顏色深紅，妖麗奪目的「映日紅」。在霞光日影裡，風輕輕一吹，那紅牡丹的胭脂色，彷彿就要從花朵裡泛出來，從花瓣上流下來。那些白牡丹，說它白得像雪，但它比雪濕潤光澤；說它潔白似玉，它又比玉玲瓏多姿；它淡雅清麗，粉妝玉琢，有點像一溪清流裡的雪浪花，但它又比雪浪花更富有生命的光彩。

程福祥整日裡徜徉在花叢月下，心情自然就好了許多。他給傻兒子程少白娶了個俊媳婦。這媳婦叫春香，是程福祥給看的，眉眼兒長得俊俏不說，人也聰明能幹，很會來事。就因為家裡窮，人窮志短，家人把她換回了兩畝大水田地。

春香到了程家，一見程少白心就流淚了，女人一輩子就圖有個好男人，可這男人拖鼻涕淌涎水，連個褲子都顧不住，自己跟他能過日子嗎？然而，時間一長，春香也就習慣了，程少白傻是傻可心眼不壞，於是，她就把程少白的衣裳洗得乾乾淨淨的，白日裡領上他到田間地頭河邊去耍，晚夕裡摸他的牛牛讓和她做那男女之間的事情。程少白咋會呢？時間一長他就不敢上炕了。

程少白有一天在莊裡閒逛，看見劁豬匠劁豬就不走了。

程少白說：「為啥要擠了豬的蛋子呀？」

周圍的幾個閑漢就笑了，閑漢們說：「擠了蛋子的公豬牛牛不硬，母豬就不纏了，豬就可以養膘呢。」

程少白想，阿爸給他娶了春香，好是好，就是晚上拉著他幹那事，怪害怕的。於是，他一回家就把自己關在屋裡，當程福祥聽到一聲慘叫，沖進屋時，程少白自己用鐮刀割開陰囊，把兩個紅丟丟的蛋子給擠了。

程福祥看到兒子倒在血泊中，春香爬在兒子身上嚎啕大哭，一聲長長的悲歎，「哎——，程家要斷子絕孫了。」

那晚，鳳凰山刮起了大風，風聲很緊，嗚嗚地響。程福祥陪著王半仙給兒子敷了膏藥，料理了一番。出門時他碰上了春香，春香還在哽咽著，聲音很小。她說：「阿爸，我怎麼活呢啥——」

程福祥就站下來朝春香看了一眼，這一眼使他愣了片刻，這女子怎麼哭時比笑時還好看呢？

自從程少白把自己騸了以後，他是更不敢進屋了。每晚一吃完飯，程少白就躲起來了，春香就在院裡院外到處找，待找到後，程少白的眼睛就怯怯的，往後面閃，春香就說：「回家。」

程少白就跟在春香的後面，像兒子跟了母親般的規矩。兩人睡在一個炕上，程少白離春香遠遠的，死死地挺著，春香則瞪著一雙眼看屋頂的大樑，眼裡閃動著淚花花。

這樣的日子過了半年，程少白又找不見了。一家人就分頭找，找了三天還是不見蹤影，程福祥的老婆就坐在院子裡哭開了。

忽然，人們聽見春香大聲喊了起來：「阿媽，少白在這睡覺呢。」人們過去一看，他原來鑽進草房，就睡在草的上面，草上面還有幾個被吸幹了的雞蛋皮。原來，家裡有個雞每天就把蛋生在那草堆上面，程少白就躺在上面喝雞蛋呢。

自從這件事後，程福祥的老婆就讓兒子和媳婦分開住在兩個房間裡，程家大院就顯出了格外的寧靜。

那是八月十五的一個晚上，月亮圓圓的把冷冷的光灑在房前屋後和整個院裡，程福祥在花園裡賞完花，獨酌了一會酒，就往房裡走去。突然，他聽見春香的房裡有貓哼哼的聲音，他驚了一跳，他悄悄到窗下往裡一看，春香脫得一絲不掛，閉著眼，一隻手在下麵揉搓著。

程福祥只覺頭「轟」地一下，就呆在了那裡。

程福祥剛要走，就覺得一條胳膊蛇一樣地纏在了脖子上，一看是春香，他順著春香的腳步進了屋裡。他覺得全身輕飄飄的，像要升到空中，他把春香緊緊摟在懷裡，放在炕上。春香在炕上看到了程福祥的那物件，有一種異乎尋常的銳氣。

春香的呼吸急促起來，心跳也開始加劇。

程福祥也沒有急於去挑開最隱密的地方，而是用手在那朵紅牡丹上撫摸著。春香喘著粗氣說道：「阿大大，我快要暈過去了。」

程福祥這時才把全身的兇猛加在了春香的身上，九淺一深重複著那優美的動作。花樣在翻新，姿式在變換，那是一種力的搏擊，也是一種韌的堅持，天塌了，地陷了，他們一會兒來到月宮，一會兒到了地獄，領略著萬種風情。待程福祥的急風暴雨過後，他平展展地躺在炕上，眼裡幻化出一朵滴血的牡丹，那是春香在炕上用血染了的紅豔豔的花兒。

春香嬌滴滴地用指頭點著程福祥的頭說道：「公公弄兒媳婦，老倒畜。」程福祥一把捂住了春香的嘴，說道：「我的心肝花喲，小聲些。」春香就把頭偎在程福祥的懷裡，她緊緊地摟著他的膀子放聲大哭了，她有男人，可那是一個擺設，一個從沒碰過她身子的傻瓜，今日裡她才從程福祥身上看到了男人的偉岸和丈夫的美麗，她多麼需要這樣一個人，可是，命運早已將她釘在了那棵樹上，她是無力掙脫那羈絆的，嫁雞隨雞，嫁狗隨狗，嫁給傻子只有怨自己的命苦啊！

據說鴉片煙最早傳入鳳凰山，是在清光緒二十五年。一些有錢人家的子弟從外地帶回一些鴉片品嘗把玩，慢慢吸食成癮，便引進煙種，試著在當地種植。哪知鳳凰山的土壤植被，非常利於罌粟的生長，於是，嗜煙之徒越來越多，種煙之人與日驟增。到了二十世紀三十年代，雖然禁煙戒煙聲勢很大，但這裡偷著種植的人越來越多，鴉片煙遍及了鳳凰山的山山嶺嶺。四十年代達到了頂峰。特別是鳳凰山莊，一邊種植，一邊倒賣，女人們進蘭州跑西寧走洮州販運，男人們則不顧長途跋涉，不怕丟掉性命，成群結夥地趕馬赴川康邊界的黑水、那娃等地，大肆收購販運鴉片，一時節鳳凰山成了大西北產煙供煙的主要基地。

鳳凰山的鴉片，一般栽種在山坡上。

初春播種，七、八月份收割。鴉片的種植，不像其它作物，可以不施肥，鴉片需要精耕細作。這時的百姓都用住房底層來圈牲畜，夏季割些青草、樹葉扔到牲畜欄裡，讓牛羊踐踏，與牲畜糞便攪合在一起，就成了肥料，春耕前把肥料送到到鴉片地裡，犁地時將肥料翻入土內，然後再播種。一般只施一次底肥，不再施追肥，每畝約需底肥四百多斤。在罌粟苗生長期間，要鋤三四次草。一些百姓還在鴉片地里間種洋芋等作物。在鳳凰山，一畝地約產四五十兩煙泥，上等地可達七八十兩，而且品質好，摸著軟綿綿的，看著黃燦燦的，煙勁很大，容易過癮，是蘭州、西寧、洮州等上等妓院和煙館的搶手貨。

鳳凰山由於煙販眾多，為統治這一地區的馬步芳政府造成了極為有利的發財機會。當時規定，凡去那娃、黑水的煙販，有馬的，回來後每匹馬交款二百元，無馬的交一百元。但是，鳳凰山莊不管有馬無馬從不交稅納款。陝福放火燒了山，沒想到第二年春上，山莊人在燒了山的焦土裡翻種上罌粟籽，到了四五月份，滿山滿坡紅成一片，罌粟花開滿了溝溝叉叉。九月份，欒二從山下雇了上百人到山上來割煙；割了半個多月。這一年，山莊的鴉片大豐收了。

欒二親自率領秧歌隊，龍燈、獅子舞、高蹺、旱船一行人馬，在「咚咚，啈，咚咚，啈」的行軍鼓點指揮下，繞著天池進發，他們在神仙洞前，先讓身背騾馬銅鈴，腰系戰裙的「報子」說道：「各位父老鄉親們聽，我們鳳凰山莊自從大掌櫃的上任以來，山旺了，水清了，尕娃們的肚子吃圓了。我先給大家說一下，我們自家要在我們的莊子裡鬧一下。一鬧風調雨順，五穀豐登；二鬧人丁興旺，福壽康寧；三鬧牛羊滿圈，騾馬成群；四鬧孫賢子孝，財源亨通；五鬧河清海晏，天下升平。」

「報子」報完，秧歌開始了，隨著急促的鑼鼓聲，男男女女甩著膀子扭，每扭一次，歌手就唱一段秧歌調：

這一個莊兒四四方，
金盆養魚的好地方。
前面山上龍擺尾，
後面山上落鳳凰。

這時，龍就舞起來了，龍分黃龍和青龍，龍頭十分壯觀，口內紅珠閃動，頷下龍鬚飄逸，周身蠟燭輝煌，擺頭擺尾上下翻騰。龍在手持長把繡球的武生逗引下，翻滾，迴旋，屈伸，咆哮，引得兩個獅子奔跳到前面來了。

獅子舞，花樣繁多，姿態百變。從文獅的搔癢，舔毛，抖擻，打滾，到武獅的縱跳，撲跌，騰轉，踩球，技藝變幻，使人目眩。尤其是獅子蹬桌舞，壘起幾張方桌，最高一層四腳朝天。由引獅子的武士逐層攀登，獅子亦隨之蹬上，站在四個腳上，作出精彩表演，那驚險的場面，把山莊人都吸引到了這裡。

人們正在喝彩，只聽鑼鼓齊鳴，跑旱船的上來了。

隨著優美動聽的音樂和土味十足的歌詞，一艄翁劃槳圓場，後隨一乘船姑娘。船身紮制精美，華麗大方。姑娘身披花襖，頭戴鳳釵。緊隨艄翁引渡姿態的變化，船兒忽上忽下，忽傾忽斜，彷彿飄泊在水波起伏的河面。此時，姑娘與艄翁密切配合，唱出了一曲搬船調：

南海沿上一隻船，
艄翁搖擺把槳板，
不怕地下有暗礁，
兩人齊心劃向前。

欒二領著山莊人在山上鬧了一天，人們被豐收的喜悅完全陶醉了。

秋菊在這醉醺醺的日子裡想的卻是如何把這些貨物儘快銷出去。當時，鳳凰山莊的鴉片有三條銷路：一是翻過七道梁上蘭州，再轉銷青海、新疆等地；二是過黃河去青海民和縣，再銷往青海、新疆、陝西；三是由羊皮筏子走水路，從黃河運到寧夏、包頭，再直銷北平、天津。

鳳凰山莊男女老少都吸鴉片，嬰兒哭啼時，大人即用鴉片煙噴，聞久上癮，不噴則哭鬧不已。山莊人都喜歡吸「太師煙」，即裹好煙泡，準備好一切，送到嘴裡慢慢品味。有的則準備好一壺茶，一個小煙袋，把鴉片泡裹好栽在煙槍上，先抽一杆水煙，然後再燒鴉片，燒完，忙呷一口濃茶將煙霧一同吞下，他們稱此為「水火並舉」或「龍虎鬥」。還有的待煙泡子將吸完時，忙放上綿煙絲，用力一吸，綿煙絲尾隨鴉片泡進了煙槍，他們給它取了一個美妙的名稱，叫「金線吊葫蘆」。山莊人除個個吸食鴉片外，還用鴉片來榨油，以彌補清油的不足，用鴉片當藥，止痛，醫治痢疾、咳嗽等。所以說，鴉片成了山莊人人離不開了的金丹妙藥，也是他們能夠鐵了心，抱成團，與官軍長期對抗的精神動力。

鳳凰山到了秋末時節，絢爛的秋天把它的金色和紫色摻雜在莽莽的綠色裡，日光融成點滴從天上落到那被燒光後新長出茂密的樹叢裡。樹木深處，一隻孤單的鳥溫和地怯生生地叫著。輕綃似的霧裡，遠遠傳來羊群咩咩的叫聲，一曲蒼涼的歌兒從深谷回蕩在高山：

我騎在馬上無憂無愁，
榮華富貴皇帝老爺也不曾享受。
我漂泊無定浪跡天涯，
藍天大地我到處安家。
我兩袖清風從不痛苦，
早跟財神爺交上了朋友。
我從不計較命長命短，
世上沒有什麼可以留戀。
尖矛長槍為我壯了膽，
快馬利刀是我的好夥伴。
肥肉好酒使我樂悠悠，
殺盡貪官富漢解我心中的仇怨。

歌聲一起，山莊人都從各個石屋裡走了出來。此時，鳳凰峽被鳥兒的啼鳴充塞著，被百花蝴蝶斑斕的彩翅掩映著，投進來的縷縷陽光變幻著色譜，柔柔地撫摸著滿山滿窪一個個熟透的罌粟包兒。欒二和秋菊從一個翠綠的高坡上走了下來，他們來到借子泉邊，泉邊有一杆似男人陽物般挺立的石柱光滑端溜，石柱比人的陽物略大，尖端有乳白色的水緩緩流著，四周全是聳立的林木，碧葉密織像綠色的井壁。

秋菊紅了一下臉，說道：「你先到那邊去，我神交後再過來。」

欒二說：「讓我點炷香，為我們求個兒子。」

欒二把香點在了石柱前面默默跪了片刻。

石柱是山莊人的寵物，女人們成婚後都到這裡來。秋菊把石柱放到自己的牝口裡緩緩抽動了三下，身上似有一股電流穿了過去，這種快感是她原先從來沒有經歷過的，可她不能久留，神交只能是三下，這是神的恩賜，貪欲是要遭報應的。

欒二如一陣風般跑了過來，秋菊將紅紅的小口迎了上去，兩人在神柱前如醉如癡顛狂了起來。自從尕老五被塌鼻子旅長處決後，欒二的心兒碎了，他後悔當時為什麼沒有擋住老五哥，讓老五哥落入了虎口。由於精神上的折磨，他和秋菊已經是長時間沒有在一起了。

秋菊在欒二的身下流出了眼淚。雖然她是山莊的壓寨夫人，可自從欒二挑起山莊大掌櫃的擔子之後，他整天在山裡山外忙著，他好似把她忘了。多少個日日夜夜她盼著欒二能像從前一樣和她相依相偎在一起，可是等來的卻是他沉重的呼嚕和疲憊的身影，她在欒二困頓的夢鄉之夜暗暗流著眼淚。

「二哥，把山莊交給別人，我倆過個安穩日子吧！」秋菊瞪著一雙眼直直地望著欒二。

「什麼？」欒二用陌生的眼光朝秋菊臉上掃了一眼，一骨碌從地上翻起，說道：「你怎麼說這話，老五哥的仇還沒報，弟兄們正需要我們的時候，我們怎麼能一走不管他們呢？這還算個人嗎？」

欒二一摔胳膊朝林外走去。

在山莊誰都知道，山莊的半個天在秋菊的手裡，她能騎善射，百步穿楊，而且，心狠手辣是一般男子所遠遠不能及的。

秋菊這天回去後，跪在了欒二的腳下，她捧著一把匕首說道：「二哥，殺了我吧。」

欒二身子微微一震，他把秋菊扶了起來。他說：「秋菊，這不怪你，我不是個好男人。」

「不，你是個好男人，你是個真正的男子漢，山莊就需要你這樣頂天立地的人。」

欒二說：「常言道官匪一家，實際上這當官的比我們要壞十萬八千倍。我們偷來搶來賺來的錢，年年要給各官府把禮送到，一處送得不隨人家的心，就要殺我們，挖我們的老祖宗，我思謀著這幾年好好殺一些貪官，再把山莊的事情安頓好，到那時我倆就走，到天南海北逛去。」

秋菊聽到這話，把頭靠在欒二的胸前。

峽谷裡刮過一陣風來，涼涼的。

欒二說：「走，喝酒去。」

鳳凰山的黃昏來得早，山尖上挑著日頭的時候，鳳凰峽已是灰濛濛的了。欒二和秋菊進了神仙洞，山莊人正吆五喝六地喊著，個個喝得面紅耳赤。欒二從腰上解下羊皮酒囊「咕，咕，咕」直往肚裡倒，然後說：「弟兄們，幹！」把脖子一揚又喝了起來。

外面的風小了，夜慢慢地安靜了下來，從遙遠的山下傳來幾聲悠長而蒼涼的驢叫，隨後又是狗叫，這是夜的前奏。洞裡的燈火一下亮了起來。人們跳著喊道：「高高山上一頭牛，兩個角角一個頭。四個蹄子分八瓣，尾巴長在屁股蛋。一隻蛤蟆四條腿，兩個眼睛一張嘴。撲通撲通跳下水，魁首魁首去喝水。一個老漢七十七，四年不見八十一，手提拐杖口吹笛，巧梅桃園該誰喝。」拳劃到這裡，兩個莊客抱著酒罈子喝了起來。「好，幹！」秋菊看到人們拳劃得興起，她也受了感染。秋菊唱道：

一山的松柏一山的花，
阿哥是松柏我是花。
有朝一日寒霜殺，
只見松柏不見花。

欒二接上唱道：

一炷的清香一炷的蠟，
尕妹是清香我是蠟。

有朝一日寒風刮，
只見清香不見蠟。

秋菊聽欒二這樣一唱，心裡掠過一陣憂傷，她唱道：

一方的石頭一方的沙，
阿哥是石頭我是沙。
有朝一日海水刷，
只見石頭不見沙。

欒二把碗端起，眯著一雙醉眼唱道：

一方的韭菜一方的蔥，
尕妹是韭菜我是蔥。
尕妹是韭菜刀刀生，
阿哥是蔥秧肚裡空。

秋菊接著唱道：

阿哥是海裡的一隻船，
左行右行你行的寬。
尕妹是船上的一桅杆，
上走下走我揚起帆。

這時，胖老頭山神爺過來了，他說：「兩位掌櫃的怎麼唱這曲兒來了，這不好，怪不吉利的。我給沖個喜吧。」說著，他沙啞著嗓子唱了起來：

藍生生的藍來藍生生的藍，
藍生生的藍天上星星全。
紅豔豔的紅來紅豔豔的紅，
紅豔豔的牡丹開下的俊。

秋菊此時已有醉意，她本是有些酒量的，可和欒二對了酒歌，唱的人不在意，山神爺這麼一說她心裡滑過了一陣不祥的感覺，我們倆人怎麼唱起這曲兒來了呢？她覺得全身輕飄飄的，像要升到霧裡雲中。

十一

山神爺在山上並沒有什麼位子，只不過是一個孤身的看山老漢，可他在山莊人的眼裡是有一定份量的。別看他人長的窩囊，脖子上還長著個大嗉子，他的武功在山莊裡沒有人能敵得過的。

那是山神爺十二三歲的時候，鳳凰山來了一夥外鄉人，擺下一個擂臺，而且懸賞：能打敗擂主者，得銀元一百。一百個大洋，在當時可以買十多畝土地，可以過上收租吃飯的小康日子。這對好武之鄉的鳳凰山是非常有刺激，且對那些窮人家是很有誘惑力的。

第一天擂主亮相，說了些「尋師訪友，切磋武藝」的場面話後，便站在一旁等人上臺。台下黑壓壓站滿了看熱鬧的鄉民，見擂主言不驚人，貌不出眾，中等個頭，似乎單憑蠻勁就可以把他甩下擂臺。

第一個上去的是崖頭坪看水磨的何老大，憑他能把三四百斤的磨扇抱上抱下的蠻勁，想去掙那一百個大洋。擂主和他走了兩圈，斷定此人沒啥功夫，純屬財迷心竅，便決定早點打發他下去。何老大偏偏不識好歹，張開雙臂像摔跤運動員似的邁著螃蟹步子，鷹瞵鶚視準備瞅准空子猛撲。先見擂主弓箭步，陰陽掌，戒備森嚴地走了兩圈，忽然一下子又放鬆警戒面露笑容，雙手下垂，挺身而上。何老大不知深淺還欣喜若狂地撲了上去。

「何老大……」人叢中有人驚叫道，連「小心」還沒喊出來，只見擂臺上一個人平飛了出去，落向人群。鄉民們驚叫著四散奔逃。

擂主微笑著站在臺沿上抱拳拱手，說了聲：「承讓！」

在臺下看熱鬧的人有拍手的，有憤怒的，有不服的，但人們還是冷靜下來了。

何老大跌得頭青臉腫，在地上躺了一頓飯的功夫，才掙扎著爬起來，讓人攙扶一路呻喚著走了。

那些想憑蠻勁去碰運氣的人，見狀都不敢造次了。其後，當地一些拳棍手陸續上臺過十多人，有的幾個回合，有的幾十個回合，不是被踢下臺，就是被打得爬不起來。

整整十天過去了，再不見有誰上場。再過二十天當地的紳士們就要給擂主湊五百大洋送其上路，這對鳳凰山的人們將是一種莫大的侮辱和羞恥。

時光在慢慢移動，日子在一天天過去，擅臺已經擺了三十天，一根椽子立在地上，太陽若把椽子的影子劃成一條線，到晌午時分還沒人上臺把擂主打敗，擂主就大獲全勝，打馬遊街大獲全勝了。

擂主在臺上打著哈欠，不時瞟著那根椽子，只等時間一到鳴鑼敲鼓收擂。

忽然，眼前一綠，一個脖子吊著嗉子的尕娃跳上臺來。擂主氣也不是，笑也不是，因為沒規定尕娃不能上臺較量，既然來了就得跟尕娃家打一場。擂主定睛瞧了瞧，尕娃一身綠湖縐密門短打，腰紮杏黃色絲鸞大帶，一雙薄底快靴，倒是一副真拳手的樣子。繼而一想，十二三歲的尕娃，能有多深的功力，就讓他那核桃般的拳頭在身上打幾十下，能傷我一根毫毛嗎？只用一掌一腿把他趕下擂臺就收工。他主意既定，便一路向那尕娃急逼猛進。

那尕娃似乎也有自知之明，並不用拳腳攻擊，只利用身材的短小和靈活，騰挪閃讓，竟使那擂主連衣角也沒沾著邊兒。那尕娃有時把自已的嗉子拍一下做個鬼臉，伸伸舌頭，甚至抽空在擂主的屁股蛋上拍一巴掌，惹得臺下觀眾發出一陣陣哄笑，把個擂主氣得暴跳如雷，發瘋般地在臺上追了起來。

那尕娃跑了一圈正好背對臺下，面向擂主，臉露不甚疲乏之色，翕動嘴唇似有所求。那擂主得此良機，急沖上前，那尕娃慌忙後退，臺下人都驚叫起來：「退不得！」誰知那尕娃腳下一滑，仰面跌倒……

那擂主滿面獰笑地撲上去，心中罵道，尕娃你把阿爺耍夠了，現在要你知道「鷹爪功」的厲害，迅疾使了個「岩鷹撲食」的手段，伸手直取尕娃雙眼。臺下的觀眾不由替尕娃捏了一把汗。

說時遲，那時快，殊不知擂主的手還沒沾著衣領，尕娃的頭一偏使了個「二仙摘桃」，手已牢牢的抓住了擂主的襠下，稍一用力，擂主便殺豬般地叫了起來。尕娃就勢把擂主往臺下一送，那擂主便身不由已往臺下跑去，結結實實地跌了個餓狗吃屎。

臺下掌聲雷動，人們都歡跳起來。

尕娃往下一跳，立即被人簇擁著上了一匹高頭大馬，人們擁來在他全身掛紅，一路鑼鼓，在街道上游起了街。

這尕娃就是山神爺，他的本事就是在那次被人們認識的。後來，尕司令馬仲英造反，他和尕老五都參加了反對國民軍的隊伍，又和尕老五一起上了鳳凰山。幾十年過去了，尕娃熬成老漢了，可是他一直本性不改。他不貪官，不貪財，不貪色，孤身一人為山莊迎接上上下下的好漢，目送著山上並不崢嶸的峻險。

鳳凰山由於水質關係，男人就是累斷筋，一輩子也弄不出個尕娃來，於是他們就讓女人們在借子泉的神柱上點石成金，勾引山外的男人們鴛鴦戲水。他們認為女人是裝糧食的皮袋，男人是產糧食的種籽，借個皮袋磨個面，他們要的是實惠，只要生下尕娃，管他是誰的種，山莊人每家要給生尕娃的家裡送去一百斤麥子，一百個雞蛋，一簸箕紅紅的棗兒和一塊四四方方的麻布料子。

秋菊生尕娃是大年三十的早上。這天，秋菊和往常一樣起得很早，一起來就先到山上轉了一圈，下山時就感到肚子痛有點尿憋，到茅坑邊上一蹲，羊水就嘩啦啦地下來了，隨著羊水的流出，秋菊就看見襠裡伸出了一個頭。秋菊一手提著褲子，一手托著尕娃就喊欒二。不待欒二跑到跟前，尕娃已整個兒下來了。

欒二把秋菊扶到房裡，秋菊讓欒二把牛耳尖刀拿出來，她自己割斷臍帶，接過欒二手中的止血大藥丸吞了下去。當她把尕娃捧給欒二的當兒，他倆同時看到了尕娃襠裡的那個給他們希望，給他們寄託的牛牛。

欒二笑了。秋菊躺在炕上心海卻平如明鏡，無波無瀾。

這尕娃是他倆的，這是他們和山莊其他人不同的一點，因為，他倆都從山外來，山裡的水沒有從小給欒二留下無精死精的痼疾。然而，他們都很感激那借子泉邊的神柱，他們認為是神給了他們尕娃，使他們有了能揚鞭騎馬的兒子娃。

尕娃挺著雄赳赳的牛牛，尿出白白的一道線來，在空中劃了一個弧落在地上，濃郁的松柏香味頓時在石屋彌漫。

睡在炕上的秋菊，此時聽著那遙遠飄來的花兒，心沉了下去，慢慢睡熟了。中午醒來，陽光透進小窗，她覺得心情爽快多了，她望了一眼身邊的尕娃，尕娃還睡著，她臉上露出了淡淡的笑容。

尕娃生下來了，秋菊心裡卻多了一份悲哀，她知道凡是山莊的女人，都要經歷那人體販運鴉片的特殊訓練，她也少不了，就憑她和欒二的地位和身份，也必須走這一條道。山莊其他女人訓練時，她曾為女人的命運歎息過，可事情要輪到她了，她覺得這人活得真不如一隻狗。她翻過身子，下體一陣鑽心的疼痛，她看見牆上有一道道的花紋，這是陽光從窗外進來留在牆上的，顯著神祕的色彩，恍若一種莫名的無聲的告示，又彷彿在顫動著，如雲絮，如雨絲。

似乎是半睡半醒了，似乎是朦朦朧朧間，似乎是在夢的邊緣上，她只覺得身子在浮動著，升在雲天之上，無聲無色的寒處，有淡淡的墨線似的人影浮動，驚心般的遊動，黑影靠近過來，靠過來，接近著，又一直無法接近過來，涼意至寒，一陣陣顫動似的透進心的深處。她張著嘴，她知道自己是在夢境裡，卻有一種較現實更清醒的真實。

自從她上了山后，山莊的女人們在做特殊訓練的時候，她都要在遠處無聲地監督。哪個男人在訓練中若有絲毫的憐憫，都要遭到她指使人的一頓毒打，哪個女人要過不了關，她都要用槍子兒擊穿那裸露的身體，讓別的人不敢在這件事上有絲毫的怠慢。

由於她在這件事上從不心慈手軟，山莊人躲過了馬步芳軍隊的層層關卡，逃避了上面數不清的稅款，讓白花花的銀，黃燦燦的金，源源不斷地流進了山莊裡。可活生生的現實要輪到她了，她無力地抓住了欒二的手，她感到太可怕了。

秋菊長長地喘了一口氣，她覺得一團熱氣從口裡吐了出來。

欒二說：「你醒來了？你猜我給尕娃起了個啥名字。」

秋菊無力地搖了搖頭。

欒二說：「欒尕虎。他老子沒成個虎，讓這尕娃大了成一頭鳳凰山的猛虎。」

秋菊笑了笑，說道：「虎要吃人呢？」

欒二也笑了，接著說：「讓他吃那些貪官和富漢。」

秋菊聽到這話不言傳了，說：「把尕娃抱過來讓我好好看一下。」

尕娃長得很像欒二，寬額大頭，胳膊和腿一般粗，胖胖的，可一連半個月不出一點聲，秋菊心裡就嘀咕了，這是不是個啞巴？鳳凰山莊天聾地啞這樣的事多得很。

這麼想著幾天過去了，一天下午天邊堆起了大朵大朵的雨雲。沒有風，悶得憋人的氣。天很快地暗了下去，遠處的雨鞭已經抽過來了。秋菊叫來了山上的女人春苓，她決定在下雨的時候採取行動。

雨說來就來，雨點在天池面上濺起無數朵的白花，雨一會兒就大了，地上水流喧嘩。

春苓把一根鐵針燒在火裡，燃燒的火熊熊的，她們是要給欒尕虎紮火針，這是唯一的希望。如果火針紮不好，就是天世下的啞巴了。

秋菊蹲下身子，用手撫了一下尕虎白白的身子，多麼好的尕娃啊。人說莊稼是別人的好，尕娃是個人的好，這話一點不錯，自己有了尕娃，見了誰的男娃或女娃，她都會想到她的尕虎。尕虎又尿了，一泡尿熱乎乎地澆在了她的身上，她吻了吻，竟有一種說不出來的香味。她習慣了，吻到這股香味她心裡就有一種莫大的安慰。

突然，她聽到春苓說：「現在就開始吧。」

她本能地把尕娃緊緊抱在懷裡說道：「不，他不紮了。」

春苓說：「二奶奶，尕娃不扎針就沒一點希望了。」

秋菊就把尕娃交到了春苓的手裡。

春苓說：「二奶奶，你先出去吧。」

秋菊就緩緩走出了門外。在這剎那間，她的頭腦格外冷靜。

這時，她忽然聞到了一股焦煳的肉香，聽到了尕虎驚天動地的一聲哭嚎，她轉過頭來，只見春苓額角沁出汗珠，鼻頭異乎尋常的紅，眼睛大睜著，已將針拔出了尕虎的後背。

春苓興奮地流出了眼淚，把尕虎緊緊抱在懷裡說道：「二奶奶，尕虎出聲了，他哭出聲來了。」

秋菊從春苓的手裡接過尕虎，把臉貼在那胎毛密佈的臉上，嘴裡喃喃地說道：「我的娃出聲了，我的娃要說話了。」

雨漸漸停了，仙台峰顯得格外的青翠。一道七彩的虹彎彎地搭在天池上面，生氣蓬勃的野草發出了尕虎身上的那種清香。秋菊擦了擦眼淚，望著窗外青綠連綿處彩虹很快消逝了。鳳凰山靜悄悄的，只有風還在歎息，水還在歌唱，一切都顯得那樣的平靜。

十二

欒二知道要抵禦馬步芳隊伍的騷擾，必須儘快拉攏收買地方上有實力的人物。只要地方上的人不與他們作對，來多少人都是不怕的。這裡他最擔心的是翟信，翟信雖是他的丈人爸，但這人老奸巨滑，而且實力雄厚，只要他不與山莊作對，山莊是不會遇到麻煩的。至於劉龍之流，雖然敲斷了他的腿，但只要扔給他一根骨頭，他會立馬大搖尾巴為其所用的。

鳳凰山論實力除了鳳凰山莊，下來就是崖頭坪。崖頭坪堡牆足有十米高，三米寬，牆上可以一匹馬單行。堡子既可外攻又可內守，內守又可以四面出擊。所以說，與崖頭坪相處好，是鳳凰山莊的當務之急。

欒二來到崖頭坪堡門外，只見門內有一牧童騎著牛，戴了一頂草帽正從裡面出來，五頭奶牛跟在他的後面晃動著五個大乳頭不時揚頭長嘯一聲。

欒二騎著馬直往門裡進，把門的四個漢子走過來，一個漢子說道：「站住！」

欒二說：「我找你們的幫主。」

那漢子說：「找幫主啊，我領你去。」

進了堡門，只見堡中渠水潺潺，綠柳成行，翟信的院子在一片綠樹叢中掩映著。他太熟悉了，雖然在這裡他只來過一次，可這裡的一切給了他刻骨銘心的記憶。

欒二進了院子，翟信正拿著斧子劈柴，那斧頭上下掄著，一根木頭分成片，變成了塊，一塊一塊地碼成了牆。翟信將這一切做完，身上大汗淋漓，頭上滾著一個一個的汗珠子。

欒二在翟信邊上坐著，一直待他把柴劈完才說：「丈人爸今天怎麼勤快了？」

翟信抬起頭來說：「你怎麼來了？」

欒二說：「看一下你老漢家。」

翟信鼻子裡哼了一聲說道：「那就進去坐吧。」

欒二從翟信的表情看出，老漢家比以前和氣多了。

翟信讓一個馬幫宰頭羊，那人走過去一把拽住只肥羊，一隻手捆住羊蹄，另一隻手拿著牛角刀已捅在了羊的心臟。那羊在地上抽搐了幾下就不動了。那人在羊腿上割開一道口子，把嘴搭上吹了起來，不一會兒羊膨脹變大，那人用刀在羊身上劃了幾下，用拳頭在皮肉之間只幾下，那張羊皮就被扒了下來。前後不上一袋煙的功夫，羊肉被放到了鍋裡。

殺牛宰羊對鳳凰山人來說，人人都會，光羊肉的吃法，就有羊肉疙瘩，烤羊肉，手抓羊肉，涮鍋子，汆羊肉，清湯羊肉，胡羊肉，羊肉胡茄，梅花羊頭，燒羊筋，清湯羊肚，羊肉蘑菇片等等。

欒二上了炕，三炮臺碗子茶剛刮開，手抓羊肉就端上來了。

這手抓羊肉是當地招待貴客的一個很有傳統風味的名品。它是選用當地出產的枹罕羊，經棧羊飼喂後屠宰烹煮的。選用枹罕羊中的棧羊後，肉質細嫩，味道綿長雋永，宰殺後要大塊下鍋或整個羊入鍋烹煮。用旺火燒沸，撇去血沫，把花椒、薑片投入鍋中，然後改小火慢慢在火上煨，待血水將幹未幹的時候，趁沸撈出，剁為大塊，裝在盤子裡，撒上花椒、鹽、蘸著蒜泥吃。

翟信給欒二手裡塞了一塊肥羊肉，說道：「大掌櫃的無事不登三寶殿，你是不是有什麼事情？」

欒二把羊肉撕了一塊，一邊吃一邊說道：「沒啥事，沒啥事，今日裡只是來看看丈人爸。」說著他把一根鹿鞭雙手捧給了翟信。

「謝你還有這份孝心。」翟信說道。

這時，翟信忽然想到了什麼，他走了出去，過了一會他將李志新領了進來。「你們認識一下，這是我的尕進財。」說著，翟信把李志新也拉到炕上。

三人吃著手抓羊肉，欒二問道：「尕進財不是這裡人吧？」

翟信就對欒二說了李志新的來歷。

翟信說：「這些日子馬步芳隊伍到處搜查紅軍，我思謀來思謀去，還是讓尕進財到你那裡躲些日子，等風頭過了，再讓他到我這裡來。」翟信回過頭對李志新說道：「尕進財，你說呢？」

李志新說：「這樣也好。」

欒二說：「那就太委屈尕進財了。」

三個人吃著肉說著話，不知不覺太陽已擔在了西面山上。欒二說：「我們走吧。」他看了一眼李志新。

李志新說：「今晚夕住下，明早再走吧。」

翟信也說：「今晚夕住下。」

欒二說：「那也行。」他又重新坐了下來。

這晚，一彎新月灑下淡淡的清輝，山川景色空朦奇幻。遠處近處無數山頭在蒼茫暮色中像都睡著了，做著誰也不清楚的沉沉的夢。

欒二看了一眼翟信說道：「阿爸，你想不想做個大買賣？」

翟信狡黠地說：「做什麼呢？」

欒二說：「當然是煙了？」

翟信說：「狗日的稅款太發麻。」

欒二把聲音壓低說道：「我給你說個路線到黑水收煙去，回來我給你出手，交什麼稅呢？」

兩人諞到雞叫三遍才睡著。第二天，欒二和李志新迎著初升的太陽打馬向山莊奔去。

李志新到了山上，欒二讓他幫著操練山上的隊伍。山莊人整日裡抱慣了大煙杆槍，誰受得了那嚴格的訓練。不上三天，訓練場上東一個，西一個，歪歪斜斜都倒在了樹下。欒二一看這個樣子，又急又氣。

欒二讓幾個山莊人抬來了一個大鐵鍋，倒扣在爐灶上，讓人在下面燒火。

欒二就站在訓練隊伍邊上看著。訓練隊伍並沒有因欒二的到來有多少改變，這些人散漫慣了，還是那樣稀稀拉拉走著，一個小頭目乾脆在石頭上坐著不起來了。

欒二對小頭目說：「你怎麼了？」

小頭目嬉皮笑臉地說道：「大掌櫃的，走這些步子有啥用處，到時候槍子兒比你我的步子快。」

欒二說：「起來給我走。」

小頭目說道：「掌櫃的，腳疼著不成了。」

欒二說：「好！腳疼了我給你治一下，看你走成走不成？」

欒二對燒火的幾個山莊人喊道：「給這狗日的治一下腳。」

燒火的幾個山莊人過來把小頭目抬起，扒了鞋就往燒紅的鐵鍋上烙。

「吱」一道白煙向空中飄去，小頭目疼得大聲罵道：「我日你欒二的八輩先人。」

欒二掏出槍，一槍點了過去，小頭目腦漿四濺，焦煳的肉香味彌漫在訓練場上。

欒二把隊伍集合到一塊，將一把歪脖子槍扔到李志新手裡。然後說道：「進財哥，誰要不聽話，你就用這槍敲他的頭。」

李志新笑了笑說道：「那我就不客氣了。」說著把歪脖子槍一甩，樹梢兒紛紛揚揚落了下來。

其他山莊人看到大掌櫃動開了真的，都把臉板了起來。

欒二走過來說道：「我請的教官是紅軍的團長，在軍事上是有兩下的。大家好好操練，不然的話，馬步芳打著來你我都活不成。今天，我就為這位弟兄送行了，再哪一個敢胡來，不要怪我的槍子兒不長眼睛。」說著，他給那個小頭目磕了頭，讓兩個山莊人抬下去掩埋了。

晚上，欒二一個人來到小頭目家裡，小頭目家裡一片狼藉，小頭目的女人和幾個尕娃都坐在炕上。一看欒二進來，這女人從炕上跳下把欒二又撕又扯，發瘋似地在欒二臉上左右開弓。

欒二垂下頭，靜靜地站著。過了一會兒，他說道：「你打吧，好好出出氣，我不這樣馬步芳的隊伍再打來怎麼辦？」

那女人打得手有點發麻，她一下撲到欒二的懷裡，眼淚似開了閘的水嘩嘩流了出來，她哽咽著說道：「大掌櫃的你好狠心啊！我和尕娃們怎麼過呢？」

欒二從懷中掏出一瓦罐煙泥，說道：「你先拿著，以後有啥難辛來找我。」

從這以後，山莊的男子漢們早出晚歸進行訓練，一段時間下來，每個人不論是格拿擒鬥，還是打槍射擊，整個兒不一樣了。

在這些日子裡，李志新經常給山莊人講一些紅軍的故事，這故事使山莊人知道了很多原先從來沒有聽過的事情。

冬天說來就來，鳳凰山一切都變了樣，天空是灰色的。那天，刮著遒勁、短促的北風，風打著旋兒在鳳凰山攪起漫天的雪花。人們都躲在洞中烤著火，互相說些男女之間的葷話笑事，忽然洞外一聲槍響，人們都爬了下來。

欒二喊道：「別慌，我看咋回事。」他往洞外一看，洞外仙台峰下全是披著黃皮子的隊伍。他趕快退了回來，說道：「我在這裡掩護，其他人從後洞出去。」

李志新把欒二搡了一把說道：「大掌櫃的，你走吧，我在這裡掩護。」

欒二說：「那也好，給你留下兩個弟兄。」

李志新把一挺機槍架在石頭背後，他的眼前浮現出了一個個犧牲了的戰友。

「打啊！」李志新的喊聲和機槍聲同時咆哮了起來。打打停停，停停打打，李志新和另外兩個山莊人不斷變換著地方掃射。

這時，從洞外飛進來幾個手榴彈，接著是驚天動地的炮聲，火炮將仙台峰的石壁炸出了一個豁口，震耳的爆炸聲和濃濃的煙塵掩護著士兵們沖進了神仙洞，一個山莊人倒了下去，另外一個山莊人跑過來接著往李志新的機槍裡入著子彈，機槍又歡快地叫了起來。

這時候，就聽見外面的喊聲大了，李志新知道欒二他們已出了洞，從部隊的屁股上打了起來。洞門上的士兵們攻打得更猛烈了，李志新他們向洞口扔了幾個手榴彈趕快向後撤去。後洞很蔽，它是在一塊不顯眼的地方。出了這個小洞，人就可以挺身往外走了，拐過七八道彎，分為兩個叉洞，一個直達山底，一個直逼山腰。

他倆在半山腰茂密的樹林中走了出來，只見欒二領著莊人打得正來勁。部隊在猛烈的槍炮打擊下，下馬隱蔽著往山下撤。

山下的機槍也叫了起來。山上山下一片混亂，隊伍本來主動的地位，一下變成了被動的挨打。陝福不虧是一個久經沙場的將領，他很快佔領了周圍的幾個山頭，利用有利的地勢掩護部隊緩緩往峽外撤去。

戰鬥打了一天一夜，晚間部隊在夜幕的掩護下全部逃了出去。

欒二讓山莊人放出狗搜山，這些狗不一會兒撕拉叼扯著零星的士兵到了神仙洞外。洞外生著一堆火，欒二讓山莊人把俘虜的腳砍下，把眼睛挖了出來。

李志新說：「欒大哥，不能這樣啊！不怪這些當兵的。」

欒二說：「他們把我們的人怎麼處置著呢，你知道啦？等我抓住那個塌鼻子，我還要掏出他的心，祭我們的老五哥呢。」

欒二說到這裡，胸中的火一下冒了上來，說道：「把腳砍下，眼睛挖掉，扔到他塌鼻子的軍營跟前去。」

李志新知道勸也無用，在那淒厲的殘叫聲中他向洞裡走去。鳳凰山的風更緊了，山上的雪被風吹著，像要掩蔽這吊著冰柱的山洞。大樹號叫，風雪向山洞遮蒙下來。

陝福吃了敗仗，沒逃出來的士兵又被欒二剁了腳挖了眼睛，他心裡那個恨呀，可他想這時萬萬要冷靜，不然的話就會犯兵家大忌。他想，你欒二遲早會落到我的手裡，那時我要看看你欒二到底長著幾個腦袋。

雪整整下了三天，第四天的早上就開始晴了。停雪後的鳳凰山，山嶺上披著潔白的素裝，蜿蜒的山脊像條騰空欲飛的白龍，伸向遠遠的金燦燦的朝霞裡。

這天一早欒二就吩咐山上殺牛宰羊，慶賀勝利。酒過三巡，欒二說道：「尕進財，你別走了，跟我在山上幹。」

李志新說：「大掌櫃的心意我領了，紅軍的消息一有，我還要走的。我在山上這些日子來，多蒙掌櫃的看起，今日裡我就把心裡話給各位兄弟說了。鳳凰山莊山險坡陡，地形複雜，易攻好守，但畢竟是個小地方，要成大事，必須找共產黨，不然的話，年輕的時節裡還能幹，走一步算一步，活一天是一天，總沒有個長遠的打算，到頭來老了後怎麼辦？還不是一場空。」

欒二說：「那麼兄弟的意思怎麼辦？」

李志新說：「我的意思是和共產黨聯繫上，亮出紅軍的旗來。」

欒二哈哈笑道：「紅軍不是在河西走廊讓馬步芳隊伍殺完了嗎？」

李志新說道：「紅軍在河西走廊吃了虧，但是最後打了天下的還是共產黨。」這時的李志新，酒已喝到了八成，豪言壯語滔滔不絕，越說越興奮。

山神爺悄悄把欒二拉到門外，說道：「聽見了吧，酒後說開了真話，這個人是個不得了的人物，再讓這個人呆下去，我們山莊的人就讓共產黨拉上走了，不如趁今日酒宴上把這人幹掉。」

欒二笑了笑。他想，這呆眉癡眼的人兒心眼子還不少呢。欒二有個毛病就是不想讓別人猜出他心裡頭想的什麼。人們若和他想的一樣了，他寧可做錯也不與別人相同。他說道：「沒必要吧，讓人們看我們不講義氣了。再說，尕進財是老丈人放到這裡避難的，不能窩老漢家的面子。」

「那麼，就讓他回崖頭坪。」山神爺說道。

「那也可以，先等些日子再說。」

欒二望了一下天，天上飄過一縷淡淡的紅雲彩，他有點迷惘。他想，鳳凰山莊已被逼到了懸崖絕壁上。這一年多來，他和尕進財談過鳳凰山莊的前途，可他不願意找共產黨，找那麼多婆婆做啥呢？尕進財沒來以前，他有事就找山神爺商量，他認為這個老人有很多地方與別人是不一樣的，考慮問題周密不說，還有豐富的社會經驗，關鍵是他有一顆對山莊忠心耿耿的赤子之心。可是，自從尕進財來後，他就與這個老人矛盾大了，他感到這個人自私、狹隘、鼠目寸光，他倆經常為一些事情爭論不休。山神爺告誡他：「出頭的椽子先爛呢，千萬不能跟共產黨走，太扎眼。跟上共產黨，那就沒山莊人的活路了。」他說：「你老漢家也別那麼說，這馬步芳隊伍三天兩頭打我們，我們也不能這樣坐著讓人家拿著刀子往脖子上割。」

山神爺說：「你和共產黨不染上，馬步芳隊伍這陣子過了，我們還能有個平安。你要聽上尕進財的話，把紅軍的旗打出來，馬步芳把我們做不死就不罷手。」

思來想去，他認為尕進財說得有道理，山神爺說得也沒錯，可他覺得共產黨不可靠，他們的那一套離自己太遠、太遠，他真不知今後的路該怎麼走。

翟信這次到黑水收購鴉片，全是欒二給提供的資金，由於去時輕裝空行，沿途走得輕鬆，跑得利索，順順當當到了黑水。

馬幫們來到黑水，這裡各種貨物堆積如山，人來人往，川流不息，妓院煙館到處都是。黑水的煙館，可說是一大風景。每家煙館，都設有幾張到十幾張炕鋪，每鋪有兩套吸煙用具，有煙杆、煙槍、煙葫蘆、煙籤子、煙鐺鐺、挖刀等，可供兩人吸用。煙床上不分男女，隨便躺臥。煙館賣得都是熟煙，以大小杯為計量單位，一般一大杯盛一錢熟煙，小杯五分。癮小者吸一二小杯就滿足了。癮大者要燒兩大杯還不夠。翟信為了不惹人眼目，住在了黑水邊上一個馬店裡。到了晚上，他和幾個當事的進了黑水集鎮，只見這裡燈紅酒綠，熱鬧非凡，不虧是人們說得「天上神仙府，人間快活圖。」

翟信串了幾家煙館，最後以三個白元一兩鴉片，在大紅袍煙館收了些上等的煙膏子，又買了幾十馱子各色洋布作為掩護，準備下蘭州出貨。

貨物辦齊，翟信的心裡一下明亮多了，他讓馬幫們在這裡痛痛快快玩了幾天。

從黑水往回走，他們為了躲避關卡稅款，走得全是無人問津的荒僻山道。

過了野狐峽，就見山險坡陡，路越來越難走，加上時斷時續的毛毛雨，天灰濛濛的，抬頭一望，黑黝黝的森林一片沉寂，神祕莫測，朝下一看，人在懸崖絕壁之上，腿直打哆嗦，身上透過陣陣涼氣。翟信此時有點後悔，他想錢多會才是個夠，可現在已到了這種地步，只能向前，不能退後，他是幫主，在這個節骨眼上，若有一絲一毫的動搖和膽怯，將會給這支馬幫帶來無可挽回的損失。

他看到天上有一隻鷹在盤旋，林中的猿猴發出淒厲的哀鳴。空穀中吹來一陣冷風。懸崖上高大的樹、猙獰張舞，路邊枯萎叢雜的矮樹在林邊隙地上瑟瑟地發抖。

翟信對著空穀吼了一聲，這一吼前前後後的馬幫們都吼了起來，吼聲在山谷中回蕩，人們的腳步一下顯得穩了，實了，走著有勁了。

翟信唱起了花兒：

哎——
一張皮子（者喲）縵兩（呀）張的鼓，
哎喲——，阿呀哥的肉——，
高山上就打鑼者哩！
又受（吧就）孽障（者喲）又受苦，
哎喲——，阿呀哥的肉——，
閻王爺就睡著者哩——。

翟信一唱，心中的恐懼沒有了，腳底下也有了勁，引得前面一個馬幫也漫起了花兒：

哎——
尕雞娃瘦了（者）毛長了哈，
變成個四不像了呀，
水紅花。

阿哥出門了（者）尕妹家裡坐，
想肝花哩。
衣裳破了（者）人窮了哈，
尕妹看不上了呀，
水紅花。
阿哥出門了（者）尕妹家裡坐，
想肝花哩。

這兩個馬幫唱完，又一個馬幫接上唱道：

鐵匠爐子（呀）是鐵打鐵，

肉挨肉，
砧子是生鐵鑄的。
萬物是（呀）真的人假的，
人要人，
陽世是五葷人鬧的。

雨越下越大，一首接一首的花兒在山谷中回蕩，就在這時，前面的一匹馬把糞便噴在了路上，後面跟上來的一頭騾子一腳蹬在了糞便上，腳下一滑，那騾子身子一斜和一馱子貨物掉進了深谷之中，過了好大一會兒才傳回悶騰騰的聲音。

這時，山上傳來幾聲猿猴的哀鳴，馬幫們驚得都站了下來。翟信心中也劃過了一絲恐懼，他沒敢往下看，只是靜靜地站了一會。他知道這次出來，十個馱子只要順利回去一個，他也不會虧折。翟信知道此處不是久留之地，為了鼓起馬幫們的勇氣，他又唱起了花兒。

翟信一唱，馱隊又緩緩地在山道上走了起來，蜿蜒的山道上很快形成了一條長蛇。

上了山，天慢慢地晴了，太陽一照，空氣裡散發著一種令人胸悶的氣味。翟信剛松了一口氣，只見漫天的霧悄悄往上翻滾著，粘濕而冷酷的霧緩緩飄了過來，浪潮起伏，互相追逐，不一會兒什麼也看不見了。

馬幫們都蹲了下來，翟信只覺胸越來越悶，脖子裡好似被一個人扼著，出不來氣，他知道霧要再不過去，他們和這些牲口都會倒在地上。他大口大口地吸著氣，輕輕地吐著。當大霧過去之後，他看見一個馬幫鼻子裡流著血，已經倒在了地上。他知道這人已經死了，他讓馬幫們把這人埋在了山上。

小路上又多了一座墳，墳堆圓圓的，天上飛過幾隻烏鴉叫著，冷颯颯的風聲使翟信打了個激靈。馬幫們都跪了下去，人們用一種壓抑、低沉的聲音唱道：

人家們都說是出門人好（呀），
出門人的寒苦（哈）誰（呀）知道（呀）？
三九天裡（就）出（了）門了，哎喲喲呀，
三九天裡（就）出（了）門了。

大馬（哈）騎上（者）上四川（呀），
前面是（就）荒沙灘（呀啊），
娘老子（呀就）淚（呀）汪汪。
哎喲喲呀，
娘老子（呀就）淚（呀）汪汪。

十七（呀）十八上出（呀了）門，
半年上方回了個家（呀）鄉呀，

年輕人（他就）變成了尕老漢。
哎喲喲呀。
年輕人（他就）變成了老漢。

馬幫們唱完這首曲兒趕著馬又走了，他們帶著惆悵，懷著希望，在一個風沙彌漫的上午到了蘭州。

貨物是欒二在蘭州接貨的人給收的，當時就給翟信付了他收貨時二十倍的價錢。翟信收了錢，他看到西面的落日是桔紅色的，他的心抖動了一下。落日在痛苦地下沉，它在掙扎，在作最後的跳躍，如同日出的一般想從灰暗的陽坡後面重新躍出。

翟信並沒有發了財的感覺，他感到他一下子老了，他才意識到他不是欒二，這個錢不是崖頭坪人掙的。

他閉上了眼睛。他感到人太怪了，沒有的時候千方百計地想得到，冒著生命危險用沉重的代價得到後，又感到是那樣的失望，他真不知道自己為了啥在奔波，為了啥在奮鬥，他在一種痛苦的折磨中想到了他的卓瑪，他感到心裡很疼，他扯開嗓子吼道：

白牡丹長給者山裡了，
隔一架嶺。
紅牡丹長成個樹了；

十二

我你哈牽給者心裡了，
搭不上話。
有苦者沒地方訴了。

十三

欒繼宗怎麼也不會想到，他與兒子的見面卻是在鳳凰山下，而且自己是被黃皮子士兵五花大綁到這裡的。

那天，欒二正在山上籌謀著如何在山上囤積些冬糧。突然，有個瘦瘦的山莊人跑上來說道：「大掌櫃的，老太爺被那些當兵的綁著，在山下叫你呢。」

欒二聽到此話，「霍」地一下站了起來，說道：「老太爺，他來了？」欒二與父親已是多年不見，兒時父親對自己又恨又愛的情景一幕幕出現在了眼前。

欒二那年十歲，他吃完午飯沒到學堂裡去，卻進了茶館去聽說書的講三國。關雲長把華雄的頭還沒取下來，他的頭上卻被父親狠狠扇了幾巴掌。原來，學校裡的先生找了父親，說他已十多天沒到學校裡去了，父親暴跳如雷劈頭蓋腦打了他一頓。他在父親的巴掌下跪了下來，可是，第二天下課後，他又鑽進了茶館裡，那故事太迷人了，他抵不住那些口若懸河說書匠的誘惑。後來，父親對他完全失去了信心，才使得他如魚得水，自由發展成了一個騎馬打槍樣樣皆精的兒子娃。

從山上往下走，欒二只見一塊大石頭上站著父親欒繼宗，他穿著長衫，花白的鬍子在胸前飄著。欒繼宗被反手捆綁，邊上站著兩個端著刺刀長槍的士兵。大平石頭兩邊全是隊伍，一挺挺機槍張著嘴在那裡瞪著山上的人們。

欒二看到父親老了，幾年不見臉上佈滿了皺紋，頭髮鬍子全花白了。他鼻子一酸，淚花兒在眼裡打開了轉轉。

這時，有個當官的站起來喊道：「欒二，你是交槍保你的老漢呢，還是與政府頑抗做對呢？兩條路由你選擇。」

欒二是個孝子，雖然當時被逼上了山，可他時時想著家，惦著他的雙親大人。今日在此時此地見了白髮蒼蒼的老父親被這些黃皮子押著，心中怒火熊熊，恨不得長了翅膀立時飛下山去救他的老阿爸。

欒二從腰上拔出了槍，說道：「我們過去看看。」

李志新把欒二的衣裳拉了拉，悄悄說道：「大掌櫃的，萬萬去不得。你沒有看見那兩邊山上林棵裡架得全是機槍。」

「那你說怎麼辦？」欒二問道。

「你在這裡見機行事，我下去。」

「為什麼？」

「我下去目標不會太大，我會對付他們的。」

「那就難為你了，尕進財。」欒二拍了拍李志新寬寬的膀子。

士兵們看山上大搖大擺下來了一個人，都把槍瞄準了李志新。李志新邊走邊說：「大掌櫃的讓我下來與你們當官的談判。」

士兵們把槍都掏了出來，說道：「站下！」

欒二此時也往前開始移動，同時派人從兩邊山梁後悄悄朝機槍爬了過去。

這時，李志新已走到離欒繼宗只有五步遠的距離。士兵們看他只有一個人，都沒當一回事。突然，他將手一甩，一把盒子槍已到了他的手上，一梭子出去，欒繼宗身邊的兩個士兵尖叫了一聲，與此同時，他將欒繼宗一把從石頭上拉了下來。

剎時，山上山下槍聲大作。李志新在石頭背後爬到欒繼宗身上，一隻手甩著扔出了兩個手榴彈。待士兵們沖到石頭跟前，欒二和李志新已護著欒繼宗從鳳凰峽溝中往上跑了。山上的子彈如雨點般潑去，打得官兵們遲遲不敢抬起頭來。

這一切都是在幾秒鐘內完成的，顯出了李志新超人的膽略和平時過硬的功夫。

幾個山莊人抬著欒繼宗往山上走，山上清新的空氣使他感到一切都不可思議。

到了山上，欒繼宗板著臉不理欒二。

欒二跪了下去，就像小時候一樣垂著頭，他說：「兒子不孝讓阿爸受驚了。」

欒繼宗說：「死了才好，我怎麼不死呀！」

欒二說：「阿爸，兒子到這一步也是被逼得沒了辦法，你就原諒我吧。」

欒二的這句話使欒繼宗想到，兒子的上山也是與他有關的，他有些心虧。然而，他卻說道：「把人馬拉下山投降不行嗎？」

欒二說：「到了這個份上，繳槍也得死，不繳槍還能多活幾天。那些隊伍比我們還要能禍害百姓，還不如我在山上為百姓做些事情。」

欒繼宗說：「放屁！你還為老百姓做些事呢，少禍害些人就謝天謝地了。」

李志新走了過去把欒繼宗領到隔壁房間坐了下來。李志新給欒繼宗倒了茶，欒繼宗的氣才算消了。

欒繼宗說：「聽說你是共產黨？」

李志新說：「是。」

欒繼宗盯著李志新的臉說道：「這麼好的孬娃怎麼幹這些事情，共產黨共產共妻，你家裡沒有姊妹阿媽？」

李志新說：「那都是一些人的造謠，共產黨是為民眾謀利益的。」

欒繼宗說：「這些話你對欒二說過沒有？」

李志新說：「說過一些。」

欒繼宗說：「我這個孬娃是個有本事的人，可沒個主心骨，你要經常敲打著些。」

李志新笑了笑。他說：「掌櫃的要是跟共產黨走，前途肯定會好得多。」

這時，欒二、秋菊和山神爺走了進來。

山神爺說：「孬進財，前途光明著紅軍怎麼讓馬步芳的隊伍整個兒打垮了。」

李志新說：「紅軍的失敗是暫時的，最後打了天下的還是共產黨。」

山神爺把嘴子拍了拍，說道：「人都讓殺完了，嘴還硬得很。」

欒繼宗說：「從古到今與政府做對的到頭來都沒有好下場，胳膊扭不過大腿，我看你們還是瞅機會早日歸降政府，做個平民百姓吧，這樣沒大福也沒大禍。」

欒二對父親的話不說行，也不說不行，只是不中斷點著頭。

山神爺把李志新看了一眼，把欒二拉到門外，說道：「讓尕進財快走，這個人和你我不是一條心，鳳凰山莊遲早要被他禍害掉的。」

欒二笑了笑，說道：「尕進財人厚道，說得都是心裡話，他也是一片好心。」

山神爺說：「人心不可測，這個人心大著呢。」

欒二站了起來說道：「你再別說，人家把我阿爸冒死救了出來，你怎麼能說這種話。」

山神爺把頭搖了搖說道：「掌櫃的別生氣，我就是害怕你聽上這個人的話，把山莊人拉到火爐上烤呢。」

這晚，欒繼宗和兒子一起住在了鳳凰山莊，此時，他才感到人生有時並不是你不想幹什麼就不會幹什麼的，很多時候人要被一種外在的力量推到命運的軌道上來的。

他說：「欒二，阿爸不怪你，這都是命，但我希望你不要禍害百姓，多為百姓做些好事。」

欒二聽到這話很高興，他的眼淚流了出來。這輩子他不希望任何人理解自己，只需要阿爸能夠原諒他，認他這個兒子就行。

月亮出來了，它高高地掛在天空，在天池的水面上投下淡淡的銀光。水面上有山、石壁、松樹、柳樹，在銀白的月光下映出一朵雪白的牡丹。

春桂是很喜歡李志新的。自從李志新到崖頭坪後，她是真開了眼界，她真想不到世上還有這麼英俊的男人。李志新走到哪裡，她的心也就到了哪裡。她看到李志新說話沉穩，舉止老練，不似當地的那些毛手毛腳的孬娃們，她被這種男子漢的氣質征服了。那天，翟信把夏芹和春桂叫到李志新的跟前，春娃多麼希望他能選中自己。然而，阿爸卻移花接木硬是把阿姐許配給了他。

那天出來後，她氣嘟嘟地堵住李志新，她說：「你長得像個醜八怪，你還看不上我。」

李志新說：「你阿爸弄錯了。」

她說：「你是死人。」

李志新就去找了翟信。

翟信說：「這事不好弄了。你早做啥著呢，當著那麼多人訂下的婚姻大事，你再變能成嗎？」

事情就這麼糊裡糊塗讓翟信攪成了一鍋粥，翟信把夏芹嫁給李志新的那天，春桂卻偷偷哭成了個淚人兒。

李志新上了鳳凰山莊後，春桂給翟信說：「阿爸，我也要到山莊去。」

翟信說：「你三姐都沒說話，你到山莊做啥去呢。」

春桂說：「我在二姐那裡住些日子不成嗎？」

翟信說：「不成，姑娘家老老實實在家呆著，少一天東奔西跑的。」

春桂聽到這話，心裡悻悻的，可她不敢說，就去到河邊唱花兒。

她一邊哭，一邊唱：

東虹（噢呀）日頭（喲）西虹（哎）雨，
南虹裡（呀）打雷（喲）著（哎）哩，

啦呀尕肉呀兒。

我這裡（呀）每日（喲）想著（哎）你，

你那裡（呀）想誰（喲）著（哎）哩，

啦呀尕肉呀兒。

當她聽到馬步芳的隊伍打了鳳凰山莊後，春桂更為李志新的安全擔憂了，她恨阿爸的無情無義，恨三姐的冷若冰霜，她多少次想衝破這個藩籬去找她的心上人，可是，這內外緊閉的深閨大院是不好出去的。於是，她就想讓她的進財哥趕快回來，她要用她的熱身子溫暖他那顆孤寂疲憊的心。記得那是李志新要去山莊的前一天，春桂約他晚上到她的房裡來。

李志新那晚去了。那晚，天黑得伸手不見五指，院子裡的大黃狗早被春桂拉到了後花園裡，李志新悄悄從隔壁院裡走了過來，他輕輕地到了春桂的窗下，春桂在門窩裡倒上水，將門打了開來，他一下把春桂抱到了懷裡，春桂的小嘴就迎了上去，他拼命地吮咂著那小小的舌頭。

那是個驚心動魄的夜晚，天地混沌一片，風呼呼地吹著，在一陣驚雷過後，春桂像個受驚的鳥兒偎依在了李志新寬大的懷抱裡。

她想起那晚的甜蜜與離別後的辛酸，她的歌聲是那樣的醉人：

一更點燈進房門，燈擱到花床的椅上，

不為夫妻為旁人，真心兒牽到你身上。

二更揭開紅綾被，脫衣摘帽的睡下；
我抱住身子你摟住腰，渾身的毛骨兒散下。

三更月牙站端了，紅谷兒碾成米了；
頭枕胳膊睡覺了，我身子靠給你了。

四更月牙撇西了，架上的雞娃兒叫了；
身兒搖來口兒叫，你走的時節到了。

五更東方發白了，耳聽的鑼鼓響了；
阿哥的衣服穿齊了，尕妹妹把清眼淚淌了。

六更太陽滿川了，四山的牛羊趕了；
尕妹把眼淚淌幹了，阿哥你走的遠了。

七更的太陽照花山，花山上好多的牡丹；
想起阿哥者望穿了眼，三九天凍下的可憐。

八更的太陽向午了，渴了是喝了水了；
心裡發了糊塗了，睡夢裡夢見你了。
九更的太陽壓溝沿，懷抱了烏木的算盤；
抄起指頭趕的算，阿哥你何日回返。
十更的太陽是黑了，不見個阿哥的面了；
指甲連肉離開了，活割了身上的肉了。

春桂一天天坐不住了，晚上睡不著，白天好似魂兒被牽著走，心裡總是空蕩蕩的，她望著巍峨的鳳凰山峰，盼著飛來的花喜鵲。她想去找她的進財哥，她不能再這麼等下去了，她知道若再這樣等下去，她會急瘋的。

那天晚上，她睡著時已是雞叫三遍，早晨醒來時太陽有一杆子高了。她打開窗戶，陽光透過樹蔭進屋來，有幾隻喜鵲在樹上拍著翅膀歡叫跳躍。她的心中閃過一陣喜悅，是不是進財哥要來了？她跑到門上看了看，只有幾個砍柴的莊戶人背著柴從門上走了過來，他們望著她笑了笑就匆匆走了過去。

春去夏來，秋過冬至，春桂每天從希望到失望，不斷望著東邊的太陽，然而，她始終不見李志新的影子，她的心也由熱變涼，又由涼變熱不斷望著遠方那縹緲不定的白雲。人們看見她深深陷進眼眶的眼睛，還以為她病了。只有翟信知道他姑娘的心病，他想這個外鄉人用什麼魔法掏走了這個傻姑娘的心，使她如此神魂顛倒，他也後悔沒把這姑娘嫁給那個人，以至成了他終身的遺憾，每日裡還得專門讓兩個人守著她。

翟信派了人去鳳凰山莊，他讓人去叫李志新回來。這幾年人們對紅軍已不怎麼說起，聽說馬步芳的隊伍和紅軍聯起手來打日本人了。

派的人很快回來了，說欒二讓李志新再呆些日子。翟信一聽這話就罵了起來，他說：「尕進財在山上已經兩年多了，人家也是有老婆有家室的人，怎麼一去就不讓回來了呢？」

翟信沒了辦法，就又讓馬哈力去接李志新。馬哈力從小練就了兩條攀山越嶺的飛毛腿，這功夫不僅讓他打獵時受益無窮，而且，平時走村串戶也使他增加了許多方便。馬哈力上了鳳凰山，壁立的山峰高聳到天上去了，被大火燒過的山體，從腳到頂，全是蒼黑的岩石，在天池的邊沿，一株蓬鬆的柳樹俯臨著水面。過一山坡，是神仙洞。神仙洞上面是一塊隆起的黑石頭，上面長著矮樹，顯得毛茸茸的。

欒二一見馬哈力就問道：「挑旦哥做啥來了？」

馬哈力說：「丈人爸讓尕進財先回去。」

欒二說：「回去做什麼呢？尕進財在這裡吃得好，睡得好，他不想回去。」

馬哈力說：「夏芹三天兩頭病著，讓他回家住些日子再來也行嘛。」

欒二說：「尕進財一去，丈人爸就不讓他再來的。」

馬哈力說：「到時候我給丈人爸說，你就讓他先回去住些日子。」

欒二想，李志新這些日子一直想到延安去，他本想在陝北販煙的時候把他帶上，既然馬哈力來了，就做個順水人情吧。

欒二說：「那尕進財就和你回去一趟，不來了我就去找你。」

馬哈力笑著說：「就這麼辦。」

兩人哈哈笑著。只見李志新從外面走了進來，他手上提著兩隻野兔，背著獵槍。

馬哈力說：「沒想到你也愛攆山追兔了，有機會我倆打瞎熊去，給掌櫃的拿來個熊掌嘗嘗。」

說完這話，他朝欒二笑了笑。

欒二朝著李志新也笑了，他知道這些日子尕進財勸他挑起紅軍的旗，可山神爺和手下的人不願讓他走那條路，尕進財遲早會走的。但是，他沒想到尕進財的走竟在今天。他心裡非常清楚，尕進財再不會來了，再不會有這麼一個人來開導他，為他排憂解難了。兩年多的日日夜夜裡，他有了這樣一個朋友，一個推心置腹的朋友，可是轉眼間他就要走了，他多麼不願意輕易地失去他的左胳膊右腿。可是，人生無常世事難料，一切都要在原定的軌道中運行，他知道這都是上蒼的安排。

十四

李志新到了崖頭坪是個陰雨連綿的日子，雨下了十多天，天一晴，又連日的曝曬，天如水洗般的藍，地上到處是蓬蓬勃勃的莊稼，一片清新。

春桂約李志新到了外面，這是靠近黃河的一片玉米地，風過處玉米葉子唰唰地響，似有千軍萬馬埋伏在那深不可測的裡面。

兩人鑽進茂密的玉米地裡，不待坐穩，春桂一下子抱住李志新的脖子哭了起來。李志新默默地摟著春桂，隨著一聲接一聲的抽泣，春桂的肩膀在微微顫動著。

春桂說：「你好狠心啊！一去就是兩年不回來，你摸一下，讓人家的心想得好疼好疼呀。」說著她把李志新的手拉到了自已的懷裡。

李志新說：「我摸一下。」說著他把手伸到了春桂的胳膊底下，春桂破涕為笑，就勢抱住李志新的頭在臉上瘋狂地親了起來。

春桂說：「進財哥你再別走了，就在我們這裡住下吧。」

李志新說：「我的好妹子，我還要找我的部隊去呢。」

春桂說：「你真的要走，你不要我和三阿姐了。不行，你走我就和你一搭走，就是你到了天邊，我也跟你去。」

李志新就把春桂放在了自已的膝蓋上，摟在懷裡。兩個忘情的人兒在地上打著滾兒，粗重的喘息之聲如牛吼。只聽天崩地裂的一聲炸雷，才把兩人驚得分了開來。

這是晴天裡的一聲雷鳴，乾打雷不下雨，天還是那樣燦燦的明朗。

春桂躺在李志新的臂彎裡，那寬寬的胸脯包容著她小小的身體，她像一隻受驚的鴿子。

「我聽阿爸說，紅軍讓馬步芳的隊伍殺得很慘。」春桂突然對李志新說。

「他們勝不了，紅軍的主力在延安紮下了根。」李志新咬著牙說道。

「那麼，你是真的要走了。帶不帶我？」春桂緊緊盯著李志新的眼睛。

「帶，我們兩個都去延安。」

春桂聽到這話跳了起來，高興地在李志新的臉上狠狠親了一口，說道：「我給你唱個《十二月牡丹》，你愛聽嗎？」

李志新望著春桂天真的臉說道：「當然愛聽了，你就唱吧。」

春桂在四個姐妹裡嗓子最好，且做著一手很好的針線活。她唱起花兒來，如銀鈴般的嗓子引得天上飛過的鳥兒停翅，牽著地裡耕地的牛兒駐足。而且，春桂生性活潑，一笑兩個小酒窩，她走到哪裡，「咯咯咯」的笑聲就會把人們帶入歡樂的海洋。所以說，崖頭坪的馬幫們都喜歡幫主的這個小姑娘。

春桂抿了一下嘴，就唱了起來：

十四

正月裡安茶哩，
牡丹土裡生芽哩，
多會結籽開花哩？
二月裡搬糞哩，
牡丹離土一寸哩，
多會結籽開俊哩？
三月清明燒紙哩，
牡丹長在河底裡，
不見牡丹想死哩。
四月裡四月八，
牡丹長在刺底下，
早上折去露水大。
五月端陽獻柳哩，
牡丹長在路口裡，
我見牡丹撓手哩。
六月裡熱難當，
牡丹長在半城牆，
葉葉綠來杆兒長。

七月裡過神哩，
牡丹長在深林裡，
我見牡丹心痛哩。
八月裡拔麻哩，
牡丹她要落花哩，
我們何處尋她呢？
九月裡割豆哩，
牡丹她有時候哩，
過了時節誰追哩？
十月裡立冬哩，
牡丹她等來春哩，
來春牡丹發根哩。
十一月冬至節，
把這十二牡丹挪一挪，
再看這牡丹活不活！
臘月裡臘月八，
把這牡丹收穫下，
重發芽芽重開花。

李志新說：「你們的花兒裡怎麼盡是些牡丹花呢？」

春桂說：「牡丹花是我們鳳凰山人的驕傲和希望，她代表著最美好的東西。」

突然，他倆身邊劈劈啪啪一陣響，李志新和春桂同時跳了起來。

原來是一隻長尾巴毛野雞，它在草叢中跳來跳去，快樂地吱吱叫著，弄得樹葉颯颯作響。

春桂說：「這附近有它的窩。」

李志新說：「你怎麼知道？」

春桂說：「我們這裡的人經常抓毛野雞，我一看就知道它在抱窩。」

兩個人在周圍尋找了起來。果然，不遠處的雜草叢裡有個窩，裡面有幾個油光光的蛋。

春桂說：「我倆砍些樹枝子，我給你把這毛野雞逮住。」

「你能捉住它？」

「不信你給我砍些樹枝。」

李志新掏出腰刀，攀上一棵柳樹，不一會兒功夫就砍下了一大捆。

春桂就用這些柳枝在野雞窩周圍插了個螺旋形的外圈。上面樹枝用細柳條攏到一塊捆緊，留下一個小而狹長，容易進而不易出的口子。

春桂說：「這叫八卦圈。」

八卦圈做好後，倆人掰了幾個大大的包穀，在地邊上用乾草去燒，一股香甜可口的味道很快就飄了過來，倆人一人捧著一個包穀棒子啃了起來。

這包穀棒子鮮嫩可口，被柴火一薰烤，又香又脆，別有一種滋味。

這時，八卦圈內有野雞的叫聲，李志新迅速朝野雞窩奔去，跑到窩前一看，果然有一隻野雞在螺旋形的八卦圈裡。他興奮地朝春桂喊道：「快過來啊，圈到裡面了，圈到裡面了。」

春桂到了跟前說道：「抱窩的野雞很喜歡它的幼子，為了孵化尕雞娃，它會全然不顧一切地往八卦圈裡鑽的。」

這只野雞發現李志新和春桂到了跟前，在八卦圈裡亂鑽亂竄，李志新很快把它捉到了手裡。

春桂把野雞接了過來，在它頭上摸了幾下，野雞一雙眼睛滴溜溜地轉朝她看著。

她說：「把它放了吧。」

李志新點了一下頭。

春桂說：「我們把八卦圈拆了，不然它還會鑽到裡面去的，人們還會逮住它，這會毀了一窩小雞的。」

李志新看著春桂母性十足的樣子點了點頭。心想，她將來肯定會是一位善良的母親。他又把她摟到懷裡，那高高聳聳的一對白牡丹又綻露出一圈紅暈。

他掀起了她的花襖襖，用嘴叼住那鮮紅的花骨朵。

她微微合著眼睛，好似又聽到了那首惹人心煩的花兒：

哎——

大牆（嘛）根裡的白牡丹，

阿哥的些呀憨肉肉呀哈，
葉葉兒呀好像個串蓮。
唉——
白日裡（呀）想你者心痛著，
阿哥的肉呀，
夜夜晚夕者夢見。

黃河水從上游萬山叢中流淌出來，水清清粼粼，在青石峽處變得浪急濤猛，濺起千萬朵雪白的浪花。

夕陽開始西下，放羊娃們騎著牛，吆著羊，從地裡歸來的男人和女人們在馬上追打著，不時唱起一段酸溜溜的花兒。

李志新和春桂從包穀地裡鑽了出來，遠遠看到莊戶人家的屋頂開始冒煙，徐徐青煙蛇一樣向天上爬行，風一來，就搖搖晃晃扭動身子，忍不住地東倒西歪，就叫人想起崖頭坪的老宅已禁不住歲月的風塵的塗抹，開始搖搖欲墜了。

公雞開始啼唱，那是晚飯的前奏。兩隻狗追逐嬉戲，一隻白色公狗兩隻前爪搭在一隻小花母狗的背上，小花狗把尾巴一抬，兩隻狗疊在了一起。

李志新撿起一塊石頭朝狗摔去，兩隻狗發出尖厲的叫聲，然而始終緊緊連在一起。春桂說：「你真壞。為啥要壞了它們的好事呢？」他倆笑了笑，一人騎著一匹馬，罩在金光裡，馬踏著碎步往崖頭坪奔去。

鳳凰山莊的口糧主要是靠地方上的大戶人家解決的。每年秋收以後，這些人家馱上糧食往山上送，浩浩蕩蕩排成一行，自然就多出一道風景。

沒想到天大旱，而且連續兩年旱情，黃河水也縮小了，有些水車還擱了淺，沒有水車的人家打得糧食連自家都不夠吃，誰還能再往山上送糧呢？一家不送，十家學樣，第一年只有程福祥和另外少數幾家把麥子馱給了山莊，其餘人家都央求欒二開恩，這一年就算免了。

到了第二年荒月裡，窮人家餓得紛紛往外跑，去乞討求生，欒二就開了庫，把糧食分給百姓，賑濟那些挨餓受窮的人家。

那些富漢大戶看山莊還有糧食往外發送，上一年沒往山莊馱糧，山莊也沒說什麼。今年，夏糧下來大家一串通，都不往山莊送糧。欒二就派人往各戶催要。想當初，是這些人家主動要求往山上送糧，山莊承擔保護這些人家的利益，可如今這些人家想河沿上駐紮著隊伍，地方上也有了保安大隊，都一推再推，有的乾脆不理不睬。

欒二眼看著催要糧的人空手回來，就讓山莊人把峽水從上游挖到了黃河裡，一下子卡住了下游人畜的飲水和秋田的灌溉。

劉龍說：「日奶奶，欒二這狗日的太欺侮人了，是兒子娃的跟我上。」劉龍一是想當年讓欒二敲掉了一條腿，有氣還沒出呢；二是保安大隊有百十號人馬，都配了精良的武器，正想在此時顯示一下自己的力量。

於是，他派人在一個漆黑的夜晚趁山莊人不留意把水又挖了下來。

第二天，山莊人一看水被人挖了下去，就跟著欒二往水口子沖去。劉龍的保安大隊並沒有極力抵抗，只是虛晃一槍，匆匆下來，劉龍就是想撈個好名聲，並不想拿自己的保安大隊做賭注的。

水一斷，人們又急了，程福祥就來找翟信商量。翟信說：「這事還得讓尕進財去一趟。」於是他就讓人去找尕進財。

李志新和春桂到了莊裡，就聽一個莊人說：「尕進財，幫主把你尋了一個下午，你到哪裡去了？」

「有事嗎？」李志新問道。

「沒事找你做什麼呢？程保長來了。」

李志新對春桂說：「我先去看看。」說著打馬朝翟信的住宅奔去。

到了翟信的房子跟前，李志新跳下馬，幾步跨進屋裡。只見炕上躺著程福祥，抱著一杆煙槍正在吸，翟信在地上的一把椅子上坐著，喝著茶。

翟信說：「你到哪裡去了？我和程保長把你等了一個下午。」

李志新說：「到外面逛了逛。」

翟信說：「今年天這麼旱，欒二把鳳凰峽裡的水挖到黃河裡去了，程保長找我來想辦法，我想讓你再上一趟山給欒二說一下。」

李志新驚了一跳，好不容易從那裡出來，這一去欒二不讓回來怎麼辦？他對翟信笑了笑，說道：「欒二和馬哈力姐夫關係好，是不是讓他去更合適些。」

「那也行，就讓馬哈力去。我也思謀著讓你去他不讓你回來就把我害下了。」翟信說完後想了一下繼續說道：「保長，你看這樣行不行。」

「行，行。只要讓欒二把水放著下來，怎麼都行。」程福祥猛咂兩口煙，喝了一口茶，眯著眼對翟信說道。

翟信說：「尕進財，那就勞駕你連夜跑一趟，讓馬哈力到崖頭坪來，我和程保長等著。」李志新說：「好。」說著走出門外，跳上馬就往前莊急馳而去。

崖頭坪外是一馬平川的大水田地，由於天氣乾旱，洋芋秧和包穀樹被曬得葉子已經焦枯了。李志新騎著馬在鬱鬱蔥蔥的林間小道上奔馳著。

秋日的黃昏總是來得很快，進了前莊，一座圓頂的清真寺在暮色中莊嚴地肅立著，寺前尖形塔頂上一個穆粲喂身著黑色長袍，高舉雙臂，用奇特的聲音呼喚著：「安拉阿克巴爾——」呼喚四聲後，那人繼續呼喚下去：

安拉至大！

我作證，除安拉外，別無他神！

我作證，穆罕默德是安拉的使者！

快來禮拜吧！快來禮拜吧！

快來獲救吧！快來獲救吧！

禮拜勝於安睡！禮拜勝於安睡！

安拉至大！

除安拉外，別無他神！

這種奇妙的呼喚傳向遠方，當地球圍繞太陽在空間運轉時，這呼喚聲也隨之傳向寰宇。

李志新到了馬哈力家門前，見雙扇大門緊閉著。一打問，隔壁鄰居說：「兩口子到寺上做禮拜去了。」

李志新就在馬哈力家門前一棵大樹跟前坐了下來。可是，左等不來，右等不來，李志新就著急了，他想馬哈力到哪去了呢？

他就問莊裡的人。莊裡人說：「兩口子禮拜做罷，幫著娶親去了。」

李志新就去了麥場，這裡正在演駱駝戲，向新婚夫婦表示祝賀。

只見四個人翻穿白羊皮襖，扮成兩頭白駱駝，前面兩個人各牽著一頭白駱駝奔騰跳躍。白駱駝起起伏伏邁著艱辛的步伐，它在向人們介紹原來居住在中亞細亞撒馬爾罕的先祖們，如何經歷了千辛萬苦來到中國，又是如何選擇了這塊水肥草美的地方定居的歷史傳說。人們圍坐在四周，傾聽著口齒伶俐的人們一問一答的表演，不時從人群中發出歡快的笑聲。

李志新問了一下周圍的人，人們說前面那頭白駱駝下面就是馬哈力。

這裡的風俗在跳駱駝戲的時候是不能打擾的，這會沖了新人的喜事。於是，李志新就只好在外面等著，一直等到月上中天時，戲才跳完。

馬哈力剛從白駱駝裡鑽了出來，李志新就把他拉到邊上。李志新將事情一說，馬哈力說：「就這麼個事呀，沒問題。」說著，他和李志新從場裡走了出來，兩人連夜趕到了崖頭坪。

這時，已是雞叫三遍了，程福祥和翟信還亮著燈等著。

翟信說：「尕娃，辛苦上一趟吧！」

馬哈力低著頭想了想，說道：「這事最好我和保長一搭去。」

程福祥說：「沒必要吧。」

馬哈力說：「你要給人家說個話呢，保安大隊與山莊人作對已不是一天兩天的事了。」

翟信說：「保長，那你明天祭過龍王跑一趟，有馬哈力在你也甭怕。」

程福祥對上鳳凰山莊確實害怕得很，上次他和家人把糧食送上山，本想欒二會對他感激的，沒想到這欒二為了嚇唬他們這些有錢漢，在酒宴上手起一槍打掉了他的帽子，把他像尿脬一樣戲弄著，那種羞辱他是無法忍受的，可又沒辦法，他又不敢得罪欒二，所以，他只有陪著笑臉忍受了。

翟信這樣一說，程福祥想，為了鳳凰山的鄉親們，哪怕腔子痛，肚子疼，就走一趟吧。

程福祥最後還是決定要上山了。

十五

鳳凰山這裡農田灌水，只有沿河少量水地由水車從黃河取水，其它山川土地全是鳳凰峽水來澆灌。天大旱，地上冒出了火，鳳凰峽水也只有了原先的一半，這就使得下游吃水灌水緊張的多了。就在這節骨眼上，山莊人又將峽水挖到黃河裡，下游的人們整個兒瘋狂了，立逼得程福祥與馬哈力一同去到鳳凰山莊。

馬哈力和程福祥騎馬上了山。炎炎的太陽高懸在當空，將火辣辣的陽光噴射到地面薰烤著，汗從他倆的頭上流了下來，又和馬流出的汗攪拌在一起灑落到地面上。

到了山下，只見紅紅的太陽如一個鮮紅的火球擔在了山尖上，山腰飄浮著幾朵白雲。程福祥望著那縹緲的一團朝霞，有點後悔了，自己怎麼又要上這座山呢？假若有個閃失，春香怎麼辦？春香肚裡的尕娃怎麼辦？他心裡清楚，這是他的精血，不管這尕娃以後叫他阿爺，還是叫他什麼，尕娃是他的骨肉，是他程家斷不了的香火。

到了山上，欒二一見程福祥，就說：「程保長又來為民請命了。」一扔過去一句不軟不硬的話，他就與馬哈力寒暄了起來。

這晚，他們住在山上，第二天早上欒二讓人擺上酒席，十幾個人輪流過關，玩得是一到十五大循環。這種玩法是「一到十五大循環，七拍桌子八瞪眼，到了十五月兒圓，哪個犯令把酒幹。」也就是從某人開始從右由一到十五連續循環數數，輪到某人數七時，該人不喊數，而用手掌拍一下桌子，輪到某人數八時，該人也不喊數，而是瞪一下眼睛，數到最後輪某人數十五時，該人也不喊數，卻用兩手錶示一下圓月形狀。在這一個循環過程中，如一人應接上數而沒接上，或和他人所數重複、隔數，以及輪數七八和十五三個數時，也喊了數，則為犯令，罰酒一杯。該人飲過罰酒，由他再領先從一數起，繼續行令。如循環一次，沒有人犯令，則由這次輪數十五而表示了圓月形狀人的下一個人再接上從一數起，重來一次。

鳳凰山莊人平日裡生裡來，死裡去，到了山上經常玩這種把戲，把酒當涼水喝，根本不當一回事。程福祥卻因為心中有事，過一圈輸一個，頻頻喝酒，被這幫人灌得臉兒成了紫蘿蔔。

過了幾個人的關，程福祥說：「大掌櫃的……」他本想借酒提一提水的事情。

欒二卻不等他把話說完，接上說道：「先喝酒，狗屁事情別說，誰要在酒宴上說別的事情就罰酒。」

從早晨一直到黃昏時節，程福祥在酒宴上不斷輸著酒，人們越喝越暢快，他卻心裡憋著話不敢說。他有幾次想讓馬哈力打個圓場，馬哈力卻裝糊塗一言不發，只是一個勁的猜拳行令、吃肉喝酒。

到了晚上他一個人在院裡踱著步，遲遲不進門。他過去給欒二說：「掌櫃的，我和馬哈力住在一起吧。」

欒二沒吭聲，只是笑了笑。

鳳凰山莊這地方怪，公馬和母馬長年在這裡懷不上駒，可出了山，住一段時間就能懷上駒了。

公雞和母雞在這裡，母雞生下蛋孵不出雞娃，可母雞讓山外來的公雞踩了蛋，生的蛋就可抱小雞了。人也一樣。所以，山外人到這裡，一般都要被留在山莊，女人們則從壁門或地洞中進入房裡，與外來男人住在一起，讓種子自然播撒在這塊濕漉漉的土地上。程福祥上次來，就被四個女人打車輪轉，整整折騰了一個晚上，所以，他是很害怕住在山上的。

這晚，月光柔柔地灑在地上，讓大地顯得格外的寧靜；那似白色乳漿的銀光落到水裡，跟水一塊靜靜地流淌，泄在樹梢上，使樹發出颯颯的聲音。

程福祥躺在炕上一直提心吊膽的不敢睡，石屋的寂靜、黑暗，更使他害怕到了極點。一直堅持到月上中天后，他實在困得沒法，倒頭就睡著了。剛合上眼，一個女人就鑽進了他的被窩筒，他被驚了醒來。他聞到了一股幽幽的清香，這香味攝人心魄，是一種刻骨銘心的幽香，他抬眼看了看，驚了一大跳，這女人怎麼這麼像春香。

這時，就聽見那女人說話了，「程保長，多會學得這麼規矩了，聽說你和春香都懷了個娃呢。」

程福祥一聽就慌了，說道：「你是誰？」

女人笑著說：「你說我是誰？」說著那絲綢般滑膩的身子過來用臂膀纏住了他的脖子。

程福祥說：「你到底是誰？」

女人說：「我是春香的阿姐春苓，春香對我說過你和他的事情。」

程福祥一聽是春香的阿姐，一股親切感油然而生，心中的恐懼一下煙消雲散了。他一下抓住了春苓的手。

春苓說：「你別急，心急吃不了熱豆腐。我先問你幾個花兒，看你答上答不上。」

程福祥是個陽間世上的五葷人，唱曲漫花兒，與女人打情罵誚說騷話油得很，根本不在乎春苓的這一套。他說：「你問吧？」

春苓就小聲地唱了：

哎——

什麼纏繞鳳凰山？
什麼放歌白雲間？
什麼攔路情意長？
什麼結冰六月天？

程福祥把春苓的手捏了捏唱道：

哎——

雲霧纏繞鳳凰山，
歌手放歌白雲間，
馬蓮繩攔路情意長，
神仙洞結冰六月天。

春苓又問：

有顏有色什麼桃？
無顏無色什麼桃？
經常挨打什麼桃？
提心吊膽什麼桃？
哎——

程福祥把嗓子清了清唱道：

有顏有色是櫻桃，
無顏無色是毛桃，
經常挨打是核桃，
提心吊膽是葡萄。
哎——

春苓看程福祥答得好，心裡一陣暗暗的高興，她又唱：

哎——
白牡丹長給者山裡了，
隔一架嶺，
紅牡丹長成個樹了；
我你哈牽給者心裡了，
搭不上話。
有苦者沒地方訴了。

程福祥也緩緩地對了起來：

哎——
高高山上的苦絲蔓草，
它長得懸，
根紮在青石頭崖上了；
尕妹是莊裡的白牡丹，
你長的端，
根紮在阿哥的心尖上了。

程福祥一唱，勾起了春苓的心酸，她摟著程福祥就哭了起來。她原來是有心上人的，被搶上山后，嫁給了一個頭大腿短的孬大漢，她心中的苦，眼裡的淚，已被悠悠的歲月熬幹了。今晚上兩人一對花兒，花兒觸到了她心中的傷口上，滿腹的怨屈如決了口的苦水隨著淚水滂沱而出。

程福祥把春苓摟在懷裡，讓她盡情地哭，盡情地訴，待她安靜了以後，他從上到下在她身上撫摸著，而後不斷地吮咂親吻，他使出了渾身的本事，使春苓整個兒癱成了一團泥，在炕上顛著屁股喘息呻吟著。

程福祥在雞叫頭遍時，毛骨兒全部散了，達到了興奮的高潮，而後擁著春苓靜靜地睡著了。早上醒來，天還是那麼明，太陽還是那麼亮，女人早已無影無蹤，他在房中到處察看，沒有一處能進來的地方，門在裡面扣著，他反倒心裡恍惚了，他懷疑是不是自已做了一個夢。不像。屋裡還有女人身上散發出來的那股芳香。

吃早飯的時候他問欒二：「你們這裡可有個叫春苓的女人嗎？」

欒二咧著嘴嘿嘿笑了一下，然後說道：「有。程保長見過？」

「是不是草灘壩的？」程福祥問道。

「是啊。你怎麼知道的？」欒二詭譎地笑了笑。

程福祥就不說話了，心想這事是千真萬確的，他想，這春苓比春香確實野多了，再能見到她嗎？他一個人又在想入非非了。

欒二看程福祥還想著心事兒，知道這老傢伙還在回味著昨晚的一夜風流，就說：「薑越老越辣，程保長還低頭思謀什麼呢？」

人們就笑了，欒二也笑了。

程福祥那臉也燦燦地開了花，他看到欒二今日心緒特別好，就問道：「大掌櫃的，馬哈力給你說了吧，我是為水來的。」

欒二笑了笑，說道：「水，你們上來的那天就給放下去了。就是憑你程保長親自來，這個面子我能不給嗎？你下去給那些大戶人家帶個話，把糧食給我送來，我又不是白吃他們的，我給他們付錢，讓他們放心。」

程福祥一聽水早下去了，心裡一下舒暢多了，就像他的心裡流進了清涼涼的水般快活。

欒二又說道：「你給劉龍把話帶過去，他再和我作對，我還要敲斷他的另一條腿呢。」

程福祥說：「這些話我肯定帶到，糧食讓他們趕快送來。你知道我是個空架子，槍桿子在人家手裡呢。」

欒二說：「這我清楚，我只要你多在地方上說些山莊的好話，不要讓那些屬核桃的，哪面風大往哪邊倒。馬步芳隊伍的屌一硬，他們就把糧食交給那些狗日的，讓我們山莊人喝西北風呀。」

程福祥說：「那當然。我不能胳膊肘子往外扭，馬步芳隊伍他算個屁。」

程福祥這晚又住在了山上，可來的不是春苓，他有點失望，可他的心情比來時好多了，自然對這女人也別有了一番柔情。

程福祥和馬哈力上山的那天晚上，崖頭坪來了狼。

狼是一種很聰敏的動物，一般年間狼是輕易不進崖頭坪的，因為，馬幫們的槍聲早已使它們聞風喪膽了。然而，天大旱，其它地方尋不到食物，饑餓的狼就進了崖頭坪。

翟信小的時候就聽老人們說過狼的故事。八歲那年，翟信第一次見到了狼。夏天的傍晚，正吃著飯，莊裡人吼了起來，跑出去，看見像狗一樣的動物叼著豬耳朵，把豬背在背上，風也似地逃走了。大人說，那就是狼。那「賊」的模樣時時出現在翟信眼前，心裡總免不了一陣驚歎：那東西，做賊還挺機靈。

那晚，不知哪個馬幫先發現了狼，端起槍「噹」的一聲，把翟信從夢中驚了起來。翟信一出門，只見一隻狼像是受了傷，三條腿跳著從馬廄裡跑了出來。翟信知道，它是騙人的伎倆。閑著沒事，狼基本上是三條腿蹦來跳去，另一條腿休息以備他用。看上去，它像被人打斷了一條腿，於是人們就會麻痹大意將它當傷兵對待，或是過早地開槍或是靠得過近還未準備開槍，而此時行動緩慢的狼，會馬上四腿騰空，轉眼無影無蹤。

翟信一見狼，端起槍就是一槍，狡猾的狼遭到了致命的一擊，轟然倒地了。

翟信打死了狼，心裡反倒不安了。在這大旱年間，這種動物是不能輕易惹的，惹了禍要遭狼強烈報復的。

果然不出所料，大約在半夜時分，先是一陣馬嘶，隨後，崖頭坪周圍就響起了驚天動地的狼嗥聲：「嗚嗷——！嗚嗷——！」由遠而近，此起彼伏。馬幫們立刻從炕上跳了下來，抓住武器，做了隨時搏鬥的準備。

「日奶奶，這幫畜牲還真來了！」翟信虛張聲勢地咋唬著，一方面穩定人心，一方面也是給人們壯膽。

狼群開始進攻了，嗷嗷地嚎叫著，很快就把翟信的院子圍了起來。馬匹在圈中長嘶奔跳，準備與狼決一死戰。翟信到窗前一看，剛剛平靜的心，立馬又懸了起來。狼的眼睛在四周的屋頂像一串串幽藍色的鬼火，隨著嗥叫聲，越逼越近，大門框被啃得唠嚓唠嚓山響。

「嘡，嘡，嘡。」一陣槍響。

翟信大聲命令道：「把火點起來。」

院中點起了一堆大火，照亮了半邊天宇。

狼群遠遠地盯著院中的人們，因懼怕火光，站在屋頂，而不敢再往前邁進一步。

可就在這時，一匹狼突然從天而落，直向翟信撲去。

翟信往左邊一閃，手起刀落，那狼就躺在了火堆邊。

接下來又是幾隻惡狼從屋頂跳下來，瘋狂地朝馬幫們沖來，其它狼把嘴插在地裡，驚天動地般地嗥叫著，像是聯絡信號，又彷彿是進攻前的預謀。

馬幫們在翟信的帶領下，用槍擊，用刀砍。這時，院外也響起了槍聲，這是李志新和另外的馬幫們救援來了。狼群終於在馬幫們的英勇搏鬥中退卻了。

翟信的大腿被狼撕裂了一道血口子，馬幫們在與狼群搏鬥時，他是將疼痛全然不知的，可是，當將狼打跑後，翟信一下就疼得站不起來了。人們就砍了兩根樹枝，上面編了柳條讓他躺在上面。翟信疼得咬緊牙關，頭上滾著汗珠，臉變成了一張黃裱紙。

李志新拿來了一種黑藥膏，幾個人抓住翟信，硬是把藥膏塗到了裂口處。

這藥很靈，藥一塗上，翟信就感覺沒有原先疼了，他就躺在熱炕上望著窗戶裡透進的月光。他太累了，不一會兒那些月光就連成了一片，把他帶入了夢鄉。

夢中的他還和狼群進行著搏鬥，一隻狼撕開他的胸膛，掏出他的心肝，拽住他的腸子扯成了一條白色的長帶，他奇怪他的腸子怎麼那麼長，在那茂密的樹林裡把每一棵樹都連了起來。

這時候他就醒了，他望著窗外混沌一片的黑暗，他好似看見了一柱七色眩目的光波，極柔和。他睜大眼睛，光波開始變強，色彩開始跳躍。於是他明白了他還活著，實實在在的活著，只是在一瞬間他曾靠近過死亡。

翟信覺得如同過去了一個遙遠的年代。他記得他第一個性對像不是一個人，而是那個藍眼睛，一隻年紀很輕的小母羊。少年的他是個放羊娃，他曾經多年在這些動物之間原始的性生活中受著薰陶，所以，他和另外兩個小夥伴一同抓住那只藍眼睛，像那只騷公羊一樣。他爬在藍眼睛的身上，竟做得那般的熟練。這樣的生活一直過了近兩年，兩年來他與羊一起住，一起吃，他不知道他到底是人還是羊。後來他就跟了叔叔，馬幫的生涯使他驀然回眸，在女人懷中他才發現人世間原來還有那麼美麗的紅牡丹。

人生的感覺能重複麼?重複只是錯覺或是幻覺。可他眷戀著那份蒼涼，在靈魂深處咀嚼到的蒼涼。

「卓瑪，我的牡丹花，我的憨肉肉。」他在這孤寂的夜晚，又想起了他千里路上的卓瑪。他忘不了她，是她讓他真正明白了過去的恥辱和動物的本能，使他看到了陽間世上還有金子般的愛情。

光陰一年年地過去了，他從來沒有今日般的孤寂。

他忽然覺得自已多麼的不想死。死是那麼的殘酷，好好的一個人轉眼間就變成了血糊糊的爛肉，變成白生生的骨頭。

李志新在隔壁的石屋裡聽見翟信不斷地歎著氣，他悄悄走了過去，坐在了翟信身邊。他說：「阿爸，你老漢家別發愁，人有啥都有，狼咬死幾個牲口沒有啥。」

翟信說：「你不知道，我不是為那幾個牲口，我是感到人咋活著這麼難呢？」

翟信輕輕閉上眼睛，思緒如脫韁的野馬，飛向那遙遠的地方，歷歷往事又一幕幕地浮現於腦際。在這靜靜的黑夜裡，他好似又看到了那雙黑色的眼睛，感到了輕柔和脈脈的溫情。他說：「尕進財，我活到了四十多歲，才覺得世上一切都是空的，只有人與人之間的情才是真的。」

李志新說：「阿爸錯了，萬物是真的人假的，你怎麼今日裡這麼悲觀。」

翟信說：「我沒錯，你活到我這個年紀你就會明白這一點的。」兩人說著說著天就亮了。

翟信說：「這藥不錯，我的腿好得多了。」

他接著說：「明天我就可以下地了。」說完，他朝李志新看了一眼。

李志新說：「多休息些日子，平日你哪有功夫這麼消閒的睡一會呢？」

十六

欒二把程福祥送到了山下，使得程福祥心裡非常的感動，就徑直騎著馬兒先去了崖頭坪。

程福祥一踏上崖頭坪的土地，遠遠看見一幫人扯著披頭散髮的夏芹往回拉。他跑過去一看，夏芹又哭又嚎，乾脆躺在地上吼著說：「我不活了，我不活了！」幾個女人就把夏芹拉了起來，剛拽了幾步，夏芹從她們手中掙脫，死命地往黃河邊奔去。

馬幫們告訴程福祥：「尕進財領著春桂在晚上偷偷跑了。」

這時，程福祥就看到翟信拄著拐棍大罵著走了出來：「尕進財這狗日的怎麼做這種事呢。」

翟信走過去，指著夏芹罵道：「世上的男人死光了嗎？為啥認定一個死理不回頭呢。人都跑了，你尋死尋活的做啥呢。」

翟信這麼一說，夏芹就撲到翟信的懷裡大哭了起來。

「阿爸。丟下我一個人，我再怎麼活呢啥？」

翟信說：「丫頭，想開些，我給你說了，世上的男人沒死光，再嫁個人吧。」

夏芹把眼睛一抹說：「阿爸，你說了個輕鬆，誰還要我呀。」

人們聽到這話都笑了，程福祥也笑了，於是，夏芹也停止了哭聲。

女人們把夏芹連哄帶拉扯到屋裡，讓兩個女人陪著，其他人各自回家去了。

原來，昨晚上人們睡了後，李志新和春桂悄悄溜出了崖頭坪。為了不惹人眼目，春桂女扮男裝，裝成了個男侍娃子，他倆一高一矮扮作師徒兩個算命的，直奔延安去了。

李志新相貌端正，在當紅軍以前曾跟著父親走南闖北，熟讀過《堪輿要旨》、《地輿圖》等風水基礎讀本，曾當過風水先生。這風水先生也是社會諸般行業中的一種行業。社會諸般行業中有「三百六十行」的說法，鳳凰山另有新的說詞，叫做「七十二行，八十八樣，外搭龍背上。」這七十二行，乃指商業、服務業、泥木石篾鐵銅手工業等七十二個門類。七十二行加上十六種江湖行當，成為八十八樣。龍背上是指綠林草莽。分水、旱二路。十六種江湖行當有驚、培、飄、猜、風、火、爵、耀、戲、解、幻、聽、隸、卒、娼、優，號稱一十六門。李志新跟父親當年走的是驚門裡的堪輿驚。

驚門是靠嚇唬人吃飯的行當，有男有女，男分九種，女歸十類。所謂堪輿驚就是風水先生。

李志新和春桂不走大路走小路，專揀荒僻野道行進。第三天晚上他們被一個馬步芳隊伍裡的師長叫住了。李志新想這下糟了，但他還是硬著頭皮進了師長家。

師長家是個小院，屋簷下掛滿了豆角、金瓜和蕃瓜，一株葡萄樹在院中央的木架上爬著，吊著一串串鮮嫩如琉璃珠般的葡萄。

李志新身穿一條灰布長衫，舉止瀟灑，似有仙風道骨。春桂眉目清秀，溫雅端莊，不離李志新左右。

師長的父親一見二人大為讚賞，吩咐家人置辦酒飯招待貴客。

不一會兒，飯菜上來了。

先是一盤子炒牛肉絲，一盤炒腰花，然後是一個冬菇金雞。兩人一路辛勞，又渴又餓，吃得香，酒喝得痛快，師長的父親很是高興。待雪菜大湯黃魚上來時，師長的父親就說話了：「緊請先生明天再住一宿，後山有小弟祖上留下的一塊地，不知風水如何，懇請先生將龍穴點給小弟。」

李志新一聽這話，心想，這怎麼成呢？如果家家這樣挽留，多會才能走到延安。他說：「點不得！點不得！點了真穴老了要瞎雙眼。何況，在下千里迢迢趕來，是為陝西劉督軍家老太爺找穴，時間耽誤不得，耽誤不得。」

師長的父親說道：「日月長長在，何必把人忙，只耽誤一日有什麼關係。」

這話說得不冷不熱，帶著明顯的威逼之勢。

李志新想，這下糟了，他朝春桂看了一眼，又望了一下白髮蒼蒼的老人，說道：「劉督軍所限時間是不能耽誤的。不過士為知己者死，既然您老義重如山，我也就斗膽給你直說了吧，我剛才路過後山，後山處榆樹底下有一向陽背窪的地方脈氣正旺，不知是誰家的地方。」

師長的父親說：「後山正是小弟祖上留下的一塊田地，懇請先生指點。」

李志新說：「龍穴就在此處，再不要亂找了。」

師長的父親說：「這話怎麼講？」

李志新說：「找龍穴，首先要點明正穴。對朝山的為正。氣脈從左來，右邊的為正。氣脈從右來，左邊的為正，左右山低時穴在低處，左右山高時穴在高崗。朝山和穴地方向正好相對，穴在北時朝山在南，穴在南時朝山在北，稍有傾斜便不是正穴。」

師長的父親說：「後山小弟那塊田地正在一個高崗上面，此穴在北，朝山就在南邊？」

李志新說：「光有那些還不行，有五類不能做葬地的山。」

師長的父親把脖子伸長問道：「哪五類？」

李志新說：「一類是童山，也就是不長草木的山。因為好地土色光潤，草木茂盛，這樣五氣才能生髮沖和，童山則正好相反。但也有一種石山，紋理濕潤，像蛋殼那樣光滑，雖然不長草木，挖開卻是五色土穴，這卻不能看成童山而放棄。二類是斷山。因為土是氣的本體，有土才有氣，山被斬斷了，生氣也就被隔絕，接續不上。但也有一種自然跌斷的，不能歸入這一類。第三類是石山。山都是石，這裡指生氣融結的地方不要有石。特別忌諱的是那種頑石，鋤頭一碰，火星四起，含煙帶黑，冒出凶煞之氣。如果有那種質地脆嫩，紋理濕潤，顏色鮮明的石頭，反而吉利。還有一些奇穴，譬如四周都是石頭，中間有個土空，把土挖乾淨，正好放一具壽木；又一種上面是頑石，鑿開後下面卻是土穴，這可不能劃入石山而放棄。第四類是過山。生氣隨著山勢而上聚融結的，如果山勢氣脈蜿蜒向前，只是經過而有止住的意思，便不能葬。第五類是獨山。因為氣脈運行往往像兄弟同出，雌雄並從，止聚的地方也是城郭完整，群山擁簇，孤零零的一座山則很難有生氣融聚。但也有一種山，雖然孤獨，但有長江朝拱或橫攔，得水為貴，不能看成為獨山。經書上說，童、斷、石、過、獨，這五類山如果用作了葬地，就會發生凶災，消去福氣。」

師長的父親聽到這裡問道：「先生一席話，使小弟茅塞頓開。我家龍穴怎麼個說法呢？」

李志新說：「我經過你家龍穴地時看到，那裡地理形勢曲折回環，就像一個人蹲在那裡等待什麼，又像一個人包攬這一地區，山勢像是向前朝拜而不是逼時，水勢止聚而不是傾瀉，山來凝結，水來融會，陰陽協調，山高水深，草木茂盛，氣像尊嚴像王公貴人，眾峰擁簇像有萬金財富。經書上說，地形止聚，生氣就蓄聚，就能化生萬物，這是一塊好穴。」

師長父親聽後把桌子一拍，說道：「好。」親自斟滿一杯酒敬給李志新，然後讓家人端上來黃燦燦兩根金條。

「先生收下，略表我的一點心意。」師長父親說道。

李志新說：「那我就不客氣了。」他知道路上正需要這個東西，就讓春桂把金條收了起來。

一夜睡得很好，早上天還濛濛亮，倆人別了師長一家人匆匆又去趕路。

山路漫漫，兩個人起雞叫睡半夜，向太陽升起的地方趕去。在路上，李志新給春桂講了那晚他被馬步芳隊伍抓了的情景。那天，曠野裡一片黑暗，天地溶合在一起，什麼也看不見。他和其他紅軍戰友剛撤到山上，大雨就傾盆落了下來。馬步芳騎兵一面沖，一面喊：「捉活的，快投降吧！」

李志新和陳凱幾個輕傷員，攙扶著三個重傷員，一面向沖過來的騎兵猛掃，一面跌跌撞撞向懸崖走去。他們當時只有一個心思，誓死也不做俘虜。呼嘯的北風吼叫著，騎兵們瘋狂的子彈和雨點卷在一起向他們撲來，他們手挽著手，唱著《國際歌》向那雲霧茫茫的斷崖走去。

「轟隆！」一聲巨響。一顆炸彈落在了他們身邊不遠處，他兩眼一黑，腦袋「嗡」地一聲，什麼也不知道了。

李志新清醒過來時，已是滿天星斗，天整個兒晴了。他只覺得渾身疼痛，腿沉得提不起來，他咬緊牙關從泥濘的彈坑裡爬了出來，睜眼向四處張望，朦朧的月光照耀著黑黝黝的山巒。他從幾具屍體旁邊爬了過去，看到有紅軍，也有馬步芳隊伍的士兵。一個紅軍戰友背上紮著一把匕首，可他的一隻手卻摳進了一個士兵的眼眶裡。一個紅軍戰友雖然犧牲了，可他還抱著那個士兵的腦袋，緊緊咬著那傢伙的耳朵。

這時，他看見陳凱從死人堆裡爬了出來。陳凱是他團裡最優秀的一名營長，此時此地卻滿臉血污，搖搖晃晃地站著向他抬了一下手，他趕緊過去把陳凱扶到一塊青石頭上坐了下來。

忽然，他們聽見了喊叫聲。這是些揮著刀沖上來的騎兵。

李志新被馬步芳的騎兵們俘虜了，半道上逃脫後是翟信救他逃出了虎口，養好了身上的傷，又在鳳凰山遇到了欒二、馬哈力和那麼多的好人。可是，他懷念他的戰友，嚮往那火熱的戰鬥生活。他感到離開了紅軍就好似大雁離了雁群，就像是黑夜裡迷了路的羔羊，沒了方向和目標，時時感到處處有陷阱和危險。

李志新本想把欒二爭取過來，在鳳凰山建立一個根據地。然而，這裡群眾基礎差，紅軍在這裡影響太小，這裡的人不願意把事情鬧得那麼大，他們不相信共產黨會有扭轉乾坤的本事。

當他在欒二嘴裡聽到共產黨紅軍就在延安時，他再也坐不住了，他多麼渴望早日投入到革命隊伍的懷抱，多麼嚮往那火熱的戰鬥生活。

冬夜是漫長的，遙遠的，它伸開漆黑的翅膀展在鳳凰山的上面，遮住了一輪光彩奪目的太陽。陰鬱沉默昏暗的天空下，黃河過了青石關低低地呻吟著，如死神一般悄悄地、不留痕跡地消失在漆黑的夜幕中。

夏芹從崖頭坪出來，長髮散亂著，單薄的衣服敞開著，肥大的乳房像兩朵從樹枝上掐斷了的白牡丹點著頭，一個人沿著黃河岸邊的路往金雞堡方向奔去。

「站住！」翟信的聲音劃破了夜的寧靜。跟著來的還有七八個馬幫。

馬蹄聲越來越近，夏芹站了下來，說道：「阿爸，你要再過來我就往黃河裡進了。我和尕進財這麼多年，他沒沾過我的身子，我不是他的女人，他走不走與我沒啥關係。我要去找劉龍，我早是他的人了，我忘不了他。」

「沒臉皮的！」翟信惱怒地吼叫著。

翟信一罵，夏芹說：「我就是沒臉皮的。」說著，哭叫著往黃河裡跑去。

翟信把馬蹬一踏，那馬向夏芹沖了過去。他騎著馬趟進了黃河，跳下河，一把拽住夏芹，抬手就是幾個耳光。

夏芹把頭抬了抬，嘴角流出一道紅蚯蚓般的血印。她在黑暗中發出淒厲的笑聲，沙啞的聲音幹吼著：「打得好！打得好！你不讓我走，就殺了我吧。」

翟信對周圍的人說：「把她拉回去。」

幾個馬幫過來就把夏芹架了起來，說道：「三阿姐，先到家裡再說，甭生氣。」

夏芹又哈哈笑道：「阿姐生什麼氣呢，我還高高興興地活人呢。」說著她就放開歌喉唱起了花兒：

哎——

白牡丹長給者山裡了，
隔一架嶺，
紅牡丹長成個樹了；
我你哈牽給者心裡了，
搭不上話，
有苦者沒地方訴了。

唱著唱著她就大哭了起來。她哭得聲音在這黑乎乎的夜晚如貓頭鷹的嚎叫，在整個崖頭坪上空飄蕩，使人們起著一身一身的雞皮疙瘩。

馬幫們把夏芹扶在了馬上，夏芹就緊緊摟著馬上那個馬幫的脖子又唱了起來：

哎——
棒打鴛鴦雨澆蓮，
合歡樹分成兩半，
有情人單怕無情的棍，
活生生遭罪可憐。
哎喲——
陽世上良緣多磨難，

翟信聽到這花兒心中滑過了一陣不祥的感覺。四個姑娘裡，他是最喜歡這三姑娘的，沒想到這三姑娘命運如此坎坷。

那是一個風調雨順的年景，金雞堡的劉老太爺領著兒子到崖頭坪來相親。秋菊一見劉龍的模樣就躲了起來，堅決不同意這門親事。可是，翟信不想放棄這門親事，他知道劉家有錢有地，有了這門親戚，星星沾了月亮的光，對自己是會有好處的。他就讓劉龍先住了下來，慢慢對秋菊進行開導。

劉龍那時十八九歲，正是年輕力壯的時候，劉老太爺回去後，他沒事幹就到外面轉悠。那天，天氣格外的晴朗，水洗了般的藍天上沒有一塊雲彩。劉龍閑著無聊就到樹林裡去采野果子吃，這時他就聽到了一陣銀鈴似的笑聲，他看到一個尕姑娘笑著跳著在追一隻花蝴蝶，尕姑娘追呀追呀，就跑到了他對面的一塊胡麻地裡。

花蝴蝶時高時低在開著藍花花的胡麻上飛舞著，尕姑娘眼看要抓住蝴蝶了，蝴蝶又飛了起來，尕姑娘追得滿臉大汗，怎麼也追不上。

劉龍就跑了過去，他跑得飛快，一下子就跑到了尕姑娘的前面。用衣裳撲獲了那只蝴蝶。

劉龍把花蝴蝶放到了尕姑娘的手裡。鄉下姑娘怕生人，尕姑娘拿上花蝴蝶把劉龍看了一眼就往地邊上跑。

這時，劉龍就追了上去，他說：「丫頭，陪我坐一會。」

尕姑娘說：「不，阿爸不讓我和男人說話。」

劉龍上去一把抓住了尕姑娘的胳膊說道：「你不是已經和男人說了話嗎？」尕姑娘的臉一下紅了，說道：「快放開我，快放開我。」

尕姑娘的羞怯一下子把劉龍刺激得渾身發燒了。他把這個尕姑娘抱進了樹林，用他的強暴過早地摘了這朵花骨朵。這個尕姑娘就是夏芹，那年她才剛滿十歲，十歲的夏芹下身淌了許多血，兩個人都被嚇壞了。

這時候，他們看見了翟信，翟信也被眼前的一切驚得愣在了那裡。待他們回過神來，翟信手中的鞭子就朝劉龍沒頭沒腦地打了過去，直打得劉龍躺在地上動彈不得，他才住了手。

這以後翟信再沒向任何人提起過此事，可他打了劉龍，而且，劉龍昏死在了他家裡。翟信等劉龍醒了後，趕快好言勸慰，硬是把秋菊和劉龍的婚姻訂了下來。這場風波才在劉老太爺不知不曉的情況下，悄悄地平息了。沒想到十五年後，夏芹又要去找劉龍。冤家啊！翟信心裡劃過一陣從來沒有過的悲哀。

夏芹被馬幫們拉回家後，大喊大叫，人們就說，這姑娘讓毛鬼神纏住了。翟信讓人殺了一隻雞，把一碗雞血沒頭沒腦地朝夏芹潑了過去，接著人們就用掃帚往夏芹身上抽打，一邊打，一邊問：「你是哪路的毛鬼神？」

夏芹還是又哭又鬧。

人們又繼續抽打，繼續問，直到把夏芹打得靜靜地躺在地上，人們才算住了手。人們問：「你是哪路的毛鬼神？」

躺在地上的夏芹出了一口氣，然後用一種奇怪的男人聲音說道：「南路的。」

人們又問「你來做什麼？」

夏芹眯著眼睛說：「我來看一下我的尕妹子。」

人們說：「你是誰？」

夏芹說：「我是過路保。」

人們一聽是過路保，心裡都驚了一下，這就是跟著翟信到黑水去時，被煙瘴憋死的那個馬幫漢子？

人們說：「過路保，你的尕妹子好著呢，你放心去吧。」

躺在地上的夏芹就跳了起來，接著大聲唱道：

白牡丹白（者啊）嬈人（啊呀）哩呀，
（我就）紅牡丹（啊）紅（者）破哩（呀）。
我把我的大眼睛哈想著，
我把我的憨呀啊敦敦們哈想者。

揭起（那個）門簾（我就）往裡頭看（呀），
我把我的大眼睛哈想著，
（我就）白牡丹（啊）睡著（者）哩（呀）。
我把我的大眼睛哈想著，

我把我的憨呀啊敦敦們哈想者。

人們聽到這粗啞的男人歌聲個個毛骨悚然，膽小的趕快悄悄溜回家去，膽子大一點的喊道：

「過路保，你走不走，掃帚打著來了。」說著，又往夏芹身上雨點般的一陣亂打。

過了一會兒，夏芹好似大夢初醒，把眼睛揉了揉，往這個的臉上瞅瞅，往那個的臉上瞧瞧，又用原來的聲音說道：「你們怎麼了？」人們就笑了。

夏芹看到人們笑，她反倒哭了。這多少年，她和尕進財每到晚上就離得遠遠的，多少個晚上她一個人守著空房，哭到天亮。她十歲時的記憶是刻骨銘心的，她的潛意識裡始終忘不了那個人。

夏芹在炕上躺了半個多月，在一個大雨滂沱的下午，她一口氣跑到了金雞堡。這時的劉龍只有一條腿，金雞獨立般地站著。

她說：「你認識我嗎？」

「不認識。」

她說：「你幹了好事屁股一拍走了，你知道這多少年我受的罪嗎？」

「你是誰？」

她說：「我在胡麻地邊的樹林裡流了血，是你給我擦的。」

「你是夏芹？」

她說：「不錯，我就是夏芹。」

「你要幹啥？」

她說：「我要嫁給你。」

「我有老婆了。」

她說：「我不管，我早就是你的人了。」

他一把將她摟到了懷裡。她哭了，淚水如大雨般唰啦啦流了下來。他一把將她抱了起來，放到炕沿上，她在一陣激靈之後，嘴裡就流出了一首悅耳的花兒：

哎——

月亮上來蒲籃大，
亮明星上來哈——
尕花兒——碗大，
刀子斧頭不害怕，
只害怕你把腦——
尕花兒——閃下。

十七

鳳凰山一山連著一座山，山高林密，有遍佈松、柏、雲杉、樺、山楊、旱柳、白榆、洋槐及各種灌木的森林，森林裡有虎、雪豹、猞猁、香獐、鹿、旱獺等稀有動物。往年裡，各種動物出沒山林，在鳳凰山生存棲息，可這些日子毒日頭曬枯了這裡的草，曬焦了莊稼之後，動物們都進了青海地界。於是，馬哈力和前川的撒拉人沒有獵物可獲了。可他們要吃，他們要穿，他們要打發漫長的光陰。這樣他們就開始了背山，他們把山上的木頭背到黃河邊，送到木材收購站，換回糧食以度荒年。

鳳凰山的二三月還是一個冰天雪地的世界，幽怨的寒風吹動著山頭的雪，大片大片的雪花漫天飛舞著，旋轉著，和號叫的風兒一起撲向山道上的背山人。

山谷裡斧頭的聲音在四山裡碰壁後不斷來回撞擊著。馬哈力橫站在一棵樹前，把手裡的斧頭掂了掂，猛一舉起，只聽「嘩」的一聲，斧刃進了樹身許多，再橫一斧，「嚓」的一響，從樹上蹦下一大塊白花花的木屑。「嘩嚓，嘩嚓，」斧聲此起彼落，霎時寂靜山林中響起了動聽的音樂。只聽馬哈力一聲吼，樹發出「嘎嘎嘎」幾聲輕響後，立刻帶著一股風響迅速傾斜倒在地，樹幹還跳了幾下。馬哈力砍倒了五棵端端溜溜的松樹，削了枝，刮了皮，然後，用斧頭在木頭頂端打了眼。他用鐵鍊打著了火，和冬梅把木頭放到火上烤，兩人從懷裡掏出烘鍋饃就著雪大口大口地吃了起來。他們知道這五棵檁子，能換回兩個白元，也夠吃個十來八天了。

馬哈力用雪潤了潤嗓子，大聲地吼了起來，山谷裡聲音就到處回蕩了。

鳳凰山還在雪的包容中安詳地睡著，山中剁木頭的「梆，梆，梆」的聲音並沒有把它們喚醒。

馬哈力和冬梅用牛皮繩串在木頭前端的眼裡，兩人拉著木頭在冰雪滑道上急馳而下。

雪還在漫天飛舞地下著，風的吼叫催趕著他們在山道上奔跑了。山道是被雪壓成的冰路子，上面下了雪，人走在上面「咯吱，咯吱，咯吱」的響。

他倆拉著木頭不一會兒就飛跑了，木頭很快，像一個小船起起伏伏，蜿蜒緊緊跟在他們後面。出了山口是一個開闊的幹河灘，他們把木頭背在身上，馬哈力背了三棵大的，冬梅背了兩棵小的。他倆弓著腰，木頭橫壓在他們的腰上。他們走一走，停一停，休息時把木頭擔在路邊的石頭上，身子骨整個兒靠在上面。

風越來越大了，大樹號叫，雪片兒構成連綿不斷的幃幕往地面上直落。馬哈力擦了一把頭上的汗，呼出一口白氣說道：「賽麗麥，這輩子你跟上我讓你受罪了。」

冬梅說：「這有啥呢，只要你待我好，這比啥日子過著都強。」

這時，在迷茫的雪花裡，山口緩緩地竄出了一溜黑色的木椿椿。馬哈力知道，那木椿椿是前川人的軀體橫背和豎背在背上赤裸裸的檁子和椽子。

檁子和椽子在匍匐行進著。

馬哈力對著木椿椿吼了一聲，木椿椿也「歐——，歐——」地吼了起來，前呼後應，前川人就這樣互相照應又前進了。

那年，馬哈力領著冬梅私奔後，就是從這條道上進了鳳凰山，他倆住在山上，吃在山上，餓了吃的是山上的野味，渴了喝的是溝裡的山泉，艱苦的生活並沒有使冬梅有半點悔意，而使她更愛這個撒拉人裡的人尖子了。

到了收購站，天上的雪花還在空中跳動著，使黃沙罩在灰濛濛的昏暗之中。黃河邊上碼滿了木頭，有一人抱不住的大木頭，也有比胳膊粗一點的尕椽子，幾個漢子把木頭不斷地放入流水之中，讓木頭隨著濤濤的流水順流而下。

背山的人很多，排著一條彎彎曲曲的長隊，街道上有賣牛雜割的，有賣羊肉泡饃的。馬哈力和冬梅把木頭排在隊裡，買了兩碗牛雜割，要了一個大鍋盔一手掰成兩半，每人在碗裡泡了一半吃了起來。

這牛雜割是用牛頭蹄裡物烹製而成的。將蹄頭用火燎去牛毛，刮洗乾淨，入鍋文火煮一晚上而做成的。兩人嚼在嘴裡，蹄頭裡物綿而不爛，又乏又累的他們，邊喝邊吃，乏氣頓消了一半。

賣了木頭兩人走在路上，馬哈力突然有了一種無可奈何的孤獨和寂寞，這種感覺把他纏了很長時間。

他倆默默地往回走，一會兒就到了莊裡。天上還飄著雪，莊裡的狗叫成了一片，黑夜已將莊子包得嚴嚴實實。這晚，馬哈力睡得很熟。他太累了，他不知外面的一切完全消失於混沌和漆黑的夜幕之中，夜幕中穿來穿去飛舞著大片大片的雪花，天地早已溶在了一起，很黑。

李志新和春桂出走十天后的一個下午，他們在青海地界的一條溝邊上被抓兵隊伍抓了起來。太陽跌進山那邊去了，地平線極模糊，遠近暈染著蒼茫。他們被關在大院北房，南邊是羊圈。那天，晚飯吃得是稀稀的青稞面片加點小米和酸菜。飯吃得稀，就老要小便。開始，那些士兵還開門鎖門，後來小便的人多了，只好連門也不鎖了。

李志新對那看守的士兵說：「我到外面尿尿。」

那人說：「吃尿了些什麼，屎尿怎麼這麼多。」

李志新說：「水火無情，不尿不屙能成嗎？」

那人笑了笑說：「快些。」

李志新出去到羊圈一看，羊圈旁邊的土堆可以爬到房上。

躺到後半夜，李志新看門口的哨兵抱著槍打盹。機會難得，他拉了一把春桂，倆人悄悄從哨兵跟前彎了過去。到了羊圈，春桂的腿抖得厲害，李志新拉著她爬到房上，跳出了院牆。

晨昏交接，山影憧憧，霧靄沉沉，鐵幕般的靜謐使溟蒙的一切泛出了寒意。李志新拉著春桂朝東跑了一裡多路，這時就聽到後面有槍響。他倆一看，前邊有一處水車，水車石頭底下，正好擠進兩個人。

他倆擠了進去。

寒風刺骨，他倆在水車石頭底下聽見外面追來的士兵咋咋唬唬，大喊大叫。

「站住！」再不站住就開槍了。接著，「砰砰——」幾聲槍響。

他倆緊貼在石頭上不敢出聲，聽見士兵從他們身邊走過，沿著河沿去了。

他倆趕快出來，往山路跑去。

快到晌午時他倆到了一個村莊。不起眼的野草早已隱去，只有滿目裸露的黃土地。他倆餓得已走不動路了，看見迎面過來一個背著背簍的老阿奶。

春桂說：「阿奶，我倆人餓著不成了，你能不能給我們點吃的。」

老阿奶說：「孽障著，快到我家裡去。」

老阿奶把他倆領到家裡，從炕洞裡掏出了幾個燒熟的洋芋蛋，又端來一碗拌湯。這是一種將生面疙瘩攪到冷水裡，然後煮熟，放上鹽，用油花熗後的一種簡易飯食。因為，他倆太餓了，把老阿奶的飯一會兒就吃完了。這是李志新有生以來吃得最香的一頓飯，以後他多次找人做過，可總是沒有這頓飯香。

吃飽喝足，他倆就在老阿奶的熱炕上睡了下來，一覺起來已是第二天的晌午了。

老阿奶說：「你倆白天別走，擔驚著。這些日子隊伍到處抓兵緊得很，你倆晚上走。」

他倆就聽了老阿奶的話，又睡了下來。

天快黑時，他們要走了。老阿奶給了他們一個討飯的破褡褳，叮囑說：「你們走山路，山上是藏人和土人。川裡不要走，讓隊伍抓了兵就麻煩了。」

天，像個瓦盆。在這種走幾天見不著村莊見不著人影的地方，天空蕩蕩的，像個深不見底的瓦盆。黃黃的沙丘，一堆又一堆乾枯的駱駝草像石頭一樣往眼窩裡砸。

他們來到一個喇嘛寺院，寺院裡只有幾個穿著紅色袈裟的喇嘛。一位六十多歲的老喇嘛，朝他倆看了看，把他倆讓著上了炕。

然後，老喇嘛拿出兩個木碗，裡面放了炒麵酥油，他倆就學著老喇嘛用手拌了起來，拌勻後用手捏成一個小麻雀，他們這是第一次吃這種酥油糌粑，越吃越香，不知不覺四五個小麻雀糌粑就到肚子裡了。

喇嘛寺院的氣氛是寬鬆的，院裡格外寧靜，沒有塵世上的那種嘈雜，他們像是進了西天極樂世界。早晨酥油糌粑，晚上青稞面片子。

他倆人在這裡住了三天，又去上路。青海與甘肅交界的大通河，河水咆哮，浪花翻卷。渡口有只小船，把人們不斷接到對岸。可這裡士兵把守得嚴，外鄉口音的人被拉出了七八個。

李志新想這怎麼辦呢？正在他們焦急不安的時候，他看見有一位四十多歲的紅臉漢子帶著一家人過來了。他一問，才知道這位老鄉帶著老婆和兩個十幾歲的女兒要到永登趕煙場，替別人收大煙掙些錢去呢。

李志新說：「阿爸，我是秦州人，出門做買賣來了，想回家去，大通河渡口處的哨卡緊得很，你能不能帶我們一塊過河。」

紅臉漢子痛快地對李志新說：「行，今晚你們和我們住在一起，明天渡河。如果哨卡盤問的話，你就，哦，哦，哦，擺手不要說話。我就說你倆個是我的尕娃。」

翌日清晨，天上沒有一絲雲彩。到了渡口處春桂的心有點跳，幾個士兵只是把他們掃了一眼，他們就順利地過了大通河。

一路上，他們和紅臉漢子一家人在一起。

到了甘肅的永登，秦王川大煙收割還沒有開始，他們就找零活幹，一起住在挖了地坑搭了棚頂的沙坑裡。這段日子裡，春桂也刮了光頭，和男人們混在一起。割煙開始後，紅臉漢子領著一家人參加收割去了。他們不會割煙，只好每天等人家收割完了，用小鐵片在煙葫蘆上刮一點遺留下來的煙漿，一天收一兩錢，換點大餅吃。

在秦王川他們住了四個多月，這時他們又掙了幾十塊白元，奔延安的路線也打問清楚，他們就出發了。

一天，陽光絢麗，天高風斂。上了一座黃土疙瘩嶺後，無論向哪個方向看去，都是一樣平的茫茫山頂，一樣密的層層疊疊，浩瀚無邊。

這時候是七月。七月流火，太陽像一個喝酒猜拳的莽漢，喊出的每一聲酒令，都使高原噴出紅紅火火的烈焰。

然而，天上沒著火，天還是藍的。在藍色天空的很遠很遠的地方，飄浮著幾片雲彩。山畔上野花蔫蔫地開著。野兔急急地尋找著食物。一隻土黃色的小蜥蜴，哧溜一下竄進濃密的馬茹子叢中去了。

牛在低頭吃草。放牛的莊稼漢光脊樑躺在柳樹下邊，聽著一男一女的兩個人忘情地對著粗獷悠揚的信天遊，這歌聲一會兒如泣如訴，一會兒似浪濤奔湧，消去了他們路途的疲勞和心中的積怨。

男：避風灣灣陽崖根根，
這達正沒人咱盛格陣陣，
黑格油油氈帽平頂頂，

你看看哥哥俊不俊？

女：叫一聲野鬼你悄悄的，
給我爬屎的遠遠的。
銅條鞭杆打狗哩，
嫌你的鬍子紮口哩。

男：沙糖冰糖都嘗遍，
沒有三妹妹唾沫甜。
羊羔子吃奶雙膝膝跪，
摟上親人我沒瞌睡。
一把摟定你細腰腰。
好像大羊疼羔羔。

女：一根乾柴頂門哩，
哥哥不來是哄人哩。
不來就說不來的話，
閃得妹子把門留下。

女：叫一聲哥哥快往上爬，
三妹子渾身麻上麻。
你揣我的乳頭我揣你的手，
心思對了咱交朋友。
四片瓦水煙雙香頭火，
抽上兩鍋水煙抱一抱我。

男：兩根大腿腿搛腿，
兩根小腿胡日鬼。
日鬼日鬼胡日鬼，
操心叫妹妹吃了虧。

李志新聽到這歌聲，淚花兒湧出來了，顫動的雙手捧著黃色的綿土。他知道紅軍就在這裡，過了這個黃土疙瘩嶺就是延安，他的心兒被熱血與激情沖得久久不能平靜。

十八

對劉龍來說，夏芹不過是飛到他懷裡的一隻花蝴蝶，這只蝴蝶未到手時，撲朔迷離曾使他有過短暫的思念，引起過他許多的興趣，但是，到了他手裡以後，他看到這不過是一隻普普通通的蝴蝶，一隻被雨水澆到地上爬不起來的可憐蟲。他想，把這麼個活人兒放在這裡，又管吃又管住，整天价哭哭涕涕，還惹得老婆不高興，能不能把她出手變賣些錢呢？於是，在他把夏芹玩弄得沒了興趣之後，他想到了洮州的鳳麟堂窯館。

鳳麟堂不光格局氣派，而且，裡面的女人個個如花似玉。這已是幾年前的事了，那天他在鳳麟堂後邊的羅家酒館喝了酒。突然，天邊傳來一陣叮叮咚咚的琵琶聲，又有流水般的歌聲傳來：

一呀更裡呀。
月兒上樹梢。
心上的俏哥哥呀，
快來度良宵。
花燈美酒迎駿馬，

妹愛哥，

打虎擒狼挽弓刀……

彷彿從天上來的仙樂，帶著一股誘人肺腑的甜味。

「誰尿在唱？」劉龍吼道。

酒店羅掌櫃的忙又斟滿酒壺，說：「是她！」

「誰？」

「尕翠蓮。」

「就那個掌班的？」

「是的。那尕翠蓮可不是一盞省油的燈。」

當下，劉龍就讓夥計們扶著來到了鳳麟堂。

尕翠蓮端著一壺茶，一看是劉龍這位有錢漢，哪敢怠慢。她從嘴裡拔出壺嘴，邁著花步迎了上去，說：「喲，哪股風把劉少爺吹來了。」然後，一揚手裡的小花手巾，喊道：「迎客——」

「來啦——」

隨著喊聲，一溜十來個姑娘站在客廳的躺椅前，各人自報姓名，微啟那一點紅的小口對著劉龍笑著。

尕翠蓮笑眯眯地按著腰眼，悄聲問道：「劉少爺，看上哪個了？我這兒的姑娘一個賽一個的幹散，俊似花兒開。」

「日奶奶，都是些醜八怪！」劉龍在躺椅上坐著，扇著扇子說道：「今個子我就要你尕翠蓮。」他一雙眼色迷迷地緊緊盯著那個美人兒。

尕翠蓮紅了一下臉，眼睛水靈靈的更加動人。她手臂裸到肘部，黑褐色的皮膚使她顯出了一種野性的美。她笑著說道：「讓劉少爺看起了。」

兩個姑娘把劉龍領進一間房裡，倒上茶。劉龍把其中的一個姑娘捏了一把說道：「給我嗑個瓜子兒。」

那姑娘抓了一把瓜子扔進嘴裡，只見她小口微開，瓜子皮往桌子角飛成了個堆，瓜子仁兒從空中劃了一道弧線掉進了劉龍的嘴裡。

姑娘們把他扶到煙榻上，給他把煙具拿來，一個姑娘就點著了燈，給他燒了煙泡子。

少頃，門口傳來細碎的腳步聲。

躺在煙榻上的劉龍，吐了一口嘴裡的煙氣，朦朦朧朧中看見尕翠蓮已梳妝打扮走了進來。她個子不高，長得雖然瘦弱，但身段娟美，穿著一身素白的旗袍，頭髮沒有精心梳理，一綹烏黑的散發，斜垂在那棕色透紅的臉蛋上，襯得那美麗的鼻子，櫻桃般的小嘴，分外好看。她懷裡抱著琵琶，略微低頭地站在門旁，還有點害臊。

劉龍翻身從榻上跳了下來。他還從來沒看見過這麼美的人兒，心想，尕翠蓮啊尕翠蓮，你真是個要人命的尕翠蓮。

劉龍走上去，仔細地打量著尕翠蓮。

尕翠蓮嬌滴滴地說道：「劉少爺今天還有這麼大的興致。」

快往外跑。

劉龍一下把尕翠蓮抱了起來，放到榻上就扯褲腰帶，兩個姑娘一見這陣勢，捂著嘴嘻嘻笑著趕

尕翠蓮說：「劉少爺，怎麼這樣心急呢？」說著她把劉龍拉到邊上兩人面對面地先吸起了煙。

兩人過足了煙癮，劉龍一雙手就不安穩了，他先是抱著尕翠蓮懷裡的那對鴿子咂了起來，直砸得尕翠蓮摟著劉龍的脖子喊道：「阿大大，快些，快些。」

劉龍就以他的兇猛長驅直入了。他不虧是一個玩女人的老手，他的耐心使她如癡如醉了，眼睛藍汪汪的似一灘深不見底的海水。

自從這以後，劉龍就隔三間五到風麟堂去。每次去尕翠蓮都以好煙好酒盛情款待，然後倆人過上個銷魂的夜晚。

藍藍的天空像鳳凰山天池的水一樣，沒有一絲雲彩，風已完全停止了。劉龍和夏芹一人坐著一頂轎子，她又說又笑，沒有一點憂愁的樣子，因為她這是第一次去洮州，原先這洮州城只有夢中見過。

劉龍直接把夏芹領進了鳳麟堂，進到裡面夏芹突然覺得不對勁。這裡有那麼多女人，女人們見了男人都是扭屁股揉奶子，男人們則用一種奇異的眼光望著女人。夏芹感到身上火辣辣的，男人們的眼光在她的身上過來過去地舔吐著。

尕翠蓮把她領上樓去，她聽到樓上正在唱《鬧五更》：

一更裡的月兒往（呀）上升（呀），

情郎哥來到了尕妹的門，
心兒裡格噌噌（呀），
哎喲，
情郎哥請進來（呀）。
二更裡的月兒望（呀）花窗（呀），
雙扇的門兒尕妹妹開，
情郎哥請進來（呀），
哎喲，
情郎哥請進來（呀）。
三更裡的月兒在（呀）當空（呀），
胳膊彎彎你枕上，
肝花連心上（呀），
哎喲，
肝花連心上（呀）。
四更裡的月亮偏（呀）西方（呀），
架上的雞娃兒拍翅膀，
情郎哥更衣裳（呀），
哎喲，

情郎哥更衣裳（呀）。
五更裡到了天（呀）大明呀，
肩上搭的花手巾，
手端上洗臉盆（呀），
哎喲，
尕妹是有心的人（呀）。

夏芹聽到這歌聲驚懼地朝尕翠蓮望了一眼，轉身往樓下一看。劉龍被幾個人扶著正要出門。她對著樓下喊道：「阿哥——」然後掙脫尕翠蓮的手就往樓下跑去。劉龍把頭一扭，看到夏芹追了下來，他笑了笑。兩個膀大腰圓的人過來把夏芹左右一架就往樓上拖，尕翠蓮笑著說：「這麼白的尕妹子，正是要男人放水的，怎麼這樣烈的性子。好好調教調教。」兩個人把夏芹拉到一間空房子裡，插上門。其中一個胖胖的叫七斤的男人手握一根牛皮鞭子惡狠狠地問：「叫你來做啥知道啦？」

夏芹說：「放我出去，我是有男人的。」

七斤把鞭子往夏芹身上猛得一抽，說道：「就那個瘸子啊！是他把你賣到這裡的。」

夏芹說：「不，不，放我出去——」

七斤的鞭子又下來了，每抽一下，夏芹尖叫一聲。又哭又罵的夏芹用胳膊遮擋著。然而，七斤的鞭子卻越抽越狠了，「啪，啪，啪」地抽打在夏芹白嫩的身上。不一會兒雨點般的鞭子打得她像貓一般蜷縮成了一團，發出嗚嗚的哭嚎。

仲春的太陽罩得人周身發酥雙眼微眯時，天空開始飄滿飛絮。柳絮兒喲，不同於雪的鋪天蓋地，也大異于秋葉的肅殺焦枯，它從山林裡來，與那一排排老樹的花絮一起，微笑地輕盈而下，那樣悠閒肆意不分場合，那樣靈活而無孔不入，卻又若有若無不可把捏。

程福祥拍打了一下沾在身上的飛絮，打了個噴嚏，急匆匆地去叫做飯的劉家阿奶。

劉家阿奶是鳳凰山數一數二的接生婆，她進了春香的房間，往春香襠裡一摸，知道已快生了，趕快讓幾個夥計抬來一個木盆倒上水，把春香的雙腳吊在梁上，手捆在炕沿，屁股搭在木盆的上方，頭枕在枕頭上。劉家阿奶臉呈灰色，額角滿是皺紋，頭髮稀稀拉拉，嘴裡豁開了口，她撫摸著春香凸起的肚子，不時地在某個部位用指尖點一下，嘴裡哼著一首古老的歌謠：

正月裡正月正。
想吃個酸李子。
二月裡二月二，
想吃個豆芽子。
三月裡三月三，

想吃個韭菜子。
四月裡四月四，
想吃個蘿蔔子。
五月裡五月五，
想吃個酸杏子。
六月裡六月六，
想吃個瓜瓜子。
七月裡七月七，
想吃個白麥子。
八月裡八月八，
想吃個大桃子。
九月裡九月九，
成了個大肚子。
十月裡十月一，
要養一對大胖子。

春香聽到這裡苦苦地笑了一下。

程少白眼睛裡爬滿了眼角屎，扶著門框「嘿嘿」地笑，他用手做了一個下流的動作在人們眼前比劃著。

「生了沒有？」程福祥隔著窗戶朝院裡的一個夥計問道。

「沒生呢，保長。」那夥計諂媚地朝程福祥笑了笑，他真想不到保長還會問他。

春香的房子裡這時反倒安靜了，她的牝口一張一合地蠕動著，人已進入了沉沉的睡夢之中。

人們就在院子裡跳了起來，手往上揚一下，腳往前挪三步，嘴裡唱著：

出來的葉葉是綠綠的，
開開的花兒是紅紅的。
落下的花兒是白白的，
結下的果兒是圓圓的。

人們一邊唱，一邊跳，抑揚頓挫，節奏爽快，古老的大院裡充滿了喜慶與歡樂。

就在這時，拴在大槐樹上的一頭驢叫了起來，人們就笑了，拍著手喊道：「尕驢報喜了，尕驢報喜了。」

果然，春香的牝口裡伸出一隻手來，春香疼得汗流浹背了，劉家阿奶慢慢在春香的小肚子上搓著，往春香鼻子裡撒了點芥末粉，春香猛吸一口氣，一個噴嚏出來，下面一使勁，一個血糊糊的肉團團就掉進了水盆裡，濺起了一朵大大的浪花花。

劉家阿奶用牙咬斷肚臍，把一個活蹦亂跳的胖尕娃從後腳提起，屁股上猛得一巴掌，

「哇——」的一聲，隨著哭聲尕娃的小茶壺裡就尿出一道線來，整個程家大院立刻就歡騰了。

程少白這時站在門口，咧著大嘴還在笑，他指著程福祥的鼻子說道：「你的尕娃，嘿嘿，你的尕娃。」

程福祥臉紅了一下，罵道：「胡尿說得啥，快到房裡去。」

程少白就不吭聲了，「嘿嘿」笑著往自己的屋裡走去。

劉家阿奶把尕娃抱過來往程福祥眼前一晃，說道：「你好好看看你的尕孫子。」

程福祥的眼睛直溜溜地盯著尕娃襠裡的黑茶壺，一下樂得合不攏嘴了。

他喊道：「快給尕娃唱個吉利。」

人們就又甩開膀子跳了起來。劉家阿奶端過來一盆牛血，一邊往天上彈灑，一邊唱道：

雄鷹的蛋兒圓又圓，
雪山頂上造窩下（哈）了，
鮮活活的尕娃（哈）就到來了，
肥羊肉配下的好香酒，
白銀子造下的白酒壺，
黃金子造下的黃酒蠱，
快給我的東家賀一個喜，
嗅呀——

快給我的老大人恭（呀）喜（者哟）。

人們聽見劉家阿奶的歌聲，跳得更歡了，拍著手，跺著腳，時而歌唱，時而說白，男人們模仿公雞趟進熱灰時的那種蹦跳動作，形像逼真，惹得女人們哈哈笑了起來。

正在這時，就聽有人喊：「保長，翟幫主來了。」

程福祥就到了前院，只見翟信神色有些慌張。

程福祥問：「怎麼了？」

翟信說：「先到房裡走。」說著就趕快和程福祥到了上房，一進上房，翟信把門一關，說道：「保長不好了，你蘭州上學的尕娃讓馬步芳關進大獄裡了。」

程福祥說：「你怎麼知道的？」

翟信說：「我家的腳戶今早回家帶過來的話。」

家人們給翟信沏上茶，兩人先點上大煙泡子吸了一氣。

程福祥聽到這話就搖開了頭，「這怎麼做呢，這怎麼做呢？」

翟信說：「急也沒辦法，我倆現在就找陝福去。」

這時，夥計把馬牽了過來，倆人就往黃河邊走去。

春日的黃河上冰塊漂浮著，暖流融化了岸邊岩石上的冰層，水珠兒順著岩石滾了下來，把岸邊的水溝浸得濕潤了。

翟信和程福祥進到旅長的房裡，陝福正摟著一個尕姑娘在親嘴。兩人見了這個情景，站在門上進也不是，退也不是，正在猶豫的當兒陝福就說話了。

「你倆個有事嗎？」說這話時，陝福的茬茬鬍子從那白嫩的臉蛋上移了開來，一隻手還在那姑娘的懷裡。

程福祥笑了笑說道：「旅長，事是有，我倆人先在外面等一會。」

「也好，你們先等一會。」陝福說著又把臉湊了上去。

兩人退到院子裡就捂著嘴笑了。大約等了兩頓飯的功夫，陝福才笑著走了出來。

「啥事？」陝福一出來就沖著程福祥問道。

程福祥就說了兒子程來喜入了共產黨，現在被關在蘭州的大獄裡，想求他幫忙說個話。

陝福把眉毛一橫說道：「現在的尕娃們不知道個天高地厚，念尿上些書就胡做呢，你的筆桿子快還是我的槍子兒快，殺了頭還要硬沖個漢子呢。」說著話，陝福就讓參謀長給蘭州城防司令寫了信，蓋上旅部大印就交給了程福祥。

「你看成啦？」陝福把頭一揚問道。

程福祥說：「旅長的信怎麼不成呢。」

「這是我的侄兒子，沒問題，你抓緊時間去。」陝福說完，就又往房裡去了。

程福祥和翟信拿上陝福的信，兩人心裡才舒緩了些。程福祥想，只要尕娃活著，他就要把這尕娃領著回來，這個學再不能上了。

十九

李志新和春桂是在一個陽光明媚的早晨到達延安的，踏上這片黃土地，他倆看見那些戴著紅五星的戰友們，李志新這個五尺漢子流下了激動的眼淚。

李志新進了一個破窯洞，先填了登記表，然後和春桂兩個就在那裡等著。等到下午，來了兩個挎著手槍的戰士，把他倆帶進一個寬敞明亮的窯洞裡。

窯洞裡放著一個長條桌子，桌子後面坐著一個女幹部，跟前坐著一個專門記錄的戰士，他倆進去女幹部示意他們坐在她的對面的一個凳子上。

「你就是李志新？」女幹部問道。

「是。」李志新把身體略微向前傾了傾。「她是誰？」女幹部繼續問道。

「我愛人。」李志新笑了笑。

「不要笑。你就談談西路紅軍死的死，傷的傷，而你怎麼還娶了老婆，過了這麼長時間才到這裡來的。」女幹部臉色還是那麼嚴肅。

李志新就說了他如何受傷，又怎麼被翟信所救，如何在鳳凰山生活了這麼多年的經歷。

「不要說了！你很會編故事，一個堂堂的紅軍團長，你的革命氣節到哪裡去了？別人可以為革命事業去犧牲，你為了保全你的性命，上山當土匪，娶幫主的千金做老婆，等革命形勢好轉了，你才想起了延安。你說一說，你這次來的目的是什麼？」女幹部那漂亮的眼睛直逼李志新。

「我的目的是要找紅軍，找共產黨。」李志新把聲音抬得很高。

「我直說了吧，你是一個背叛了革命的叛徒。」女幹部激動的臉有點發紅。

「放屁！」李志新把桌子猛得一拍。

女幹部並沒有被李志新激怒，繼續說道：「你是被誰派來的？他們讓你來幹什麼？老老實實地談出來，組織會寬大處理的。」

李志新說：「你這人怎麼胡說八道呢，我們為了找到紅軍，不知吃了多少苦。」

女幹部說：「來人啊，把這倆人押下去。」

進來兩個背槍的把李志新和春桂帶了下去。他們分別被關在了兩個禁閉室。這是一種只能一個人半蹲的窯洞，下面坐不下一個人，上面人又立不起身來。李志新是個大個子，伸不直腰，坐不下去，兩個小時的時間，他就感到渾身發酸，發困，發疼，於是，他就對著門上的小窟窿喊了起來：「放我出去——，放我出去——」

外面是一片曠野，沒有一個人，隔壁禁閉室的春桂就說話了。「阿哥，再別喊了，你把共產黨說了個好，你一個紅軍的團長，一進門就讓人家關了起來。」

李志新就不喊了。他說：「這是誤會，共產黨不會怨枉一個好人的。」

春桂哭著說道：「阿哥，我把你拖累了。」

李志新就笑了，他說：「別這麼說，我們唱個歌吧。」

春桂說：「唱啥呢？」

李志新說：「你就唱個花兒吧。」

春桂就唱了起來：

正月裡（兒就）凍冰（者）立（呀）春消，

二（呀）月裡的魚娃兒水面漂。

三月裡（的個）桃杏花滿（呀）堂紅，

四（呀）月裡的刺梅開園中。

五月裡（兒就）到了（者）五（呀）端陽，

六（呀）月裡的麥子滿地黃。

七月裡（兒就）葡萄（者）樹（呀）搭起架，

八（呀）月裡的西瓜玩月亮。

九月裡（兒就）的蕎麥（者）花（呀）憨楞。

十（呀）月裡的碌碡滿場滾。

十一月裡（兒就）的萬花（者）兒（呀）開敗了，

十二（呀）月的雪花滿天飄。

哎喲喲，喲呀，哎喲喲，哎呀，

想吃辣子哥（呀）等上一等來。

春桂的聲音清純甜美，把這花兒唱得格外的動聽。正這麼唱著，禁閉室的門就被打開了，李志新出來半天直不起腰。

這次只審問了李志新一個人，女幹部問了半天，他還是那幾句話。

女幹部就說：「李志新，你把你這幾年的經歷詳詳細細寫出來，讓組織進行審查，欺騙組織是沒有好結果的。」

說完，女幹部就走了出去。

李志新這次沒被押到禁閉室，而是被關進了一個黑窯洞裡。一個當兵的給了他紙筆和一盞油燈。

李志新性子倔，一連三天他一個字也沒寫。他想，我沒有做對不起黨的事情，我寫什麼呢？

到第四天收材料的時候，那個戰士來後見他一個字沒寫，就報告了女幹部。

女幹部見他這麼頑固，就說：「李志新你不交待清楚，說明你就是叛徒，是馬步芳派來的特務。」

李志新聽到這話，過去就扇了女幹部一個耳光。幾個戰士過來，把李志新的胳膊一下擰了過去。

正在這時，門上過來一個幹部模樣的人，說道：「這不是李團長嗎？」

李志新抬起頭來一看，原來是他們那個軍的鄭寶和。鄭寶和在西路軍時是二團的團長，他是一團的團長，兩個人是一對很要好的朋友。

鄭寶和很嚴肅地對女幹部說：「這是我們西路軍的李團長，都是一家人。」

女幹部說：「這我知道，你對他這幾年的情況瞭解嗎？」

鄭寶和說：「志新是個好同志，我瞭解。」

女幹部說：「你說的是過去，你知道他的現在嗎？」

鄭寶和說：「我敢向組織保證，李志新是我們少有的好同志，快放了他。」

女幹部說道：「人的思想是變化的，不能以老眼光看新問題。你可以向中央擔保他，但對李志新我們還要詳細審查。」

鄭寶和再沒理女幹部，而是對李志新說道：「志新，你等著，我馬上向中央反映你的情況。」說著，鄭寶和就往外面走去。

李志新望了一下天，天藍藍的，昏睡的土地已復活了，空氣裡透著春天的氣息。他不怨天，不怨地，他相信共產黨絕不會怨枉一個好人。

陝福受了多次的挫折，對鳳凰山莊恨得咬牙切齒了。他想，欒二這人足智多謀，可他非常仗義，對朋友兩肋插刀，我何不想法動點腦筋呢？

於是他就讓劉龍給山上抬了酒肉上去，主動講和，讓鳳凰山莊配合維持地方上的治安，在這些日子裡，欒繼宗對兒子又一再勸說，欒二也就做出了和解的姿態，把抓到山上的百十個士兵給放了。

欒二一放人，雙方於是頻頻來往，你來我往心理的戒備自然就減小了，那是六月初的一個早上，陝福派人到山上請欒二到山下坐客。

欒二接了請帖就猶豫了，陝福這狗日的臉上長著狗毛，說翻臉就翻臉，不去的話，又顯得我們山莊人怕他們，不仗義。

欒二就問山神爺。山神爺說：「黃鼠狼給雞拜年沒安好心。」

欒二說：「你看怎麼辦？」

山神爺說：「不去的話，惹了這幫東西，山莊人又不得安穩。我看去還是去，但大掌櫃的你絕對不能去。實在不行就讓秋菊代你去，我想他對一個女人家不會怎麼樣的。但是，去的人一是槍不能離身，二是必須時時和陝福在一起。」

欒二聽說要讓秋菊去，就皺開了眉頭。

秋菊看欒二皺眉頭，知道欒二害怕自己有個意外，就說：「我去看看塌鼻子葫蘆裡到底賣得什麼藥。」

欒二盯著秋菊深深地看了一眼，他知道，塌鼻子這種人什麼事都做得出來，然而，不讓秋菊去再沒個合適的人選。秋菊最後還是堅持著自己去了。

秋菊帶了十個年輕力壯的後生下山了。馬在山路上跑著，天上的雲彩紅一半黑一半，紅的如火，黑的似墨。紅紅的雲啼叫著衝撞厚厚的黑雲，黑雲越聚越多，彷彿要墜落下來，紅與黑拼殺在西天。大地陰沉著臉，使人們的心情壓抑著。不愛唱花兒的欒二，今日在與秋菊分手時，卻吼起了花兒：

> 哎——
>
> 上山（者）容易下山是難，

腳踏（呀）端，
手抓住崖上的馬蓮；
維你（者）容易（哈）丟你（者）難，
心想（呀）爛，
哭麻個眼睛是枉然，
呀——

秋菊聽到這撕心裂肺的花兒，她被這歌聲震顫著，淚水溢出了眼睛。多少個日日月月裡，她愛欒二的情深意濃，她喜歡這些山莊人的有情有義，她已與鳳凰山莊成了一個不可分割的整體。她義無反顧地去了。

她沒有回頭，也沒有走來，她對一切都充滿信心。那朵飄忽的雲朵不時地為她降落，載著欒二和山莊的父老鄉親對她的憂傷和擔心。

秋菊到了兵營外，士兵們齊排排地站在大門兩邊舉著槍。陝福親自迎了上去，秋菊身後的兩個年輕人就一左一右地站在了陝福的後面。

陝福問：「大掌櫃的怎麼沒來？」秋菊沒吭聲，她看到了陝福眼神裡失望的一瞥。秋菊昂著頭直往裡走。

進了兵營大院，酒宴早已擺好，秋菊坐在了陝福的旁邊。幾個士兵端上了酒菜，上來的菜全是當地的野菜和野味肉食。

陝福說：「秋菊我先敬你一杯。」

秋菊說：「不客氣，我不喝酒。」

陝福笑著說：「那就吃菜。」

秋菊就在陝福吃過的菜盤裡揀了一筷子。

酒宴上的人們輪番給他們敬著酒，秋菊只將酒盞輕輕舉一下，滴酒不沾。酒宴雖然很豐盛，但氣氛是那樣的沉悶、壓抑。

陝福說：「我來打個關吧。」說著，先捧著一杯酒敬給秋菊。

秋菊拿著酒杯輕輕抿了一下。陝福說：「秋菊這就不對了，我在過關你不多喝可起碼要接三個拳吧。」

秋菊見陝福逼著她要劃拳，可他卻在跟前的臺階上站著，而跟著陝福一塊來敬酒的幾個人也都往臺階上一個酒桌移動。

秋菊感到今日的酒宴氣氛不對，說道：「把酒收下，我走了。」

陝福說：「不急不急，再喝幾杯。」

秋菊說：「不坐了。」說著站起就要走。

可不待秋菊從酒桌邊離開，陝福趁此機會往後一退，踩在一個石磚上。

突然，「嘩」地一聲響，秋菊那一桌人，連同桌椅板凳全塌陷進了院中一個深坑，其他桌子上的山莊人拔出槍來，撂倒了幾個士兵，可已經晚了，秋菊和那些陪客的地方上人在坑裡不待出來，陝福下令推倒一堵牆，把這些人全埋了進去。

門外的槍響了，槍聲如炒豆般炸響，劈哩啪啦響了半個多時辰，這是山莊暗中保護秋菊的人沖進了院子。

可是，不等他們站穩，陝福很快把他們趕了出去。

天漸漸地黑了，風還嗚嗚吼著，欒二和山莊人悲憤交加，把俘虜來的十多個士兵剖開肚皮，把腸子抽出來掛在樹上，把心肝掏出來供在秋菊的靈堂裡。

晚上，鳳凰山莊一片寂靜，人們都在神仙洞裡默默地站著，他們不相信秋菊會死。雞叫三遍時，全莊的雞都叫了，這是秋菊每天起來的時節，欒二終於抑制不住自己的感情了，淚水像開了閘的庫水一樣湧了出來。

鳳凰山在嗚咽著，黃河水在咆哮著，奕二望著山下，牙齒咬得咯咯直響。山神爺過去站在奕二身邊，他不願意多勸，他多麼想讓欒二痛痛快快哭一場。欒二的眼淚一串串地流淌著，他的嘴張著，心裡好像壓著一塊沉重的石頭出不來氣，下嘴唇顫慄著，微微地一直在抖動。那一片片隱在黑暗中的樹林，就像浮在水上一樣，因為他的眼睛被淚水浸泡著。

欒二往洞外走去，他的雙腳有一種軟綿綿動盪蕩的感覺，如同站在天池水上一樣。欒二被那裸露的，如同漢子胸肌般的山岩震撼了！那是一種抗爭，一個男人對著強大對手而不甘屈服的抗爭。面對現實，他沒有一句話，他知道過去對陝福之流的幻想多麼幼稚可笑。他沒有想到竟來得這麼快，這樣迅雷不及掩耳。他聽著松濤低聲地嗚咽，他沒有一句話，沒有一個動作，只有低沉的花兒在他的心頭轟鳴。

他往前走了走，山風掀起了他身上黑色的披紗，他知道這不僅僅是他失去了心愛的人，更重要的是山莊失去了一根強有力的支柱。今後山莊的擔子就要全落在他的肩上。過去的日子，秋菊挑著半邊大山，為他分憂解難，而今天這一切就全由他一個人承擔了。他知道，陝福除掉秋菊，就是為了打垮他的精神，斷了他的臂膀，陝福很快就會攻打山莊的，他再不能這樣悲傷下去了，他必須振作起來，鳳凰山莊必須振作起來，鳳凰山在看著他，山莊這些男女老少的人們在看著他。他對著黃河邊的兵營跪了下去，周圍的山莊人都跪了下去。他用一種扯人心肺的歌聲唱道：

白紙上寫一顆黑字來，
黃裱上拓你個印來，
有錢了帶你個綢子來，
沒錢了帶你個布來。

山莊的人們都隨著欒二硬咽著繼續唱道：

有心了看一回阿哥來，
沒心了辭一回路來，
路過了捎一封書信來，
晚夕裡托一個夢來。

欒二將這歌兒唱完，人們都嚎啕大哭了，那壓在石頭底下的黃裱紙在風的吹拂下徐徐上了天空，打了一個轉又吹了回來。

秋菊的「化身」來了，這是一個山莊人伴的。她一起一伏欲往山上走，欒二將她死死拽住，「秋菊呀秋菊，飯才擺上桌，茶沒喝一口，汗沒擦一擦，袖沒抖一抖，換的新衣才上身，換的絲帕才上頭，你不能走呀不能走。」

「化身」裝出秋菊的樣子還是要走。山莊人拉著她在一塊大石頭上坐下，一齊跪在她面前，搖著「秋菊」呼喊著。「化身」裝出秋菊的神氣，輕輕拉著欒二的手。

這時，山莊人吹著嗩吶，敲著團鼓，打著銅鑼，奏著低沉悲哀的調子，秋菊的「化身」裝著暈了過去。

人們對著天空磕起了響頭，大聲呼叫著：「嫂子，弟兄們為你送路了。」

人們搖著頭甩著辮子唱道：

生靈靈，死靈靈，路上親人欲斷魂。
淚水流成了線，哭聲卡喉嚨；
嫂子呵，你走吧，你走吧，
在那裡榮華富貴，
在那裡呼風喚雨，在那裡有魚鱗瓦的上房，
陰界也有花木，陰界也有鳥鳴，

陰界也有五穀，陰界返老還童。

這時的欒二立在山上，周圍的人們緊緊擁在他的身邊。人們在山神爺的帶領下，吼出了震天的口號：

「興我山莊，共舉義旗！」

人們把欒二擁進神仙洞，扶上虎皮寶座，鼓又敲起來了，鑼又打起來了，嗚咽的嗩吶又吹起來了，人們在悲憤中揮著膀子跳著舞。這個舞是力的搏擊，勇的奮力，生命的序曲，它是那樣的優美，那樣的無拘無束，那樣的自由奔放，揮灑自如的身姿迎來了又一個陽光燦爛的明天。

二十

程福祥到蘭州警備司令部是一個陰雨連綿的早上。他一望見那黑漆漆的大門，心裡就有點害怕。

程福祥就站在黑漆大門對面房檐底下觀望了，他看見了黃河對面山上的那座白塔，白塔周圍鬱鬱蔥蔥的樹林在山頂一直往山下延伸。這裡雖然沒有家鄉的寬廣博大，但黃河從山下流過，每隔一段有一架水車旋轉著，搭了篷子拉客人的馬車在街道上來來往往，這一切對他來說仍然是新鮮的。街面上脫不出一股土氣蒼蒼的味兒，灰暗的鋪子在街兩邊招引著顧客。黃河不中看，不似青石峽的奔騰呼嘯，濁如泥湯，倒像是一個溫馴可愛的尕女子。

正在這時給他報信的士兵來了，他就和那個士兵一起進了警備司令部。

這裡是東西而坐的兩排紅磚瓦平房，房前面是白楊樹。往裡走有一座木制結構的二層樓宅子，第二層比第一層微微向外凸著，整個房屋雕刻著古老的花紋，它下面是兩根紅漆大柱子，上面是兩邊分水的瓦屋頂。

程福祥跟著那士兵就進了這個房子，這所房子很大，靠窗戶有一張桌子，跟前坐著一個白臉軍官。

白臉問道：「程來喜是你的兒子？」

程福祥把頭抬了抬說道：「是。」

白臉又說：「你知道你兒子犯得啥罪嗎？」

程福祥說：「不知道。」這時的程福祥戰戰兢兢不知說什麼好。

白臉把桌子一拍，扯著嗓門吼道：「有人養沒人教，他參加了共產黨，這是要殺頭的。」

程福祥說：「我們莊戶人家的尕娃不懂事，不知道會犯這麼大的法，還請長官手下留情。」

白臉笑了笑說道：「看在旅長的面子上，把人交給你，你再管不好，我的槍子兒是不認人的。」

程福祥看兒子走了出來。

兒子比原先長得壯了，高高大大的身材。兒子看了一眼程福祥，愣了一下說道：「阿爸！」

程福祥眼圈一紅就抓住了兒子的手。兒子雖然是他抱來的，可他從小屎一把尿一把，把自己的企盼和希望寄託在兒子的身上。程福祥給白臉鞠了個躬，他拉著兒子也要鞠躬。來喜厭惡地瞪了一眼白臉，說道：「阿爸，給這些人鞠什麼躬。」

程福祥趕快把兒子拉了拉，又給白臉鞠了個躬說道：「尕娃不懂事，讓你們費心了。」說著，程福祥領著兒子匆匆走了出去。

到了街上，程福祥要了羊肉泡饃和三炮臺的碗子茶，兩個人吃飽唱足就往蘭州的阿姐家走去。

來喜說：「你給那些人低三下四幹啥。」

程福祥說：「就是那個白臉放了你。」

來喜哼了一聲，說道：「他能放我，他恨不得把我們全殺完呢。」

程福祥想，兒子長大了，說起話來一套一套的，和以前大不一樣了，可這尕娃怎麼和小時候一樣還那麼倔強呢？

蘭州的阿姐住在木塔巷，一見來喜和程福祥進來，她把來喜摟在懷裡大哭了起來。

程福祥說：「阿姐，我要把來喜帶到鄉里去。」

來喜說：「我不回去，我還要上學呢。」

程福祥說：「再上學你的頭蛋骨我都抱不回去了。」

蘭州阿姐說：「快給你阿爸說，以後一門心思學習，再不沾什麼共產黨國民黨了。」

程福祥說：「你不知道，這個尕娃強得很，再出個事就不是一般的事了。」

蘭州阿姐說：「尕娃吃了這個虧，再不會做傻事了，就讓來喜在這裡把學上完吧。」蘭州阿姐說這話時哭了，她雖然精明能幹，可快五十歲的人了，還沒生個一男半女，她把來喜當成自己的尕娃一樣待著，她是不願意讓來喜走的。

程福祥看蘭州阿姐這個樣子，尕娃也不想回去，於是說道：「那就按你兩個的辦，來喜原在這裡上學。」他看了看蘭州阿姐，接著說道：「讓你多費心了。」

來喜一聽阿爸這樣說，又笑了。

程福祥說：「別笑。以後多聽些大人的話，做事穩當些，國家的事不是你和我能管得了的。」

來喜聽阿爸這麼說，把頭偏了偏，他不願聽阿爸無休無止的嘮叨。他想起那是一個無風無雨陰沉沉的下午，天很黑，雲很厚，士兵們把他們用一個大卡車拉著到了北山的沙溝裡，這裡怪石林立，光禿禿的山上陰森可怖，風在溝裡變成了一種令人毛骨悚然的聲音。他們都被五花大綁著，一個士兵把他從車上推下時，他差點一頭栽到一個大坑裡。他看了看周圍光禿禿的山嶺，溝裡已有兩個大坑，他看到士兵們舉起了槍，老師和同學們就喊起了口號，他也跟著喊了起來，這時他就聽到了槍響，槍的聲音很重，很沉，悶騰騰的。他往後看了看，他看到很多老師和同學們已經倒在血泊之中，只有他和另外兩個女同學還活著，他感到了一種從來沒有過的恥辱。他說，你們為什麼不殺我。沒人言傳。幾個士兵看著他笑了笑，把他連推帶搡又帶到了車上。他是陪殺場來的，可是他並沒有害怕，他只是一種茫然無措的感覺。

來喜說：「阿爸，你放心去吧，我聽阿姑的話，好好上學。」

程福祥說：「有你這個話就行。」

說這話時，程福祥的心裡是那樣的空落，他真不放心他這個兒子。他把褡褳搭到肩上，往門外走去，兒子大了，自己的路可以自己決定了。他仰起頭，門外樹上一片紅色的樹葉在半空中凝固，那裡面的綠色依然在執著地斑駁著。風很低，風在牆根底下吱吱叫。臨出門，他又轉身朝兒子看了一眼。

夏芹到了鳳麟堂窯館，尕翠蓮看著她那白生生的皮膚，水靈靈的眼睛，心裡真是高興，自己天天盼著不就是要找這麼個搖錢樹嗎？怎麼這搖錢樹說來就來了呢？那天，尕翠蓮心裡高興，喝了幾盅酒就去和夏芹閒聊。兩人陳穀子爛芝麻，說著說著就抱在一起痛哭流涕了。

尕翠蓮說：「妹子，到我這裡來都要有個花名，我看你和我一樣都是苦命人，我叫紅牡丹，你就叫個白牡丹吧。」

夏芹說：「不行，不行。」

尕翠蓮說：「有什麼不行的，我說行就行，以後我倆齊心幹，掙了錢我們再找個好人家。」

這樣一說，沒過多少日子人們就這樣叫開夏芹了，一傳十，十傳百，整個洮州城都知道鳳麟堂有一對牡丹花，就連蘭州城裡的有些嫖客都專程到洮州城裡來過白牡丹的癮了。

尕翠蓮和夏芹搭到一塊，可把七斤氣壞了。七斤這人是鳳麟堂的打手。如果當官的讓哪個姐妹到什麼府上「出條子」，這時七斤就陪這個姐妹去在門上等著，然後再把她接回來。哪個姐妹心情不好，不願接某個官人，他就拿一根竹杆，杆頭上綁一根針，向屋裡的姐妹紮，專紮她的下身。

夏芹沒來時，七斤幫著尕翠蓮經營鳳麟堂，晚夕裡則專門侍候尕翠蓮，一來二去他的權利大了，尕翠蓮也隱隱感到七斤是要霸這個鳳麟堂了，所以，夏芹一來她就把夏芹拉到了手裡。她倆聯在一起，七斤感到這是對他權利的極大威脅，於是，七斤一方面假心假意服侍尕翠蓮，另外，他想著法兒要把夏芹勾到手。

夏芹與李志新在一起時，沒享受過女人的歡樂，到了劉龍那裡只是被他玩弄了一陣，進了鳳麟堂，那些嫖客們一天來來往往，進進出出，沒一個和她動真格的。所以說，她心裡始終有一個空缺，一種想得到愛撫，想獲得靠山，找一個可靠人的嚮往。七斤在女人堆裡整日滾來爬去，對女人的喜好是了若指掌的，他很快摸清了夏芹的這個弱點。於是，他避開尕翠蓮，悄悄對夏芹展開了全方位的進攻。他一方面憑藉自己在鳳麟堂的優勢，處處關心照顧夏芹，夏芹在心靈上慢慢把他作為最牢靠的依託。另一方面七斤身強力壯，他和夏芹每次玩的時候，都使出渾身的解數，使她似在雲裡霧中，飄飄欲仙。

那是一個冬天，外面天氣很冷，可鳳麟堂各房裡有爐子有炕熱乎乎的。

尕翠蓮那天陪州府裡的一個當官的去了，七斤就趁機鑽進了白牡丹的房裡。

他把夏芹摟在懷裡先是一陣長久的親吻，他一會兒把舌頭伸進夏芹的嘴裡，一會兒又吮著夏芹的舌頭，兩人一邊捲舌吻動，一邊深深吸進各自的氣息。他的嘴唇進到了她的嘴唇內，舌頭在她的牙齒前停下來，尋找入口。她張開上下齒，讓他的舌頭進入自己嘴裡。兩人舌頭相撞，相咬。接著他把舌頭從她的嘴裡抽出來，輕輕地在她的身上舔動著，滑移著，吻遍了她那白嫩嫩的身體。夏芹一下子就緊緊抱住了他的脖子。他奮力躍起，開始輕輕地動作，漸漸頻率加快。夏芹眼前先是五光十色的春景，緊接著是急風暴雨的夏天，再後來就是萬馬奔騰的秋日草場了。

她一下倒在了七斤的懷裡。

七斤見已水到渠成，就說道：「這風麟堂可不是一般的地方，今日裡你年輕美貌，自然被捧成一朵牡丹花，到了年老色衰時，你能在這裡再待下去嗎？」

夏芹說：「到那時候我就找個人家，過安穩日子去。」

七斤冷笑一聲說道：「說了個輕鬆，你見過幾個進了這個門檻能便宜出去的，有幾個能找上好人家的。」

七斤這麼一說，她就想起昨日裡有個嫖客給她講了這麼一個故事。這故事說的是一個縣官從妓院裡贖了個姑娘做他的小老婆。這姑娘在花柳叢中待慣了，這縣官又老又醜根本滿足不了她的欲望，她就暗暗和鄰居一個小木匠好上了。那時候沒有鐘點，縣官上堂全靠門口大樹上烏鴉的叫聲。小木匠盼縣官早點離開家好和他的情人私會，就急著用杆子去捅老鴰窩。可縣官到衙門一看，天還不亮呢，就返回家來，一聽，屋裡小木匠和自己的小老婆正說著悄悄話偷偷笑呢。縣官啥都明白了。這一天，正是八月十五中秋節。縣官對小老婆吩咐，弄兩個酒菜，說：「你去把小木匠找來，咱們一塊喝兩盅！」小老婆不敢怠慢，炒好酒菜，就把小木匠找來了。縣官說：「咱們幹吃飯喝酒，沒意思。乾脆每人先作一首詩，然後喝。我先來首！」縣官舉起酒杯，說：「月兒彎彎出正東，樹上老鴰有人拱，麵團摟著粉團睡，乾柴棒子門外等。」小木匠和縣官的小老婆一聽，嚇壞了。知道縣官已知道了底細，不承認不行。於是，小木匠也硬著頭皮舉起酒杯，說：「月兒彎彎出正南，提起此事有半年，大人不見小人怪，宰相肚裡能行船。」縣官小老婆一聽，這回該她的了，她也不敢怠慢，急忙舉起了酒杯，說：「月兒彎彎出正西，老年別娶少年妻，今朝同床又同枕，早晚還是人家的。」

夏芹想，進了這個門，要找個好人家是不容易，若是自己和那縣官小老婆一樣，還不如在這裡自由自在。她說：「七斤你就別拐彎抹角了，那你說怎麼辦呢？」

七斤湊到她跟前說：「你我聯起手來把尕翠蓮幹掉，這鳳麟堂不就是你我的了嗎？」

夏芹驚得張開了嘴，說道：「這不行，這不行，沒有阿姐能有我的今天嗎？」

七斤說：「我說嘛你們這些女人的事不能管，頭髮長，見識短，到頭來你走投無路時後悔就來不及了。」

夏芹猶豫了一下說：「那——」

七斤說：「那什麼，尕翠蓮這次來後就動手。」

第二天，尕翠蓮來後，夏芹就給她熬了八寶醪糟湯，裡面打了兩個荷包蛋，親手端給尕翠蓮。

尕翠蓮喝了醪糟心情爽快，就說：「白牡丹，以後鳳麟堂就是你我姐妹倆的了，我倆可千萬不要有啥二心。」

夏芹一聽這話，心裡一驚，手裡的碗就掉到了地上。

這時，只見尕翠蓮捂著肚子，不待話出口，七竅就噴出血來，人脖子一歪就斷氣了。七斤進來擦了尕翠蓮嘴邊的血，把她抱到炕上，過了一會姐妹們都進來為她哭了。

鳳麟堂的姐妹們整日裡飯食不定，睡眠無常，死人的事是經常發生的，再說尕翠蓮平日裡對手下的姐妹們不好，所以，她死在這裡並沒有引起人們多少議論，日子一久人們就慢慢把她淡忘了。

尕翠蓮一死，夏芹就在這裡當起了家。可她的心裡並沒有絲毫的舒心，她看到的天是灰色的，沒有陽光照耀，由於她整日裡受到良心的譴責，她的生命裡也不再有輝煌的未來了。今日有酒今日醉，她在酒精和性的欲海中打發著光陰。她經常在夜半時抱著枕頭哭泣，她說：「阿姐，是我害了你，待我殺了七斤這個臭男人後，我也會死的。那時，我來後你不怨我吧——」

二十一

翟信在洮州做了筆買賣，剛到崖頭坪，就聽家人說：「馬步芳的隊伍這些日子抓兵凶得說不成。」

翟信皺了皺眉頭說道：「多會開始的？」

家人們說：「你走的第二天晚上。」

翟信說：「我在洮州就聽說共產黨要打著來了，馬步芳下令在各處要抓些兵呢，沒想到我們這裡也來得這麼快。」

家人們說：「這兩天前莊陽窪裡抓兵凶得很，到處貼著馬主席的告示，三丁抽二，二丁抽一，一個兵八百塊的白元，有錢漢人家把錢交上就沒事了，窮人家的尕娃們孽障著，尕麻繩捆上了往兵營里拉呢。」

話正這麼說著，進來一個馬幫說：「程保長來了。」

翟信從窗子裡一看，程福祥和一個軍官從門裡走了進來。

程福祥進了門，翟信看到他今天臉色特別難看，心裡就明白他是為崖頭坪出兵的事來的。

翟信先給程福祥和那個軍官上了煙，三個人抱著煙槍只是吸，都不說話。吸足煙，喝了茶，程福祥就說話了，程福祥指著那個軍官說道：「這是韓營長，這次專程到我們鳳凰山招兵來的。」

那位韓營長望著翟信笑了笑，說道：「這一次馬步芳主席決心大得很，要和共產黨好好幹一下呢，前些日子你到洮州做買賣去了，我們就在其它莊子辦了些兵，崖頭坪我們放在了最後。」

翟信冷著臉說道：「我們崖頭坪的尕娃去不了。」

韓營長說：「這個好說，去不了就把錢交著來。」

翟信說：「出多少呢？」

韓營長說：「一個兵八百塊的白元，你出多少兵心裡清楚，你算一下。」說完他把二郎腿一翹，就指著翟信唱開了：

你的頭若不是驢頭，
頭上戴個圓頂帽，
多幹散，多幹散。
你的耳朵若不是個驢耳朵，
耳朵上戴個耳墜子，
多俊美，多俊美。
你的腿若不是驢腿，
腿子上戴上個銀鐲子，
多稀罕，多稀罕。

你的腳若不是驢蹄子，
蹄子上穿個繡花鞋，
多講究，多講究。
你的尾巴若不是驢尾巴，
用紅頭繩紮起來，
多好看，多好看。
得日噢嘮嘮，阿咦！
得日噢嘮嘮，阿咦，喬！

這是一種戲弄，是一種嘲弄人的人生攻擊。翟信望著韓營長笑了笑，他沒有被這種戲弄激得怒不可遏。他知道自己的一言一行關係著崖頭坪人的生命和安全。

翟信說：「崖頭坪的兵員有多少？」

韓營長說：「程保長把花名冊拿過來讓翟幫主看一下。」

程福祥說：「三十八個。」

翟信聽了心裡一愣，這麼多的兵員錢能湊著出來嗎？這時。韓營長又說：「聽說你們崖頭坪有槍呢，這些違法槍支都要上繳的。」

翟信聽了這話，心裡暗暗叫苦，說道：「崖頭坪人一年四季在外做買賣，你說這些馬幫沒有槍能行嗎？」

韓營長說：「你還做夢著呢，劉龍的槍全讓沒收了，保安大隊也都解散了，你們私藏槍支不交要坐大牢呢。」

程福祥此時對翟信說：「這是實話，劉龍還讓旅長扣著呢，槍全讓沒收了。」翟信的臉一紅一白，不知怎麼做是好，這不是要崖頭坪人的命嘛。他說道：「你限我三天的時間，我打湊一下給你繳，成不成？」

韓營長想，兵員已抓著超過了，他也想收些錢了回去，於是他痛快地說道：「好，三天以後我帶人來收錢收槍。」然後，他朝程福祥看了一眼，又對翟信說道：「我提醒你一句，千萬不能打埋伏，查一罰十，那時候我可做不下主了。」

韓營長和程福祥走後，翟信馬上把崖頭坪各家鄉老召集起來，說了今天的事情。各家鄉老對其它莊子這些日子抓兵的情況早就弄得人心惶惶，對他們賣房子賣地的情景是深有感觸的。商量來商量去，兵款按各家經濟情況自己報，一報錢款還超過了兵款數額。可是談到繳槍一事，大家都搖起了頭。沒有錢可以掙，沒有了槍就如同馬幫們沒有了馬一樣。在那深山老林，在那荒灘大漠裡，出外運貨沒有槍，這不是白白地將貨物送給盜賊嗎？可是，這有什麼辦法呢？就連劉龍的槍都讓全部搜完了。胳膊扭不過大腿，最後商量的結果，為了崖頭坪的平安，把兵款和槍都上繳，免得在風頭上惹個麻煩。

第三天一早，東面山上太陽剛冒出花，崖頭坪來了一營人，韓營長挎著盒子槍，騎著一匹白蹄青馬在邊上走著。到了場邊上，一營人把麥場整個兒圍了起來。

這時，翟信按照幫規在場中央香案上點了十二炷香，然後跪了下去，馬幫們都在他的後面跪著。

二十一

香案上供著崖頭坪各家祖宗的牌位，牌位前面的碗裡有肉，有酒，還有黃黃的麥子和綠綠的青稞。

翟信和馬幫們用低沉的聲音唱道：

尕馬兒騎上（者）槍背上，
哎——
好花兒呀，
照林棵打給了兩槍；
唄呀，尕馬兒回拉著來呀，
哎喲——
拉回了緩來啥。

槍子兒落在（個）花兒上，
哎——
好花兒呀，
下馬（者）哭給了兩場；
唄呀，尕馬兒回拉著來呀，
哎喲——

拉回了緩來啥。

漢子們唱著歌都哭了，祖祖輩輩的馬幫生涯是他們的榮耀，可是，此時此刻要將朝夕相伴他們的鋼槍繳給馬步芳的隊伍，這是割他們的肉，剔他們的骨，在他們心窩裡紮刀子，他們能不哭嘛。

他們唱完歌，給先人的牌位磕了頭，點了一炷香，把身邊的槍提起來放在翟信身邊。

黑雲壓下來了，堆成了一座山，漸漸往地面上下沉。馬幫們抱著罎子裡的酒往碗裡倒，醉醺醺地望著遠去的隊伍，還在唱著那支低沉的歌謠。

突然，馬幫們聽到了炸豆般的槍聲，槍聲使他們無比興奮都站立了起來。

這是欒二領著山莊人，在一面是黃河一面是崖的山道上打了埋伏。手榴彈在隊伍中轟鳴著，槍子兒撲天蓋地如雨點般掃了過來。那些士兵們死的死，傷的傷，紛紛躍入了滾滾的浪濤之中。

韓營長揪著一個馬尾巴向黃河對岸遊去，他的膀子上挨了一槍，冰冷的河水激得他的膀子麻木了。他張著嘴喘息著，他拼盡全身力氣緊緊抓著馬尾巴。一個巨浪翻了過來，把他的頭往水下壓了壓，一口渾濁的河水嗆得他快要窒息了。他感到有一塊石頭碰了碰他的腳，他一站竟踩在了泥沙上。他緩了口氣，然後拽著馬尾巴吼叫著，馬拉著他從水裡走了出來。

他躺在沙灘的一塊石頭後面，看見山莊人把從崖頭坪收來的槍正往山上馱。他朝著河對面那些頭大腿短的醜八怪罵道：「日奶奶，我看你們脖子裡的血脹著不成了。」

他忽然感到心裡一陣無名的憂傷。他從十二歲就到陝福旅長手下當了傳令兵，十五歲上當了班長，十七歲上成了連長，不到二十歲他已成了騎兵營的營長。他堵過紅軍，打過國民軍，在無數次的戰鬥中，他殺過許多人，可他從來還沒有被人打敗過，沒想到今日裡卻全營覆沒，連自己的命也差些乎送到這幫土坷垃的手裡。他從地上爬了起來，艱難地伏在了白蹄青馬的身上，打了個呼哨直向軍營奔去。

陝福的部隊在前莊抓兵是在莊裡的男子漢們打獵回來的路上。那是陽春三月，滿山嶺的粉紅色山稔花開了，一嘟嘟的，漫山遍野散發著清香。鵓鴣立在山石上啼叫著，嘹亮的聲音回蕩在山谷裡。

馬哈力背著一隻羚羊，手裡提著一把獵槍，大踏步地穿行在亂石鋪就的山溝裡。跟隨他的那只黑鷹，一會兒在他前面從天而降翻著筋斗，一會兒又如利箭直插藍天，它熟練地變換著各種飛行姿式，好似在它的主人跟前顯示著它高超的技藝。

馬哈力沒有時間觀賞鷹為他的表演，他只是偶爾抬頭朝它笑一笑，打一聲尖利的口哨。黑鷹訓練出來後，他每次上山都把它帶在身邊，不光是讓鷹為他逐鹿攆兔，更重要的他把鷹做為一種吉祥，做為給他帶來好運，給他增加肝膽的力量。

馬哈力望見不遠處的山門，一種回到家裡的感覺油然而生。他和那些獵人們敞著胸脯往前走，不時放開喉嚨喊兩嗓子。這時，就看見從山溝的草叢裡出來一隊當兵的。馬哈力和眾獵人都站了下來，他們扔下獵物就往兩邊的林棵裡跑去。突然，林棵裡一陣槍響，跑在前面的幾個獵人應聲倒了下來。馬哈力意識到他們被包圍了，四面的士兵朝他們擁來，嘴裡喊著：「都把手舉起來。」

馬哈力朝邊上一塊石頭後面一躲，把子彈壓上膛，然後鑽進山溪邊的林棵，順著小路往山外跑去。馬哈力腿快，如一只小鹿在山野裡奔馳著。一個大個子士兵從右邊山坡上發現了他，斜刺裡沖了下來，把槍一下頂在了馬哈力的胸口上。

大個子士兵吼道：「把槍扔到地下，爬展！」

馬哈力把槍往地下一扔。這時，忽然身邊一聲風響，黑鷹挾著一股冷颼颼的風用它的翅膀將大個子士兵一下打爬在了地上。不待大個子士兵回過神來，馬哈力像一隻猛虎躍過去，用雙手卡住了大個子士兵的脖子，然後把大個子士兵捆了起來。

馬哈力望了一眼黑鷹，把食指塞進嘴裡，打出了一聲婉轉的哨音。黑鷹聽到哨音，飛起來用翅膀去拍擊其他的士兵，它用嘴叼，用翅擊，上上下下，左右開弓，一時間山道裡大亂，獵人們趁機散開往四面跑去。

馬哈力正在大聲喊叫讓人們跑的時候，突然，一條胳膊夾住了他的脖子，一把冰冷的手槍頂住了他的腦門。

馬哈力被上來的幾個士兵把胳膊擰到了身後。黑鷹堅硬的翅膀打掉了那把冰冷的手槍，用它鐵一般的利嘴叼出了那個士兵的眼睛，然而，它沒有救得了它的主人，它悽愴地擦著樹尖飛翔，無奈地噴吐著帶血的呼叫。

馬哈力吼道：「日奶奶，阿哥不跑，和你們一搭吃糧去。」

那幾個士兵聽馬哈力說願意當兵吃糧，把馬哈力擰到身後的胳膊松了開來，拍了拍他的肩膀說道：「是個兒子娃，和我們一搭吃糧走。」

這時，黑鷹「唰」地一下從馬哈力頭頂飛過，直接往前川村方向飛去，它是向冬梅報信去了。

前川村在山外似點綴在山坡上的黃色蘑菇群，黑鷹的到來使冬梅馬上意識到馬哈力出事了。她騎上馬，帶上所有的鷹往山口奔去，遠遠看見一隊士兵押著莊裡的獵人朝她走來，她沖著那幫士兵喊道：「放開我的人，不然你們誰也別想活著回去。」

士兵們舉起了槍。

馬哈力說：「冬梅，我跟他們走。」

冬梅說：「不行。今天一個人他們也別想帶走。」

這時，二十多個鷹在黑鷹的帶領下從天上沖了下來，它們用利鉗般的爪撕扯著那些士兵，用錐子般的鐵嘴把士兵們戳得血肉模糊。

突然，被馬哈力捆了的那個大個子士兵和另外幾個士兵把槍頂在了幾個獵人的頭上。他們大聲對冬梅吼道：「你把鷹不收起來，這幾個弟兄都別想活。」

馬哈力看到這個情景，對騎著馬沖他奔來的冬梅喊道：「把鷹先收起來。」

冬梅一聲呼叫，拍打士兵們的鷹群跟著黑鷹落在了附近的一個山岩上。

冬梅看著士兵們押著馬哈力和獵人們朝遠處走去，她的鼻子一酸，眼淚嘩嘩流了出來。多少個日子裡，她與馬哈力早出晚歸為生活奔忙著，他們不想做官，不想發財，只求過個平平安安的日子。然而，這世道並不像他們想的那樣，你不招惹別人，可別人要招惹你。這些日子裡部隊駐紮在莊子裡，把一些茬茬鬍子的老漢家也抓到了兵營裡，今日裡又將這些莊子裡身強力壯的男子漢抓了兵。

冬梅站在急風吹拂的山腳下，眺望著漸漸遠去的人們，她的心碎了。她接過飛來的黑鷹，在它的頭上輕輕撫了幾下，然後，她把黑鷹扔向天空。天空中有朵飄浮的黑雲彩，面對那些淒淒惶惶的落葉，她越發感到孤獨悲傷。

秋風在這茫茫的大自然中，扮演了一個既瀟灑又悲愴的角色。

記得三年前的那個秋天，她和馬哈力就是在這個山坡上放著他們的黑鷹，追逐著一隻從山裡跑出來的野羊。他倆騎著馬，黑鷹飛過去立在野羊的身上，叼瞎了野羊的眼睛，野羊打了個旋，瘋頭瘋腦地撞在他們的馬腿上。那天她是那樣的高興，她看到天地間到處是一片綠色。空中的雲是綠的，恰似團團纏繞在樹冠上的綠霧；樹冠上滑落下來的露滴是綠的，彷彿粒粒晶瑩閃亮的玉珠；樹葉裡晃動著串串花絮，也是綠的，抹著淡淡的鵝黃掛滿枝頭，遠遠望去，就像一掛掛淺綠嫩黃的小爆竹。她望著她的馬哈力，英俊瀟灑，在山坡草地上奔跑飛馳。她想，愛情也許同樣是綠色的。花兒悄悄地開，花兒靜靜地落，到處是綠色的希望。

可是，這一切卻讓馬步芳這狗日的給毀了。這些士兵把莊裡能提起槍桿的男子漢全抓完了，他們是當著她的面把她的心上人帶走的。她不知道這些士兵要把前莊村的男子漢們帶到哪裡去，可她隱隱地感到空氣裡有一股血腥的殺氣，這殘殺要毀了撒拉人，不讓他們再過上那安穩的日子。

二十二

劉龍被陝福放出來是大年三十的早上。那天，天上掛著金太陽被天狗吃了，人們就敲鑼打鼓的催天狗把太陽吐出來，劉龍就在這時被幾個士兵從兵營裡拖出來扔在了街上。

劉龍靠在一堵牆跟前坐下，勾著頭，臉很灰，太陽又被天狗吐出來了。被天狗吐出來的太陽很毒，很熱，火辣辣的，劉龍就感到嘴裡很渴。他看到不遠處渠裡流著清涼涼的水，就爬了過去。他爬在渠邊上吸了起來，直到把肚子喝足喝飽，肚子裡像有無數條魚在遊動咕嚕嚕地響，他才坐在渠邊上眯著一隻眼看起了太陽。

他看到被天狗吐出來的太陽裡面有很多黑芝麻，他就覺得很饞。

劉龍靠在牆根前頭腦裡出現的全是烏七八糟的亂麻，這光陰日奶奶成了打牆的板，上下裡翻著讓人沒法琢磨了。那是先人給自己留下的一百五十畝大水田地，他賣了地買了槍，進妓院，逛賭場，吃香的，喝辣的，陽間世上什麼福他沒享過，可到頭來這陝福就因為一個女人，把他的槍收了，權奪了，直到逼得他賣了房屋，送給那個狗日的塌鼻子一千個白元，他才平安地到了這陽光燦爛的大街上。他現在什麼也沒有了，沒有人與他爭，沒有人與他搶，他感到人們一下子都不認識他了，他才有了一種無可奈何的悲哀。

他感到肚子很餓，就拄著拐子向對面的飯館走去。飯館的老闆是一個乾巴瘦的老漢，往日裡他從飯館門前經過，這老漢硬把他拽到飯館裡吃飽喝足，分文不要，臨走還要給他懷裡塞上七八斤的肥羊肉。然而，今日裡他剛進飯館，這乾巴瘦的老漢把他像個叫化子一樣推了出來。可是他抵不住那香味的誘惑，於是，他拄著一根棍，用獨腿跳進飯館，從灶臺上抓了兩個大餅，一邊吃一邊退了出來。

他想，到哪兒去呢？哪裡都沒有他的家了，誰能要他這個瘸子在家閑吃飯。往日裡出出進進，轎子來轎子去，有四五個衛兵護著，他還怕吃了黑槍子兒，可到了今天，他在大街上躺著，也沒人理他。

他想起了那個女人，這是他的表妹，叫正月花。花兒紅得豔豔的，招惹得他一晚上沒瞌睡，把個兒子娃的身子掏空了。可她卻被陝福看上了，陝福要給他一百個白元領上她走。那天，他發了火，他過去一把將正月花從陝福的懷里拉了過來。陝福一下從腰裡拔出了槍，就在此時他也同時把槍掂在了手上，這時，他的後腦勺上被人猛擊一棍，他一頭栽到了陝福的腳下，幾個士兵揮舞著牛屌一樣的黑鞭子，直抽得他爬在地上告饒磕頭，又把他拖到了一間屎尿滿地的房子裡關了起來。正月花讓陝福又摟到了懷裡。他不想去找她，就是為了她才讓他到了這個地步，他感到噁心。他想起了那天他被黑鞭子抽打時，她還望著他笑呢。

「呸，千人搗萬人日的貨，牛屌啥呢。」他對著那森嚴的軍營唾了一口又濃又黃的唾沫。

這時，程福祥騎著馬從大路上過來了。

程福祥在馬上看見劉龍，就跳下馬來走了過去。

發虛。劉龍望著程福祥，從牆根立了起來，說道：「保長。」說這話時他感到底氣不足，心裡一陣

程福祥就抓住了他的手說道：「劉大隊長，你怎麼成了這個樣子。」

劉龍聽到這話手就抖開了，深陷進眼眶的眼睛滴溜溜地轉，像扔進臭水池裡的兩個爛葡萄。

程福祥說：「劉大隊長，我知道你也沒處去，就到我家裡住吧。」

劉龍聽了這話不知說什麼好，就跟著程福祥到了程家。程福祥就把他安排在後花院裡，讓他管那些務勞牡丹花的花農。

劉龍有了這個活，吃飯穿衣就不愁了，可他看到這一院院的房子，一畝畝的田地，他心裡就疼，這都是先人留給自己的基業，眨眼之間都成了程家的財產。他又氣又恨，經常砸著腔子罵自己。敗家子，劉家的敗家子。可他本來是為了劉家的興旺發達鋌而走險的，誰會想到陝福翻臉不認人做出如此卑鄙的勾當。他經常沒事時就扯著嗓子吼：

正月裡到了牡丹花兒開，
待開兒不開風擺開，
走路的阿姐騎馬兒來，
下馬了折花馬頭上戴。
頭上戴了牡丹花身子搖搖擺，
頭戴不上牡丹花陽世上枉活著來。

二月裡到了青草芽芽發，
它在陽坡的彎彎裡長下，
馬瘦毛長脊樑杆杆高，
人窮衣裳爛，
人夥和不上，
身破衣爛人前頭精神短，
不知陽世上做啥來。
陽世上的阿哥命兒比黃柏葉兒苦，
挨餓受凍給誰說。
前山的梅鹿後山的狼，
它倆合好者各山頭上轉，
狼到難中梅鹿兒救，
鹿到難中狼吃了肉。

程福祥聽到劉龍唱起這支歌，心裡就難受的說不成，他想，這劉龍前幾年雖然做了些壞事，可現在到了這步田地，心裡有苦。他就把劉龍叫到房裡喝酒。

劉龍剛開始與程福祥喝酒，倆人喝得很沉悶。吃幾口菜，碰一下杯，到碰到第十杯時，程福祥仍然面不改色心不跳，可劉龍的話卻多了起來。

劉龍的話一多，陳穀子爛芝麻的就沒完沒了地說。劉龍的眼睛開始發紅，他突然把腳一跺說道：「保長，你的命紅得很，我把劉家先人的基業沒保住，全流到你程家的金匣匣裡去了。」程福祥聽到這話就愣住了，說道：「劉大隊長，你心裡別煩惱，你想要地我給你劃上些了種去。」

劉龍一聽這話，藉著酒力大罵了起來，把酒杯一摔說道：「你個老狐狸，少假心假意，你的皮袋裡賣得什麼藥，我明白，你亮清，少給我來這一套。」

程福祥的臉紅一下白一下，眼睛凸了出來，半天說不出話來，心想，自己一片好心，反倒落了個挨罵受訓的結局。他大喝一聲：「來人呀！把這畜生拉下去給我醒個酒。」

隨著喊聲，一幫夥計提著木棒進來，把劉龍拉到院子裡，在屁股上狠狠地一頓棍棒。

劉龍被打著打著就無聲無息了。程福祥一看這個樣子，趕快把王半仙叫來診治。

王半仙來後用手摸了摸劉龍的鼻息，然後掏出一根銀針，針下去劉龍深深出了一口氣，他睜開眼睛瞅著眾人，把這個看看，把那個瞧瞧。

「這是哪裡？」劉龍問道。

人們說：「這是保長家裡。」

劉龍說：「怎麼一陣陣就到了這裡，剛才我還和尕翠蓮對花兒呢，一個曲子還沒唱完，怎麼就到了這裡。」

人們聽到這話就有點心驚肉跳了，哪裡又出來了個什麼尕翠蓮，是不是這花園裡又鬧開花鬼了。

程福祥讓人們把酸湯熬來給他醒酒。

一夜無話。第二天一早起來，劉龍領著那幾個花農又務勞起了滿園的牡丹。日子過得很平靜，無滋無味，歲月的風吹幹了往日的激情與憧憬。程福祥再沒和劉龍一起吃飯喝酒，在一起時主僕分明。人窮志短，馬瘦毛長，劉龍在程福祥跟前越發顯得局促，低著頭，弓著腰，有時遠遠地見了，趕快撐著拐子就避開了。

劉龍還是每天唱著花兒，人們才發現這人嗓子好，肚子裡的花兒多，由於揉進了自己的辛酸曲子唱得越發憂鬱悲涼。

鳳凰山抓得兵有三百多人，破棉襖裹身被那些荷槍實彈的士兵押著，他們五個人走成一排，長長地蹣跚在混濁洶湧的黃河岸邊。地上覆蓋著一層綿綿的黃土，在大腳板的踩踏下飛揚著。空中一群烏鴉「嗚哇，嗚哇」叫著在天上飛過，屙下幾泡稀糞，撒在茫茫的寒風中。

這時，隊伍後面一陣騷亂，緊接著一聲槍響，人們往後看去，河中間泛開一團血紅，一顆烏油油的頭顱搖了搖，頑強地向河對岸遊去。馬哈力朝那顆在水面上一起一伏不斷遠去的頭顱笑了笑，他知道這尕娃雖然受了傷，但他已逃出了士兵射擊的範圍。

這時遒勁、短促的西北風裹挾著一聲響，馬哈力的臉上「啪」地挨了一皮鞭，他搖了搖頭，用仇恨的目光將那位手提皮鞭的軍官掃了一眼。這是一個小軍官，臉很白，兩道眉毛彎彎的。他想，這麼俊俏的尕娃心咋這麼黑呢。

太陽升起來了，把地面照得泛出骯髒的光芒，刺激得人們微微地閉上了眼睛。黃色的光芒在河水裡翻著波浪，打著滾兒，發出低沉的呻吟。

中午的時候，被抓得兵都東倒西歪地躺了下來，押送的士兵們也趁機坐在了地上。沒有水，人們就往河邊上湧，那個白臉軍官就從懷裡掏出了槍，他沒有喊，只是眯著一隻眼往前面瞄著。他深深吸了一口氣，把胳膊抬得水準。第一個跑過去喝水的人，剛把嘴搭在水上，槍就響了，隨著槍聲那人把頭插進了水裡，又喝了一口水，好像饑渴難挨，永遠要這樣喝下去。

人們都回過頭來，看著那黑洞洞的槍口往回走。馬哈力強忍著，喉管裡似乎冒著煙，他一直朝那個小軍官走去，在他的帶動下人們都跟在馬哈力的後面。

小軍官鼻樑上滾下了豆大的汗珠子，清秀俊白的臉上泛出微微的紅暈，他開始往後退，顫抖著聲音喊道：「站住！再不站住我要開槍了。」

士兵們都舉起了槍，對著發怒的人群。

馬哈力說：「開槍吧，人們都快渴死了。」

這時，一個年紀大一點的士兵走過去對小軍官不知說了些什麼。

小軍官說：「好吧，歇一會大家喝點水。」

馬哈力就站了下來，人們都立在了那裡。

馬哈力和幾個人過去把死在水邊上的尕娃抬到了一個向陽的草坪上，他們挖了坑，把那個尕娃埋了起來。

一陣微風吹過，人們都跪了下去，面向西方嘴裡默默地念著，他們都閉上了眼睛。

黃河在低聲地嗚咽著，波光在微微顫動著，馬哈力念道：「哦，安拉！寬恕我的罪過吧！……」

太陽快落山時，西面的天空如血染了般的紅，在那紅色的覆蓋了半個天空的大纛邊緣上，塗抹著金色的光暈。這一行人來到洮州城郊新兵營裡，他們和從四面八方被抓來的新兵一起在這裡整編集訓。馬哈力被放了個新兵排長，他們的營長就是那個小軍官。

在洮州的集訓主要是怎樣用槍射擊，馬哈力學了幾天就不耐煩了，他不願那樣眯著一隻眼三點為一線，而是把槍一提隨手甩過去，不管天上飛的地下跑的，或是靶子上的黑點點他一打一著。

新兵集訓了三個月，他們就往天水開拔，第一次與解放軍的交火就使他們飽嘗了戰爭的殘酷。那天，天灰得不見百米之外的東西，他們乘著霧氣向解放軍的陣地發起了進攻。新兵們一開始像一群無頭的蒼蠅一樣，一會兒東，一會兒西。炮彈呼嘯著把房屋掀起，把牛圈炸塌，槍子兒密密麻麻不斷潑灑著。血的教訓，很快使這些新兵清醒了，他們蜷縮在一道土堆後面，不時「乒乒、乒乓」放上幾槍。當馬哈力親手放倒了幾個解放軍後，他反倒一點也不害怕了。

後來的一些日子裡，他們打得非常艱苦。白天他們提著腦袋與解放軍幹，晚上就躲在坑道裡呼呼的睡覺。有一天，馬哈力在小軍官的率領下，沖上了一座小山，他們和解放軍不斷為這座小山反復爭奪著。突然，一顆炮彈呼嘯著落在了他們陣地不遠的地方。

這時候，他看見小軍官在煙塵彌漫的山嶺上倒了下來，鮮血潑灑在周圍的岩石上。他把小軍官背上就往後撤，小軍官被炸斷的雙腿淅淅瀝瀝地流著血。小軍官被顛簸著蘇醒了，從屁股蛋上掏出手槍頂在了他的後腦勺上。

小軍官有氣無力地說道：「我正式任命你為代理營長，給我回過頭來打，誰要退後一步我就打死誰。」

潰逃下來的敗兵又回過頭來，在馬哈力的率領下子彈像雨點般潑嚮往上沖的解放軍，他們又重新佔據了山頭。馬哈力把剩下的三十多人組成了敢死隊，敢死隊員反穿皮襖手提大刀輪番往山下砍去。這時候，小軍官微微張著嘴唇笑了，趁人們不注意拼盡全身力氣把子彈射進了自己的胸膛。

太陽成了一個血紅的輪子落在遠處的天邊，那些層層疊疊的群山，那一望無際的天空，像被血染了般變成紫褐色的一抹。黃河裡的水波，揚起浪花拂摸著天上的雲彩，變成了一個五彩繽紛的世界。

忽然，「轟」地一聲巨響，山口被炸開了一道斜坡，解放軍從這缺口向山頭沖去，一面紅旗插在了山頭上，被風吹動著嘩啦啦地響。馬哈力和敢死隊員們一看，四面的解放軍都沖了上來，於是他們都斜靠在土梁上，緊閉著雙目等待解放軍給他們一個最後的歸宿。

然而，解放軍並沒有殺他們，而是把他們集中到一個大院子裡，一個當官的給他們講了話，問他們願意留下當解放軍還是願意回家，馬哈力就說他要回家找他的冬梅過日子。解放軍就發給了他十塊白元，他就沿著來路往回走。

馬哈力走在路上，路上有很多敗兵，他們有的趕著老鄉的牛羊，有的牽著老鄉的駱駝和馬，有的把老鄉的豬趕上往回走。馬哈力邁開腳步往回趕，他心裡只裝著冬梅，這是他的希望，他的寄託，令他鼓起勇氣生活的牡丹花。

趕回前川村是一個星光燦爛的晚上，馬哈力到了自家門上敲門無人言傳，四處靜悄悄的，他想，冬梅到哪去了呢？於是，他就從牆上跳進了院子，進到房裡漆黑一片，他就點亮燈上了炕。突然，裝面的板櫃一聲響，裡面鑽出了一個人。

他驚得立了起來，說：「誰？」

「阿哥。」這是冬梅的聲音。

他把冬梅從板櫃裡一下抱了出來。

他說：「這是為什麼？」

冬梅說：「你走後馬步芳隊伍隔三間五到村裡抓兵，撒拉的尕娃幹順捋完了。我晚夕裡不敢到炕上睡覺，不是藏在板櫃裡，就是躲在草房裡，你剛才敲門我以為抓兵的又來了。」

馬哈力說：「就那麼嚴重。」

冬梅說：「幸虧你晚夕裡來了，若是白日裡又讓隊伍抓著去了。你現在就到窖裡去吧，說不定晚上還搜人呢。」

馬哈力就隨著冬梅到窖裡去了。久別勝於新婚，馬哈力一進窖就把冬梅抱在了懷裡。「我的心肝花兒賽麗麥——」馬哈力把臉緊緊地貼在冬梅的臉上，一個鯉魚打挺兩人在窖中的乾草上就龍騰虎躍撲騰了起來。

冬梅嬌滴滴地說：「阿哥悠著些，饃饃不吃碗裡在。」

馬哈力不說話，只是狠著勁把冬梅擁在懷裡，那身上的缸子和水壺還沒解下，叮叮噹當地響，奏出了一曲激昂澎湃的生命之歌：

出了（個）大門（者呀）往樹上看（呀啊就），
喜鵲兒盤窩（者）哩（呀），

我把我的大眼睛（哈）想著，
我把我的憨（呀啊）敦敦（哈）想著。
進去（個）大門（者呀）往炕上看（呀阿就），
白牡丹睡著（者）哩（呀），
我把我的大眼睛（哈）想著，
我把我的憨（呀啊）敦敦（哈）想著。

這晚，兩個相愛的人兒一直摟得緊緊的，直到太陽射進窖裡，冬梅才出來做了香甜可口的面片子，兩人你一勺，我一口地吃了個飽肚子。馬哈力再沒吃過這麼香的飯了，肚子吃飽，鍋裡的飯沒有了，他還想吃，可是，冬梅給他說，煙洞裡長時間的冒煙，會被抓兵的注意的，你就再吃些饃饃吧。

馬哈力拍了拍肚皮說：「那我就不吃了。」

冬梅說：「我知道你是饞著呢，過了這段日子我讓你吃個夠。」

馬哈力到前川村後，三天一緊，兩天一松，經常有隊伍到各家搜查。老子把兒子放著跑了，來了士兵一麻繩把五六十歲的老漢捆上了讓頂兵員。丈人把女婿娃藏在家裡，搜出來兩個人捆在一起被牽上往兵營里拉。幸運的是半個多月來，馬哈力藏在窖裡一直相安無事。

那是一個深不可測的夜晚，黑暗像展開雙翼的一隻大鳥，掩蓋了整個天宇，前川村的夜靜悄悄的，無聲無息聽不到一點聲音。突然，馬哈力聽到院子裡「唰唰」的腳步聲向堂屋走來，馬哈力不待向冬梅說一聲，縱身翻到了房屋的大樑上。

這時，就聽見屋門「啪」的一聲被人踹開，幾個士兵提著槍沖進了屋裡。

冬梅被這突如其來的聲音驚得愣在了炕上，心「咚咚」地跳個不停。

一個黑胖子士兵走了過來說道：「把馬哈力交著出來。」

冬梅慢慢冷靜了，說道：「馬哈力不是被你們抓走了嗎？」

黑胖子說：「有人看見他回來了。」

冬梅說：「你憑空不要胡說，我還沒向你們要人哩，你反倒給我要開人了。」

一個小個子走過來用手扳住冬梅的下巴往上一托說：「這麼漂亮的尕媳婦，心疼著，快說實話，我們不讓你皮肉受苦。」

黑胖子臉上露出一絲淫蕩的笑，說道：「不讓皮肉受苦，讓皮肉受活是成哩吧。」說著把手伸進冬梅的懷裡。

冬梅一抬手扇在黑胖子的臉上。

黑胖子並沒有惱，而是用一雙手緊緊捏著冬梅高高聳起的兩個大奶子。

說時遲，那時快，馬哈力從梁上跳了下來，揮手一拳把黑胖子打得向後仰去。黑胖子剛要撿槍，馬哈力一腳踢在了他的下巴上。

馬哈力拉上冬梅就往門外跑，小個子大喝一聲：「不要動！」把槍頂在了馬哈力的頭上。

馬哈力就站了下來。

幾個士兵過來把馬哈力用繩子捆了。黑胖子過來在馬哈力的脖子上拴了個繩扣就往外拉。

冬梅過來抱住黑胖子的腿說道：「不要抓他，不要抓他。」

悽愴的哭聲劃開了靜靜的夜空，天上閃出了一顆光燦燦的亮明星，亮明星閃著白光，惹得四鄰八舍的狗紛紛叫了起來。

二十三

鳳凰山在八月進入雨季。天空灰暗、渾濁，流雲像野馬般四處奔跑。日頭彷彿特別偷閒，不時地扯過來一片片雲紗霧幔長久地掩遮著，將斑斑暖意灑在雲層之上，讓沉霧和水汽染濕整個山巒。風，沒有那麼輕爽了，一進入鳳凰山就被浸泡得濕漉漉的，鑽到哪兒都帶著一股山野的清馨。

在這雨季中，一場可怕的瘟疫開始蔓延，這是被山外來的女人帶來的麻風病。麻風病像霧瘴漫過鬱鬱蔥蔥的森林，像雨席捲無遮無掩的山梁，山莊的人們在這病魔的肆虐中開始畏懼了。

春香的阿姐春芩的變化，使人們真正感到了這種病魔是人們難以抵禦的。春芩先是臉上生出了紅疙瘩，接著紅潤潤的臉開始變粗變黑，頭髮開始脫落，漸漸地神情麻木，手也蜷在了一起，一個如花似玉般的女子不上三個月就成了個醜八怪。

開始時人們還不太在意，欒二派人請川裡的王半仙到山上來治。王半仙給春芩開了藥方，讓到山下抓藥。沒想到春芩的病沒治好，莊裡接二連三又是幾個男男女女得了這種怪病，而且這病發展很快，一傳十，十傳百，從山裡傳到山外，鳳凰山人個個如臨大敵，落入極度的恐慌之中。

春芩的死讓人們陷入到萬分的悲痛之中。春芩平時溫柔可愛，銀鈴般的笑聲四處蕩漾，且她很會疼惜男人，山莊的人們是很喜歡她的。當春芩在痛苦的掙扎中死去後，山莊人都流下了眼淚。

欒二派人給做了大紅的棺材，氣氣派派，吹吹打打，將春苓埋在了山莊人的墳地裡。

可怕的瘟疫還在向山外傳播，山上山下的人們都在院裡點燃了柏枝香草，並用大鍋煮沸香醋進行驅邪，可是，山莊裡照樣死人，而且，一個比一個死得悲慘，這些病人臨死時張牙舞爪痛苦萬分的情景令人們個個心驚膽戰。

欒二的心情一天比一天沉重，他的精神已到了崩潰的邊緣，他多麼希望此時有個人能為他分憂解難。他又想起了秋菊。自從秋菊走後，他是鐵了心要與陝福鬥到底了，他通過蘭州城裡的程來喜與共產黨聯繫，他想打出紅軍的旗幟來與馬步芳做血的戰鬥。可是，天有不可測風雲，麻風病魔卻開始襲擊鳳凰山莊，他不能眼看著莊人就這樣被病魔折磨得死去活來。

他把王半仙請了來。王半仙從早到晚東家進西家出，到各家各戶給病人治病。他熬了一大鍋草藥分發給莊裡的每個人喝，剛開始人們信心十足緊密配合，可過了一個多月，病人的病情不但沒有減輕，人們的表情卻更加麻木。那些病入膏肓的人們三三兩兩拖著疲憊的身體來找欒二。他們手裡提著刀，痛苦地說道：「大掌櫃的，求求你了，給我一刀來個痛快的吧。」

他望著他們哭了。多麼好的兄弟姐妹們，為了山莊的興旺，同生死，共患難，沒有被馬步芳的隊伍打垮，今日裡卻要死到這可怕的麻風病手裡了。他沒有接刀，他用憂鬱的聲音唱起了花兒：

四川出下的尕川馬，
好走手，
回來了吊杆上吊下；

為你的身子寧挨剮，
白刀子進，
紅刀子出來是不怕。

那些人們看到這個情景，又默默地走了回去。他們從一片混沌的黑暗中看見了一柱七色眩目的光波。

如同過去了一個遙遠的年代，秋菊的音容笑貌時時在欒二眼前晃動。他隱隱記得秋菊有一次揮動著那把窄刀鋼斧朝崖邊那棵老青桐根部猛然一擊，老青桐發出一聲淒慘的哢嚓而倒下了。就在這剎那間他看見在老青桐樹冠的一條昂然彈起的驚蛇如一根赭棕色的粗藤直奔他的雙眼。

他被蛇纏住了。

他早已忘卻了，或者根本不注意秋菊最後揮動鋼斧時那輪秋日在天幕的何方。然而，秋菊砍死蛇時，驚恐、沉著、奮不顧身的神情卻深深刻在了他的心裡。

劉龍去找夏芹是程福祥的傻兒子程少白髮了羊羔瘋，突然去世的那個早上。

那天灰白色的霧氣遮住了天空。這時的程少白和程家大院的人們還在夢中，劉龍騎著一匹黑白分明的斑皮馬上路了，他的一條獨腿套在蹬中，另一條空空的褲腿在風中打著秋千飄搖著。太陽漸漸出來了，霧開始悄然退去，劉龍望著路邊綠油油的玉米田地，他感到下身一陣難挨的憋脹，在馬上掏出家什往下一尿，那馬也條件反射嘩啦啦尿開了，劉龍望著兩泡尿匯在了一起泛出白沫，他忍不住就笑了起來。

自從他被陝福關押後，他的大隊長沒有了，槍枝彈藥沒有了，剩下的白元也被陝福勒索了去。他今天真可以說是一貧如洗，兩袖清風，活得反倒自在逍遙了，於是他一邊走一邊唱了起來：

住著個破房房呀，鴿子麼雀兒多呀啊，
尕娃們來掏蛋呀，把我的房踏爛呀啊，
世上的麼窮人多，誰就像我難過。
穿著個破皮襖呀，蝨子麼蟣子多呀啊，
懷裡揣乾糧呀，半個哈虱吃了呀啊，
世上的麼窮人多，誰就像我難過。
戴著個破草帽呀，黃風刮跑了呀啊，
三天沒尋到呀，麻雀兒盤掉窩呀啊，
世上的麼窮人多，誰就像我難過。
養著個一對牛呀，長著個盤盤角呀啊，
駕上了犁地走呀，把我的鏵打掉呀啊，
世上的麼窮人多，誰就像我難過。

不知不覺到了鳳麟堂，劉龍一進去就見夏芹在櫃檯上坐著，臉上描了眉擦了粉，二指間夾著一根煙輕輕地吐著。那一個個弄虛作假的小煙圈緩緩上升，在房間頂棚化成了一層淡淡的煙雲。

這時，夏芹也見了劉龍，說道：「劉少爺今天還有這麼大的興頭。」

劉龍聽見這話就嘿嘿地笑，他說：「今天沒事到這裡轉轉。」

他說這話時往夏芹臉上瞅了瞅。

夏芹又吐了一個煙圈，沒正眼看他。

劉龍說：「當上掌班的不認人了。」

夏芹說：「別人能不認。我的劉少爺怎麼能不認呢。」

劉龍就把臉湊了上去說道：「我向你要個花骨朵，成啦？」

夏芹說：「只要你付錢，到這裡來的人沒有不成的。」這話說得不硬不軟，不冷不熱，反倒使劉龍沒話說了。

劉龍說：「只認錢不認人？」

夏芹說：「不認錢我風麟堂的人吃啥？」

劉龍說：「今天我沒帶錢。」

夏芹說：「沒錢就別進這個門。」

劉龍說：「好，我就要個花骨朵，還讓你在我跟前倒茶，付多少錢？」

夏芹看了一眼劉龍說道：「一千個白元。」

劉龍說：「一言為定。」

夏芹說：「先把錢交上來。」

劉龍就嘻皮笑臉地說道：「好我的姑奶奶，你真不認人了。」

夏芹說：「看在我倆還有過一段緣份，這裡正好有一個花骨朵就賞給你吧，別忘了這是我請客。」

說著夏芹把一個十三四歲的小姑娘叫到身邊說道：「菊花，今天是你的日子。」

「什麼日子？」

「喜日子。」

「喜日子？」

「別裝傻，收拾收拾招呼這位劉少爺。」

菊花說：「阿媽，我還小呢。」

「小？金鋼鑽小，可能攬瓷器……。」

「我，我害怕！」

「怕啥？一回生，二回熟，三回不叫也會做。」

菊花臉一紅低下了頭。

劉龍幹這行熟門熟路，過來抓住菊花的手說道：「有啥怕的，我又不吃人。」說著把一塊冰糖塞進菊花嘴裡。

菊花從六歲就被賣進鳳麟堂，一直學著侍候掌班的，在這裡看眼色扯皮條打情罵俏，夏芹的相好的來了都是菊花出出進進端茶點煙的。

菊花被劉龍擁進房，劉龍急不可耐就將一隻手伸進了菊花的懷裡。

菊花雖沒開過苞，可對這裡的一切耳聞目染卻早已爛熟於心了。菊花說：「心別急呀，心急吃不上熱豆腐。」說著手拿琵琶就唱了起來：

饞嘴的阿哥你聽仔細，
好一朵荷花漂水裡，
岸上結了一穗苞米，
哥吃花芯妹啃苞米。

劉龍說：「好，那你就先給我啃個苞米，我再吃你的花芯。」說著倒在床上，開始吸大煙泡子。
菊花接著又唱：

阿哥你攆我進了糜谷地，
尕妹我回身脫了衣，
又白又胖，
又胖又白，
就等你前來把我抱到熱懷裡。

菊花唱到這裡，劉龍的火一下被點了起來，把菊花放在炕上，就急惶惶壓了上去。

菊花在一陣鑽心的疼痛之後，人一下子就整個兒地軟了。菊花的眼睛開始發藍，手扳著劉龍的肩膀，人整個兒悠了起來。

劉龍不虧是情場的老手，紅紅的鮮血滲透白手帕之後，菊花就和劉龍緊緊地摟在了一起。

這時，夏芹就進來了。夏芹「啪」地在劉龍屁股上一巴掌，劉龍一愣，兩個合在一塊的人兒就分成了兩半。

夏芹說：「我早聽說你現在日子不好過，老婆也死了，想去看你一下，這裡又離不開。我知道你現在日子寂寞，若不嫌棄的話，你就把菊花帶去，這姑娘機靈著呢，她會很好地侍候你的。」

劉龍愣了一下，就單腿跪在炕上放聲大哭了，他說：「夏芹，我對不住你。」

夏芹說：「不說這話了，一個大男人家哭不怕人笑話，兩人快把衣裳穿上，這是我給菊花陪的嫁妝。」

說著打開一個包袱，裡面是絲綢的衣衫和兩疙瘩金銀，那一黃一白的盤纏耀人的眼。

菊花望著夏芹說：「阿媽，你不要我了。」

夏芹說：「這裡不是久留之地，你早早地跟上劉少爺出去過個安穩日子，也算我對你侍候了一場的回報。」

菊花就給夏芹跪了下去。

夏芹說：「劉少爺把菊花領上快走，菊花在你的手裡若有個三長兩短，我夏芹可不是原先的夏芹了。」說著扭身走了出去。

劉龍在夏芹的眼裡看見了兩滴晶瑩的淚水，他的心裡猛然滑過了一陣不安，他想這女人的心裡還是很苦的。

天完全黑了，黑洞洞的夜不時有貓頭鷹的啼叫，劉龍的斑皮馬卻走得很歡快，引得劉龍在寂靜的夜裡又放了一嗓子：

今生裡無緣者別怪個天，
命裡頭定（哈）的可憐；
黃泉的路上我許（哈）個願，
來世裡尋你者再團圓。

菊花在劉龍的懷裡說：「你個花花腸子，吃的碗裡的，想的鍋裡的。夏芹姐是個好人，是我的話，早把你恨到心肺裡了。」

劉龍笑了笑說道：「你也唱個花兒吧。」菊花就唱了，那嗓子亮，聲音甜，在黃河和山嶺上悠悠地飄蕩：

兩朵牡丹一條根，
綠葉子襯，
紅花紅給者破哩；
兩個身子一條心，

分不開，

分開是阿麼者活哩。

唱完花兒，她說道：「阿哥，我身子靠了你了，我們兩個好好地過，窮是窮，只要你以後待我好，怎麼的日子都能過呢。」

劉龍把菊花摟得緊緊的，那馬兒在黃河沿上撒開了趟子，風兒不刮了，樹葉不響了，嘩嘩的水聲伴著嗒嗒的馬蹄聲，驚動了泛著白光的月亮。

二十四

西去的太陽在痛苦地下沉，它已被鉛黛色的鳳凰山咬住。它在掙扎，在作最後的跳躍，如同日出一般想從灰暗的陰坡後重新躍出。可是，這一切又是無奈的，它依舊被沉重的山嶺吸噬下去。落日慢慢地向山野訣別。這訣別悲壯無言，它似乎在鼓足生命最後的力量極度痛苦地吻別著鳳凰山上層層白樺林。粉色的白樺林被染上一層桔紅。一群山鳥拍動著匆匆歸巢的羽翼溶進了那層桔紅。

山鳥開始哭泣。暮靄如濃霧滾壓過來，還有高空的暮雲，它們在落日的周圍凱覦著，圍攏著，吞食著。它們在加重著黑色。天邊最後的一點桔紅被淹沒了，鳳凰山如沉睡了般發出低低的鼾聲。鳳凰山莊的上空留下了幾十道巨大的光束，光束裡還閃著桔紅。

山野在變暗，帶著寒氣的風已開始從叢蓬岩縫林莽深處聚起又發出嘯聲。光束的顏色也在變暗。白樺林的枝椏開始慢慢模糊了，依稀中仍可辨別出它們不在晃動在搖曳。

一股鑽心的痛楚從欒二麻木的肉體中湧出，他全身立時滾過一陣冰涼。就在這剎那間，一種感覺從極遠處襲來。這些日子來，陝福頻頻派人勸麻風病人到山下一個臨時醫院進行治療，他對此深感不安，他對那些病人說，那個人面獸心的塌鼻子會有這種菩薩心腸？

程福祥在這件事上顯出了特別的熱情和才幹，通過他在人們心目中的威信和他的誠懇，真病的，假病的，就是臉上出了幾個紅疙瘩的人，全部動員到了臨時醫院。

臨時醫院裡的土醫生們每天從早忙到晚，病人們則一日三餐在這裡靜心地進行治療。

鳳凰山莊很僻靜，也很幽深，平日這裡的人們除了販賣鴉片之外，就到山外偷，到山外搶，從來不與川裡人來往，川裡人也以戒備的心理不與山莊人接觸，可是，可怕的瘟疫卻把山川人推到了一起。

欒二站在神仙洞的洞口，靜靜地觀望著雨霧迷蒙的山嶺。他心事重重看不清濃一陣淡一陣的雲霧，覷不透那明一時暗一時的樹影。他只想著那些病人，想著被瘟疫摧殘的鳳凰山莊。他沒有阻止住人們到陝福設的臨時醫院去求治疾病。他曾為幫不了那些痛苦的人們而深感內疚，可他卻感到了一種莫名其妙的煩躁。

山莊人紛紛住進臨時醫院，臨時醫院裡重病人躺在鋪滿厚草的地上，輕病人則橫七豎八把皮襖半鋪半蓋在地上臥著。他們每日早晚喝一種湯藥，一種用中草藥熬煎出來的湯藥。

湯藥喝了兩個月，臨時醫院裡人已擠得滿滿的，屋內屋外躺滿了男男女女老老少少。

這天晚上，夜顯得格外的安詳清爽。

遠山、近村、叢林、黃河，全都包在朦朦朧朧的夜色之中。

人還在不斷地死去，可住到臨時醫院的人們心裡已經點燃了希望的火光。他們在這裡吃，這裡住，有了信心，心情自然比往日要好多了。也有一些絕望的病人，他們坐在一起漫開了花兒：

孽障人得的是鬼頭病，

死給者荒灘裡了；
吃不下五穀者扶牆根，
臉像個榆皮子樹了。

一人唱，眾人和，心裡的酸楚隨著花兒流淌出來，人們心裡也就舒緩了許多。

可是就在這個沉寂的夜晚，忽然，臨時醫院周圍站滿了手握槍枝的士兵。士兵們分成兩排，把一桶桶煤油潑灑在房屋的四面，澆灌在房頂牆壁，滲漏到院中的草堆裡。

風在呼呼地吹著，人們還在做著各式各樣的夢。歲月悠悠，月色妖嬈，儘管有些人那輝煌了一瞬的夢境的確很美，但卻美得令人心悸。

風越來越大，一陣陣刀一般地劈面削來。這時候就有一隻狗跑過來了，它沖著這些士兵聲嘶力竭地吼了起來，這一吼四處的狗都「汪汪汪」地叫了。

突然，一支帶著長長尾巴的火箭飛向天空，直沖臨時醫院飛去，那只吠叫的狗就追著火箭跑得很遠。

「轟」地一聲，整個臨時醫院起火了，火光中有孩子的哭，女人的叫，到處是紅的，黃的，黑的，發光的人影，一個個火人揮舞著雙手向院外撲去。

「噠，噠噠」的槍聲響了，子彈把那些火人全部阻止在了熊熊的火光之中。

一個女人赤裸著身體從地上爬起，顫動著乳房在火光中喊叫著，跳躍著，最後撲向那熱浪翻滾的火堆中不動了。

洶湧的火焰被風一會卷向東，一會推向西，屋頂上烈焰蒸騰。一個個窗洞裡吐著可怕的火舌，舔吐著周圍的柴草和樹木。忽然，房屋和牆倒塌了，一股鮮嫩的肉香彌漫到四面八方。

大火整整燒了一個晚上，第二天當人們聽到這個驚人的消息之後，紛紛跑了過來，可是一切都沒有了，地上只有成堆的黑灰和東倒西歪的牆壁。

程福祥被人們揪著頭髮連推帶搡壓著跪在廢墟旁邊，幾個女人捶胸頓足脫下鞋扇著那張黃黃的臉。

程福祥喊道：「天啊！我怎麼知道這是個陷阱。狗日的陝福壞良心要遭五雷劈頂呢。」

女人們都放聲大哭了，男人們則唱起了一首憂傷的歌謠：

孽障啊！我的親人，
你的靈魂別往遠裡去，
蜜蜂採花般的，
常來到我的身邊。

孽障啊！我的親人，
在那高高的山頂，
有一塊吉祥的地方，
那裡我們將給你送去銀錢和衣裳。

風把灰燼揚到天空，大地和藍天都沉入到一片灰濛濛的雲海之中。

人們抬起了頭，看著天上那血色的太陽。太陽時隱時現，人們時哭時唱，到處是淒涼的景色。鼓聲響了，「咚，咚咚」山搖地動，這是為亡人開路的號子。鼓點越來越沉重，天地越來越灰暗，隆隆的鼓聲震撼著人們的心靈，撫慰著人們的悲哀，人們都趴在地上，用頭拱著黑油油的土地，天空中的黑雲在鼓聲的呼喚下整個兒壓了下來。

翟信有個習慣，不論天陰下雨或是出門在外，每晚都要到馬棚裡親自給馬拌麩料添夜草。到了馬棚裡，那些馬就成了他的尕娃，他把馬頭摟在懷裡，拍一拍，說一聲，「我的心肝花命蛋蛋。」馬慢慢地吃著夜草，細細地咀嚼著，他的心裡就會有一種說不出的寬慰。多少年過去了，這些馬陪伴他風裡來雨裡去，使他熬過了無數個不眠的夜晚，讓他得到過無比的歡欣。這些馬里有高大的伊犁馬，有能走善跑的蒙古馬，最使馬幫們喜歡的是鳳凰山的栒罕馬。這種本地馬，身材雖然短小，可它有極強的耐力，且走得快，吃得少，深受本地人的喜愛。

那天雞叫後，翟信又到馬棚裡去了，一出院子只見巷道裡房檐下橫七豎八躺著一個個的人。翟信就被驚得「啊呀」叫了一聲，往後一退恰好倒在了一個人身上。

這時，就聽見巷道邊上有人站了起來，嘴裡說著下邊人的話，「老鄉，不要害怕，我們是中國人民解放軍。」

「解放軍？」他更害怕了。就是那些共產共妻吃人肉喝人血的解放軍？

那人走到翟信跟前說道：「你就是翟幫主吧，程連長說過你。」

「哪個程連長？」翟信問道。

那人說：「我們連長叫程來喜。」

「來喜？他怎麼在這裡。」翟信自言自語地說道。

「這次大部隊是程連長領到這裡的。」那人繼續說道。

翟信說：「到家裡坐，冷月寒天的睡在這裡怎麼受得住呢。」

那人笑了笑說道：「老鄉，不行的。我們解放軍的紀律不允許到老百姓的家裡去。」

翟信說：「來喜在哪裡？」

那人說：「他在黃河邊上的師部，天亮後會到這裡來的。」

翟信趕快進到院裡，把家裡人都叫了起來，馬幫們都出來給解放軍送水送衣，捧出了香酥酥的油乾糧。

天亮後，程來喜來到了崖頭坪。

翟信一看來喜濃濃的眉毛，魁梧的身材，心裡一下子熱烘烘的，心想，地方上出人才呢，這尕娃真的有出息了。

這時，只見東面大路上幾匹馬往這裡奔來，從一匹白馬上跳下一位當官的解放軍朝翟信敬了個禮。

翟信一看這不是尕進財嗎？

李志新握住翟信的手說道：「阿爸，你老漢家好嗎？」

程來喜過來給李志新敬了禮，然後對翟信說道：「這是我們的李師長。」然後介紹跟前一位解放軍：「這是我們的參謀長。」

翟信趕快把客人們讓進家裡，端上來一盤子油香，一盤子饊子，泡上三炮臺的碗子茶，幾個人山南海北地就說了起來。不一會兒，羊肉手抓煮熟後端了上來。

翟信突然問道：「春桂怎麼沒有來？」

李志新聽到這話頭低了下去。

人們坐在炕上都神情木然。李志新鼻子一酸，眼淚一串串地流了下來。那年，他和春桂千里迢迢到了延安，到了延安後他倆就被關起來進行審查。女幹部反復做工作，編出很多故事讓她證明說李志新是叛徒、是特務，是帶著反革命的任務到延安來的，並且將李志新與春桂一起提審硬要將反革命特務的帽子扣到他的頭上。春桂此時沒有被這個女幹部的淫威嚇到，她不許女幹部對她的尕進財說三道四。她和女幹部在窯洞裡大吵了起來。那天，她看到幾個人拉著李志新進行打罵的時候，她像一隻母虎一樣撲向了女幹部。沒想到一個人從後面舉起木棒重重地擊在了她的後腦勺，她一下栽倒在了他的腳下，血從她的頭上流了下來。昏迷了的春桂整整躺了三天才醒了過來，蘇醒了的她已經記不起了過去的一切，沒有笑，也沒有哭，整日裡只是呆呆地坐著。

他知道他之所以能夠活下來，全是鄭寶和與西路軍弟兄們營救的結果，不然他也會和那麼多西路紅軍一樣被當作反革命槍斃的。

李志新抬頭往房梁上看了一眼，他的心裡如刀絞般的難受，他對著翟信叫了一聲「阿爸——」，再哽咽著什麼也說不出來了。翟信已猜出春桂肯定出事了，他眼睛發紅，當他看到隨後讓兩個軍人陪著進來沒有一點表情的春桂時，他真不敢相信這就是他那整日裡嘻嘻哈哈、無憂無慮的尕姑娘了。周圍的馬幫們看見春桂沒有一絲光亮的眼睛和呆若木雞的神情，不相信這個事實，那麼歡快美麗的一個姑娘怎麼會這樣，他們好像又聽到了她唱得那首花兒：

雨點兒落在石頭上，
雪花兒飄在水上；
相思病得在心肺上，
血痂兒結在了嘴上。

翟信眼睛裡閃著淚花花，強打起精神說道：「各位長官嘗一嘗我們地方上的羊肉手抓。」

李志新將春桂抱到自己的身邊，將一塊肉揀到她的嘴裡，然後對翟信說道：「阿爸你就別客氣，都是自己人。」說著，他把翟信遞過來的羊肉給了身邊的參謀長，說道：「參謀長，幫主的手抓羊肉我吃了三年，你還是頭一遭，快吃。」

人們吃得很沉悶。李志新看著春桂吃了一塊肉，他又將碗裡的湯給她一勺一勺喂進嘴裡。多少個日子裡，不論戰爭多麼殘酷，工作多麼繁忙，他始終將春桂留在自己的身邊。李志新一邊吃一邊說著話，很快把話頭引到了正事上。

李志新說：「阿爸，能不能給我們搞些筏子，幫助大部隊過黃河。」

翟信知道前幾天一個下午陝福把各家各戶的筏子搜了去，一把火燒了個盡光，再到哪裡去找呢？這麼想著，就聽有人喊：「有錢漢們慰問解放軍來了。」

翟信、李志新他們走出院外，只見程福祥領著各莊各戶的大戶有錢漢們走了進來。程福祥從一匹黃驃馬上跳了下來，兩個人抬著一個大匾，後面的有錢漢們吆著十頭披紅戴花的大犏牛往場上走來。

程福祥說道：「我代表鳳凰山八個村落的百姓，歡迎解放軍到我們這裡來。」

李志新過來和程福祥握了手，接過大匾交給身邊的傳令兵。這時，披紅戴花的犏牛後面秧歌鑼鼓就開始了。

「咣，咣，咚咚咚；咣，咣，咚咚咚。」十面鑼鼓，由二十一人上場，十人敲鑼，十人打鼓，中間一個人龍騰虎躍用馬鑼指揮。鑼鼓之後是竹馬，馬童飛奔，戰馬嘶鳴。四個英武瀟灑的馬童一個跟鬥飛身上陣，四十匹竹馬分四路縱隊奔騰而上，三十人組成的鑼鼓隊擂鼓助威，好不威武，好不精彩。在激越高亢的鑼鼓聲中，馬隊忽左忽右，忽前忽後，飛奔廝殺，摸爬滾打，或疾馳，或跳躍，或嘶鳴，或緩行，動作輕鬆愉快，情緒熱烈奔放，萬馬奔騰，英姿颯爽，如同古代激烈的戰場一般。

竹馬之後是秧歌隊，那些男男女女一邊跳一邊唱：

佛爺好者誰見來，
給米來嘛給面來，
解放軍雪裡送炭來，
把狗日的抓兵的打散來，

好日子快到家裡來。

秧歌隊在場上和解放軍們一起又唱又跳地鬧著，翟信和程福祥把有錢漢們拉到家裡和李志新又談起了筏子的事情。

程福祥說：「各位鄉老們，這是個大事情。回家去都準備一下，明天早飯時節把筏子、皮胎準備上了來。」

那些有錢漢們點著頭說道：「我們回去好好打湊一下，或多或少都能找些來。」

翟信說：「為了解放軍的事，不管怎麼都要辦著來，一個莊子最少十個筏子，我們下去都打湊一下。」

李志新和參謀長說：「幫主說得不錯，就應該下硬任務。」

程福祥說：「就這麼辦，大家回去抓緊辦著來。」

這時，劉龍拄著一根棍湊了上來說道：「各莊裡聯繫的事情我給跑。」

李志新對劉龍的殷情很冷淡，他瞭解這個人，他知道這人不怎麼地道。而那位參謀長看了看劉龍的腿，看著他拄著拐子踮著腳，很是感動，說道：「我看這位鄉親的精神可嘉，就是腿子不太靈便，我看讓他在我們這里拉上馬和通訊員一塊到各莊裡催辦。」

李志新聽了參謀長的話也不好說什麼，點了點頭。

劉龍一聽心裡真是高興，看來要時來運轉了。他騎上解放軍的一頭大洋馬，和通訊員一起跟著幾個有錢漢就匆匆往回趕。幾個有錢漢避開通訊員悄悄對劉龍說：「你活得不耐煩了，還要拉個墊背的。陜福打著回來殺你的頭呢。」

劉龍知道陜福進了鳳凰山，他說：「我不怕他塌鼻子，他把我害得只差精屁眼跑了，連巴掌大的一塊地都沒有了，我害怕什麼。」

有錢漢們雖然擔心陜福打著來，但是，他們更害怕的是共產黨解放軍，他們早就聽說共產黨誰富就殺誰。

第二天一早，天剛麻麻亮，劉龍就催著那些有錢漢們把筏子和牛羊皮胎送到了崖頭坪。可是，送來的筏子大多是破舊不堪的，牛羊皮胎也沒有多少。沒有筏子解放軍怎麼過河呢？翟信就把自己的想法告訴了李志新，「用木頭紮排子。」馬幫們就和解放軍一起到木場裡把木頭釘了起來，紮成了二十個大木排，每個木排上配兩個羊皮胎做救生之用。

李志新看了這些木排就笑了，他說：「能不能找些劃筏子的人。」翟信說：「我早上和程保長商量過了，水手主要用我們崖頭坪的人，另外，程保長再到各莊裡找一些好水手，保證把你們解放軍送到黃河北面去。」

馬幫們早早地歇息了，準備協助解放軍搶渡黃河。三天來一直無聲無息，那日清晨當太陽撕開夜幕，人們到河邊一看，全都傻了眼，木排全都沒有了。被陜福的兵丁晚上放進黃河讓水沖走了。

李志新看到這個情景又急又氣。過不了河，怎麼去追擊敵人呢？

重新紮筏子需要木頭，翟信讓人們在崖頭坪伐樹林，拆房子，讓鐵匠打巴釘，用巴釘把木頭連在一起。李志新拉住翟信的手說道：「阿爸太感謝你了。那些年，你豁上命救了我，今日裡又這樣幫助我們，我報不完你的恩情，共產黨忘不了你。」

翟信的眼裡也滾出了淚水，說道：「你我都是一家人，不要這麼客氣。」

正在這時，就見一些人趕著牲口往這面走，馱子上面是牛皮胎。李志新和翟信一問，原來是欒二派水手來給解放軍送牛皮胎來了。

木排重新紮成後，綁上欒二送來的牛皮胎，解放軍偷渡黃河的先頭團和欒二派來的水手，以及崖頭坪的馬幫們在夜幕籠罩下悄悄來到了灘頭陣地，突然，黃河對面的陣地上飛起了幾顆照明彈，把河水照得通明。緊接者，馬步芳隊伍的火炮猛烈地向河南射來，炮彈在河水中炸開，濺起一股股水柱。

霎時，解放軍炮兵開火了，一排排炮彈騰空而起，飛向對岸，隆隆的炮聲在河北陣地上發出天崩地裂的響聲，河邊的房屋冒起了滾滾的濃煙。

馬步芳隊伍的炮火也響了，炮彈落在水裡，炸在灘頭上，翟信揮著膀子喊到：「兒子娃們快上！」馬幫們聽到翟信的聲音把排子往河心推去。

此時，正是洪水季節，河水暴漲，浪濤洶湧，水手和馬幫們在翟信的指揮下載著解放軍的先頭團不一會兒就到了黃河北岸。

「繳槍不殺！」解放軍迎著密集的子彈，端著衝鋒槍沖了過去，「誰不投降就打死誰。」

河北陣地的士兵們根本不把這喊聲當一回事，用更密集的子彈向解放軍刮去。

解放軍的第二批部隊又過了黃河，馬步芳隊伍一邊打，一邊往後撤。

黎明時分，解放軍的先頭部隊全部過了黃河，他們追著馬步芳的隊伍打，到處是死屍，滿地亂扔著棉襖、軍鞋和帽子，一面紅旗插在河北城堡的上面，高高飄揚。

二十五

劉龍怎麼也不會想到，半年前他還收了陝福的錢，找了幾個潑皮無賴領著陝福的士兵把解放軍渡河的木排在晚上拆卸扔到了黃河裡，今日裡不知交了什麼好運，他進了以貧雇農為主要對像的農會，並且發展成了鳳凰山的第一批預備共產黨員。

農曆八月，正是秋雨連綿的時節，鳳凰山經過了火熱的夏天，深秋使那一望無際的林木脫下了碧綠的衣裳，披上了黃黃的舊裝。黯淡的太陽在雨停下的間隙，不時從灰色的迷雲中露出臉來，望一眼皺紋遍野的大地，又把臉悄悄藏入雲中。

鳳凰山轟轟烈烈的土改運動拉開了序幕，在這次運動中，劉龍和農會的一些骨幹顯得非常的積極，農會骨幹大多是他原先保安大隊的成員。這些人一無地二無錢，一貧如洗，往日裡跟著劉龍混飯吃，吃喝嫖賭得了許多好處，今日裡他們又聚到了一起。他們的第一個鬥爭目標就是程福祥，這是鳳凰山地最多，人最富，是他們心裡最嫉最恨的一個人。

鬥爭程福祥是在原先的保公所大院，這是現今農會辦公的地方。

這天來的人很多，是鳳凰山有史以來人最集中的一次大會。劉龍這天坐在前排，他的那條單腿有意識地藏在桌子後面。在一陣口號之後，程福祥戴著一頂高帽子被押上臺來。首先發言的是程福祥過去的一個佃農，現在的農會主席，他一說話台下就靜悄悄的。農會主席扯著嗓子說道：「大家想一想，在萬惡的舊社會，馬步芳隊伍抓兵，程福祥列花名單，有錢漢的尕娃一個也沒抓著去，把我們窮人的尕娃抓完了。有個花兒唱得好，狼下了平川者老狼們領，馬步芳當上了司令；拔起了新兵者開耶隴東，不管你家裡人死淨。你們說一下，程福祥是不是個老狼。再說，我們鳳凰山統共有多少土地，程福祥一個人就占了三百多畝的大水田地，有了錢吃香的，喝辣的，連自己的兒媳婦都不放過，你們說這個人壞不壞。」

「壞！」

「該殺不該殺。」

「該殺！」

臺上臺下喊口號的主要是劉龍等農會骨幹。這時，劉龍和另外一個農會骨幹拿上來一張幹驢皮，給程福祥披到了身上。

人們喊道：

打倒大地主程福祥！

血債要用血來還！

劉龍說：「給這個畜牲把麩子拌上。」

話音剛落，一個農會會員端著一碗麩料走了上來。

劉龍說：「你自己吃，還是我們給你喂。」

程福祥佈滿血痂的嘴巴張了張，沒吭聲。他心裡想，好人沒好報，前些年惜了劉龍這人的孽障，今日裡卻要死到這人的手裡了。如果當初不要讓這人住在這裡；他一個金雞堡的人，能整到我的頭上？

農會主席感到事態發展到這個地步，有些過分了，他想阻止一下。然而，這些農會骨幹的情緒已經控制不住了。

劉龍說：「給他喂。」

幾個農會會員上來，扳開程福祥的嘴把麩料塞了進去，一個會員提著一缸子水就往裡灌。

程福祥的臉被憋得一陣青，一陣紅，一會變得沒了一點血色。

鬥爭會整整開了一天，人們輪番的打輪番的罵，有人還準備了胡麻枝杆草纏到程福祥的頭上倒上清油準備將其點了天燈，可程福祥的頭上不待火點起來，他突然口吐白沫暈了過去。農會主席走了過來，說先把人醒了過來再說。可此時的程福祥已經被折騰得奄奄一息躺在地上起不來了。劉龍和幾個農會的人，把程福祥關在了農會的一間房裡，自己連夜又去了鳳麟堂。

劉龍是為夏芹通風報信的。剛解放，妓院賭場還異常紅火，可劉龍聽上面人說，老解放區把妓院賭場的老鴇子都鎮壓了。

來到了風麟堂，劉龍直接鑽進了夏芹的房裡。夏芹說：「你怎麼來了？」

劉龍說：「我是為你來的，快洗手吧。」

夏芹說：「解放了能怎麼樣，他共產黨不是人，是男人他就要摟女人找樂子玩。這多少年，我這裡來的都是些學生和有頭有臉的共產黨員，他們在這裡接頭開會玩女人，他們是些什麼人我比你清楚，這些人的思想開放得很。」

劉龍說：「我的姑奶奶，啥時候了，我們這裡剛解放，老解放區的妓院老鴇子都讓殺了頭吃了槍子兒。」

夏芹說：「殺了好，我一個孽障人，離開這裡到哪裡去呢。」

劉龍說：「先到我家裡去。」

夏芹說：「我到你家裡算老大還是算老二呢？」她搖了搖頭，臉上閃過一絲淡淡的憂傷。

劉龍的勸阻是無效的。夏芹別看她一天到晚打情罵誚，然而，她的心早已枯竭。自從她和七斤把尕翠蓮毒死後，她的心就沒有舒暢過一天，只有在那瘋狂的欲海中她才能慢慢解脫，體會到一點人生的歡樂，可那急風暴雨過後，她又會陷入深深的痛苦之中。

劉龍趁著天還沒亮一個人趕回了農會。他進了農會大院，大院裡正亂成一鍋粥，那個農會主席跑過來對他說：「程福祥讓山莊人劫走了。」

他知道這是欒二幹的。

「狗日的，解放了還不老實，讓這幫土匪嘗一下共產黨的厲害。」劉龍咬著牙，惡狠狠地說道。

於是，農會趕快向區政府報了案。

鳳凰山新成立的區政府，區長就是程來喜。來喜聽了農會主席的彙報，皺了皺眉頭。心想，劉龍這幫人的話不能全聽，可這一次牽扯到的是自己的阿爸。阿爸雖然不是自己的親老子，可從小把自己拉扯大。他曾為劉龍這些人糟踐阿爸心裡有過說不出的滋味。然而，他卻不好說什麼，現在正是發動群眾搞土改運動的關鍵時刻，不能給貧雇農潑涼水。他聽到阿爸被山莊人劫了去，心裡反倒很高興，老漢家把這風頭避過也好。

程來喜臉上的青痣動了動，望著來人嘴上說道：「反了，這還了得。」他對農會主席說：「你先回去吧，我馬上部署解決這件事情。」

劉龍想，到底不是自己的親老子，我現在就要將你來喜的軍，要用你的手去治程福祥。回到家裡，天已昏黃發暗，劉龍讓菊花給炒了雞蛋。一邊吃著小菜，一邊喝著黃酒，看著菊花那鮮活活的一對大眼睛，心裡就樂了。

菊花正是二八芳齡，氣血旺，心情好，看劉龍面有喜色，心中暗暗地高興，就把頭靠在了劉龍的肩上。

「我一看你的眼神就知道你要幹啥。」菊花望著劉龍的眼睛說道。

「你還成了我肚子裡的蛔蟲了？」

菊花也不說話，把一隻綿綿的小手就伸進了劉龍的襠裡。

「你說，你想得啥？」菊花紅撲撲的臉上閃著一對黑葡萄般的眼睛。

劉龍用指頭輕輕點了一下菊花的頭說道：「我還能想啥呢？想得是你唄。」

菊花嬌滴滴地說：「誰知道你花花腸子裡裝得是誰，你的心還能放到我的身上。」

劉龍說：「解放了，我們窮人翻了身，誰不想過個好日子，我想著怎麼讓你再過得好一些。」

菊花此刻把劉龍就往炕上拉，劉龍順手一扯，一條白生生的身子就纏在了劉龍的身上。兩個人就這樣把酒菜放在桌子上幹，直到貓跳到桌子上把菜打翻兩人才坐了起來。

菊花氣嘟嘟地說：「這貓真該打了。」

說著把鞋提起來扔了過去，只聽「啪」的一聲，這鞋不偏不倚打在了土改分的一個大花瓶上面，那花瓶一歪栽到了地上，可沒碎。

劉龍說：「你看你做得這事，差些乎把先人的東西打碎了。」

花瓶原先是劉家老太爺的遺產，在那艱難的歲月裡，劉龍在程福祥的跟前換來了五升麥子，沒想到時來運轉它又回到了劉龍的手裡。劉龍把花瓶看得很金貴的，它表明劉家又開頭了，又該興旺發達了。他把花瓶擺在堂屋正面的桌子上，讓它閃耀著光輝，使整個堂屋裡有了一種多年來沒有了的生氣。

菊花看劉龍臉色發黑，就哭了。她說：「你把個花瓶看得比我還金貴，你就和你的花瓶過去。」

劉龍說：「你看，你看，又要開尕娃家的脾氣了。」

夜整個兒黑了，窗外風聲過後，細雨就打在了窗戶紙上，四周聽不到別的響聲，只有雨唰唰下落的聲音，又把人們引入夢中。

解放軍來勢迅猛，陝福在萬般無奈之下進入鳳凰山的崇山峻嶺之中。進到這莽莽的大山裡，他真正感到了形勢的嚴峻與可怕。

最可怕的是這上千號人馬到這裡吃什麼？他曾想到過拉上部隊投降，可那是一條絕路，自己殺過那麼多紅軍，共產黨能饒了他嗎？

思來想去，他認為只有堅持與共產黨長期幹下去，也許還有柳暗花明又一村的轉機。

於是，他將隊伍分成十個遊擊大隊，分散撒到青海、甘肅綿延一百多公里的大山之中。這些隊伍全部換成了便裝，從表面看與老百姓沒有兩樣，可是他們有槍有炮，招之即來，揮之即去，加上這些士兵大多數是土生土長的貧民百姓，地形熟，人緣活。他們經常下了山和這裡的農民們一同趕集，走家串戶去瞭解農會和共產黨的內幕。

那是一個秋冬交接的日子，秋風落葉，滿目蒼涼。陝福的遊擊大隊在蟄伏了近三個月之後，他們準備在晚間襲擊區公所，讓人們心裡清楚，陝福還沒有走，馬步芳還沒有敗，陝福的遊擊大隊就在他們身邊。

區公所在黃河沿上，就在陝福隊伍原來兵營的地方。到了晚上，曠野裡一片寂靜，空蕩蕩的大院裡只有十來個區上的幹部。

那晚，一輪月亮掛在黃河上面，天上地下各有一個月亮，黃河上面波浪翻滾，泛著燦燦的白光。區公所裡人們還都沒睡，來喜拉著二胡，自拉自唱。這是一曲馬五哥與尕豆妹的故事。

你來是嘛我等者哩，
大門哈我毛線啦扣者哩，
大門哈麻杆啦頂者哩。
我的小金蓮，頂者哩。
你來是嘛我候者哩，
我的小金蓮，候者哩。
雙扇的大門單扇開，

身子你一斜了快進來。
我的小金蓮，快進來。

大門開時門響哩，
門窩裡尕袖襯上哩，
我的小金蓮，襯上哩。
進了個頭門沒答個話，
馬五哥的心裡挽疙瘩，
我的小金蓮，挽疙瘩。

進了個二門吃了個嘴，
心裡的疙瘩化成個水。
我的小金蓮，化成水。
……

淒涼的曲兒在茫茫大地上流淌，人們都隨著來喜的二胡輕輕地唱著，他們都陶醉到了這悲涼辛酸的故事之中。

來喜自從在黃河邊上與秋菊對了那次花兒之後，多年來他的心裡時時想著這個人兒。過去的歲月裡，他在蘭州上學，參加革命後，他南征北戰，多少次在打仗的空間裡他就會想起心中的那朵開不敗的牡丹花，這也是他至到如今還單身一人的原因之一。可他到家鄉之後，他聽到秋菊被陝福誘到兵營裡殺害了，他痛苦萬分。多麼善良美麗的一朵花兒呀，她怎麼能死？她怎麼說沒有就沒有了呢？他不相信這會是千真萬確的事實。

來喜這時又沉醉在了美妙的曲調裡，那悠揚的二胡聲音劃破天寂向遙遠的地方傳去。

突然，一聲清脆的槍聲劃破了黑暗的夜空，區幹部們都把槍掏了出來。原來是通訊員李來寶上廁所，正好碰見了翻牆進來的陝福遊擊大隊的人。李來寶甩手一槍，牆頭上的那個人就一頭栽了下去。

來喜聽到槍響，心想不好，把二胡一放，提著槍就從後窗戶跳了出去。他端著衝鋒槍，向黑暗中沖過來的人群一陣猛掃，順著黃河沿向下游方向奔去。後面追來的人，死死追著他，來喜眼看自己要被敵人追上了，突然，路邊的林棵裡射出密集的子彈把敵人趕了回去。

原來是山莊人突然得知陝福這晚要襲擊區公所，欒二聽後大吃一驚。欒二想，共產黨到鳳凰山後為老百姓辦了那麼多好事，給窮人分了地，打跑了抓兵的馬步芳部隊，可不能讓陝福這狗日的再禍害鳳凰山政府。於是，欒二親自出馬，直奔區公所。但是，他們來遲了一步，陝福的遊擊大隊已經把槍打響了。

欒二在黑暗中，看見一幫人緊追著一個人，他透過月光看清了被追的人是來喜。

欒二上去把來喜猛拉一把護在了身後，可是，對面的一顆子彈卻擊中了欒二的胸膛。

欒二身子一搖就倒了下去。這時，區公所的房屋被點著了，火光中有一些人跑來跑去。幾個人喊道：「怎麼讓來喜那狗日的跑了。」

山莊人一看把欒二打倒了，無心戀戰抬著欒二就往山上跑去。

區公所這次遭陝福遊擊大隊的突然襲擊，區政府裡十二個人，除了來喜和通訊員李來寶以外，全被打死在了房間裡。

在區公所的會議大廳的牆壁上，陝福的遊擊大隊用血水寫著：「不殺回，不殺漢，單殺幹部黨團員。」

山莊人抬著欒二，走到半道欒二就斷了氣。山莊人被這突然的變故擊昏了，他們哭嚎著向山上奔去。

尕虎眼中含著淚，撫著欒二的屍體把牙齒咬得「咯咯」直響。他哭著說道：「阿爸，你等著，兒子要吃了他塌鼻子的肉，喝他塌鼻子的血，為你報仇！」

時間被殘酷的現實冷凍在了那裡，秋風驚叫著舔吐著颯颯的落葉，鳳凰山的人們看到這一切，驚懼，悲憤，他們無奈地望著眼前突然發生的一切。

來喜冷靜地思考這一切後，趕快去找州委專員李志新。

李志新聽了來喜的彙報後，說道：「要推行各方面的工作，首要的任務就是儘快消滅馬步芳的部隊留在大山裡的殘餘。在剿匪中一定要儘快爭取鳳凰山莊人回來種地，以利於分化孤立最兇殘的敵人。」來喜說：「我也準備讓翟信上一趟山，勸說尕虎趕快領人出山。」

翟信是讓馬哈力陪著到山莊的。翟信見到尕虎，翟信對尕虎說：「解放軍是少見的仁義之師，不要與共產黨鬧對抗，鬧對抗只會對陝福有利。」

翟信把尕虎拉到身邊說道：「跟阿爺下山投共產黨走。」

尕虎說：「阿爺，把塌鼻子不抓住，山莊人的仇不報，我不下山。」

山神爺咬著牙說道：「我的尕娃是好樣的，要給你娘老子報仇，抓住陝福這狗日的，扒了他的皮，吃了他的肉。」

翟信說：「共產黨就是打陝福這些壞屄的，你們下了山和共產黨聯起手來幹，不是更好嗎？」

尕虎說：「外爺，你回去給來喜說，我要親自捧著陝福的頭來見他。」

山神爺對翟信說：「幫主，共產黨能不追究山莊人過去的事情？」

翟信說：「我下去把你們的話帶到，可你們千萬不能做禍害百姓的事情。」

翟信在山上住了一晚上，領著程福祥下了山。

兩人走在路上，程福祥心裡很是不安。他想，鳳凰山那麼多有錢漢地主有的被活活打死，有的被點了天燈，地主家裡的女人們被輪奸、被殺死，他下了山到了劉龍的手裡，他能活著過去嗎？他越走越怕，越怕就越不敢走了，走走停停，停停走走，快到山跟前時，他突然說道：「幫主，我原上山去，你一個人走吧。」

翟信說：「怕什麼呢，你兒子是區長，共產黨的天不是他劉龍的巴掌能遮住的。」

程福祥說：「他們的巴掌遮不了天，可他們的巴掌能挫磨死人。」程福祥說著說著眼淚就流了下來，他一把抱住翟信就痛哭流涕了。他知道來喜在面子上與他劃清界限，骨子裡還是和他親著呢。可是他這幾天又聽說，鳳凰山地區的有錢漢天天有被打死的，前川的大地主馬化龍就是讓胡麻草纏了頭倒了清油後被活活點了天燈燒死的。他知道劉龍這些貧雇農，木刀子壓在他脖子上，自己遲早要被這些人挫磨死的。

天漸漸黑了，天空如刷洗過一般，沒有雲，沒有霧，只有閃閃爍爍的星星。遠處黃河的聲音這時顯得那樣清晰。鳳凰山沉默了。如一頭沉睡的巨獸，此時已聽不到一點喘息，只能看到它那黯淡的輪廓浮現出連綿不斷淺藍色的線條。

二十六

夏芹被新政府逮捕是在劉龍走後的那個月。那天，天藍藍的，太陽耀人的眼，整個白天鳳麟堂和平時一樣接客送客，可是到了黃昏時節，大紅的燈籠還沒亮，來了一連解放軍把鳳麟堂圍了起來。解放軍對嫖客挨個登記，然後都放了回去。夏芹被帶進了一間房子，這房子很黑，牆角有一個土炕，炕上地下擠滿了披頭散髮敞胸露懷的女人。住了一晚上，妓女們都上了一輛馬車，被拉到了洮州管教所進行學習。夏芹是被重點審查的對象。審問夏芹的幹部留著齊肩的短髮，眼睛大大的。她問夏芹：「你今年多大了？」

夏芹聽了這和藹的聲音，情緒和緩了一些。她望瞭望這位比自己年輕的女幹部說道：「你猜一下我能有多大？」

那位女幹部說：「還沒三十歲吧。」

夏芹聽了這話臉上就顯出了一付悲哀，幹她們這行的，一提三十歲就有一種莫名其妙的恐慌。

女幹部說：「你不要有什麼顧慮，有什麼就說什麼。」

夏芹看了一眼這位女幹部，她感到這女人很美，若要在鳳麟堂肯定是一個被男人們喜歡的女人。女幹部被夏芹看得低下頭，她訴說了自己當童養媳的身世，她突然問道：「你怎麼當上風麟堂掌櫃的？」

夏芹吸了一口煙，然後說道：「一張漂亮的臉蛋，加上一付黑透了的心腸。」

那位女幹部看了一眼夏芹楚楚動人的眼睛，問道：「尕翠蓮是怎麼死的？」

夏芹警惕地看了一眼女幹部說道：「病死的，你沒問一下其他的人嗎？」

女幹部說：「人們都說那個人是你害死的。」

夏芹聽到這話並沒有慌張，她說道：「你們說是我害死的，就是我害死的吧。我不害死她，我能當上掌櫃的？行了沒有，我都說了。」

女幹部笑了一下說道：「人命關天，我們並不能聽別人說我們就相信，可人確實死了，而且就在你來後莫名其妙地死了。」

夏芹說：「有啥莫名其妙的，人死如燈滅，不就那麼回事。」

女幹部停了一下說道：「我們瞭解到你也是個受壓迫者，可你後來又反過來剝削壓迫了其他的女人。」

夏芹說：「你打問一下，哪一個姑娘不是自願到我這裡來的，我這裡，她們想進還進不來呢。」

女幹部想，這人真是無知無識，對自己的罪行根本沒有認識。

於是，女幹部就如實地寫了彙報材料，材料裡說了很多關於夏芹也是個苦大仇深女人的好話。

夏芹在被關了三個月後就被送到了蘭州的一家印刷廠。她是惟一沒有被槍斃的老鴇子。

這一個剛被政府沒收的印刷廠，廠子不大，只有一百多人，廠房是用磚壘起來的平房。這個廠子原來是馬步芳的一個親戚開的，現在成了國家的，裡面插了許多新人，來自四面八方，誰也不瞭解誰。

廠裡給夏芹安排當了一個班長，每天領著七八個女人幹活，日子雖然說過得比以前單調，但夏芹卻有了一種全新的感覺。

可是，沒過多少日子夏芹就對這種生活乏味了，她不能沒有男人，沒有男人的生活裡她就沒有光彩。她是一個與男人朝夕相處的人，她的生活需要不斷地更新。於是，她就對廠裡一個軍代表發起了進攻，這位軍代表老婆娃娃都在鄉下，也有一種抑制不住的饑渴。這種饑渴是難耐的，尤其到了晚上，軍代表就找廠裡的女工談話，談話是纏綿的，無休無止。

軍代表找夏芹談話，夏芹就望著軍代表笑，夏芹的笑媚媚的，惹得軍代表渾身燥熱。軍代表就抓住了夏芹的手，夏芹的手綿綿的讓軍代表急不可耐了。

夏芹說：「人們說共產黨共產共妻果然不假。」

軍代表賴著臉說：「夏芹，話可不能這麼胡說，胡說要挨槍子兒的。」

夏芹聽了這個話就撒起了嬌摟住了軍代表的脖子，兩個人很快就粘到了一起。

以後的日子裡，夏芹對軍代表的挑釁是一種赤裸裸的佔有，她不能允許他再有鄉下的老婆，她不讓軍代表再對其他女人談話。

軍代表在與夏芹經過一段如死如活的搏擊之後，很快與鄉下女人辦了離婚手續。然而，此時的夏芹卻無心和他繼續下去了，她又選中了下一個目標。

陝福的遊擊大隊襲擊鳳凰山區委成功以後，一雪了往日兵敗的恥辱，又大增了他們的士氣。陝福想，一不做，二不休，再把那些窮棒子給教訓一下。

那是一個深秋的早上，濃濃的霧把鳳凰山包裹得嚴嚴實實的。太陽出來，山頂形成了團團的光暈，朝山下望去，大山在霧裡一起一伏，到處是白茫茫的一片。

陝福一早起來，親自領著一個小隊下了山。他們是沖著崖頭坪剛碾下的兩場麥子來的。遊擊隊上了場，場上翻滾著濛濛的霧，他們把幾個睡著的守場人從草堆里拉了出來。陝福說：「把麥子往麻袋裡裝。」他說話的聲音很低，可隱隱有一股殺氣。守場的人們從陝福的眼裡看到了惡狠狠的殺機，趕快從場房拿出麻袋裝了起來。

陝福又領著幾個人去了農會，到了農會門口，只見一個人把褲子解開正往外撒著尿。那人一抬頭突然看見陝福拿著槍就站在他的眼前，他不知是夢還是真，褲子就順著大腿溜了下來。陝福跨進門大喝一聲，不待那些農會骨幹喊出聲來，遊擊隊員就將他們全捆了起來。一個遊擊隊員從馱子上抱下幾條麻袋，一條麻袋裡塞進一個人，把口子一紮，馱到馬背上，陝福一揚手，遊擊隊員們跳上馬，朝著鳳凰山直奔而去。

陝福領著遊擊隊員馱著糧食和崖頭坪的農會骨幹沿著黃河邊往上走，到了青石峽口，他們從馱子上取下農會骨幹，在激流飛濺的峽口上將這些麻袋一個一個拋進了波濤翻滾的黃河裡。裝著人的麻袋一下水，左右翻滾，在浪尖上騰跳幾下沒入了渾濁的黃河水中。

太陽一杆子高時，程來喜和一連解放軍到了崖頭坪。剛解放時，像程來喜這些從解放軍裡抽出來的地方幹部，能文能武，而且部隊裡很多人就是他們昔日的戰友和上下級，所以，有什麼事情，互相配合，真可以說是軍民一家。

一進崖頭坪，那些農會骨幹的婆娘娃娃們就找來喜了。那些婆娘們拉著來喜的胳膊說道：「程區長，我們的人是聽上你的話鬧土改的，人讓陝福抓了去，我可要向你要人呢。」

來喜說：「你們先回去，區上和解放軍一定想辦法救人，對那些殘害百姓的反動土匪我們是不會手軟的。」

一個年輕的婆娘就摟著來喜說道：「程區長，我的掌櫃的沒有了，我可把你不放過。」人們就瞅著這婆娘笑了。來喜也笑了笑，領著解放軍直向鳳凰山追去。他們是沿著青石峽的山道往上追的。

解放軍的先頭部隊上了山，連續七八個人都被地雷炸了。來喜就讓部隊先停了下來。部隊開始清山，這是方圓幾百里各個村落與部隊共同進行的一次行動。以農會為骨幹的民兵隊伍和解放軍一起向大山挺進。

就在這個時候，鳳凰山莊人也得知了陝福襲擊了崖頭坪，尕虎望著山神爺說道：「阿爺，塌鼻子這又是沖著我們山莊人來的，舊仇沒報，他又禍害山莊的外家人了。」

山神爺眼睛望著天上旋飛的光暈，他自言自語地說道：「尕娃，你年紀還輕，等你長大了一定要給山莊人報仇。」

尕虎說：「阿爺，我已是十六歲的人了，你還把我看成尕娃，阿爸阿媽的仇今日不報，還等哪一天呢？」山神爺說：「阿爺的好尕娃，今天我就把鳳凰山莊交給你。記著，殺死你阿爸阿媽的仇人是陝福，燒死山莊人的仇人是那個千刀萬刮的塌鼻子。」

尕虎聽到山神爺的話，他跪了下來。他望著連綿起伏幽深莫測的鳳凰山，他哭了。他突然扯破嗓子吼出了一首花兒：

打一把滿尺的刀子呀哩，
挖一個烏木的鞘哩；
舍一個七尺的身子呀哩，
闖一個天大的禍哩。

這淒婉的花兒似一波沖天而起的巨浪衝擊著山莊人們的心，他們要報仇，他們要雪恨，他們要把仇人抓住點天燈，然而，他們卻不相信共產黨，他們要用自己的利刃親手去挑開仇人的胸膛。

陝福與臺灣取得聯繫是在一個陽光明媚的早上。那天，天藍藍的沒有一絲雲彩，他讓通訊員用發報機向臺灣打了一個密碼，這是他們發報了半個月無一點回音的又一次試探。突然，他們聽到了那熟悉的「嘀嘀，噠噠，嘀嘀，噠噠」的聲音。他知道臺灣方面收到了他們的信息，他讓通訊員告訴臺灣，他們急需的是山裡用的棉被和最新式的武器。

那是一個深不可測的夜晚，黑暗隨著夜氣同時從四面八方升起，四周的一切很快地黑暗起來，寂靜起來，鳳凰山的大草灘子只有鷂鶉偶然的啼叫。陝福和那些官兵們在大草灘子上守候著，不時朝閃爍著星星浩瀚無垠的天宇上張望，眼巴巴地企盼著那從臺灣送來的醉人空氣。自從進到大山裡以後，陝福深深感到鳳凰山是神密的，青石峽裡的黃河水是急湍的，自己已經進入到隨時被大山掩埋，被黃水席捲的危險境地。他感到寂靜的大山裡潛藏著殺機，冷颯颯的寒風已砭入了自己的肌骨。

這時，他就聽見了飛機轟鳴的聲音。整個山谷飛機馬達的聲音震耳欲聾。陝福在這轟鳴聲中感到了一種說不出來的興奮，他讓士兵們點燃了十堆大火，十堆大火在大草灘上圍成了一個三角形。飛機在大火上空盤旋，幾個白色的大包劃過夜空落在了火堆旁邊。

遊擊隊員們在火堆旁邊歡呼著，跳躍著。陝福讓把那些大包抬到一起，然後，將這些鴨絨的棉被，皮子的夾克，各種武器，和那一箱箱壓縮餅乾分到遊擊隊員的手裡。

大草灘子在一陣狂歡之後又沉默了，只有陝福一個人的聲音還在夜空中飄蕩。

此時，站在草地上的人們心情格外激動，他們好似在漆黑的夜空中又看到了一點光明，他們唱起了最愛唱的那首花兒：

哎——

一買了鞭子者二買了馬，

三買了梅花的鐙了；

阿哥的肉呀，

一想了老子者二想了家，

三想了連心的肉了。

陝福聽到隊員們唱著花兒，心裡打了個激靈。他想，這些兵都是洮州地區百姓家裡的子弟，這些日子來，風裡來雨裡去，讓弟兄們受苦了。他知道過去的日子裡這些士兵家裡生活苦，可共產黨來後給他們的家裡分了地，都想回去摟婆娘的屁股種那二畝三分地。到了此時他們已不聽他所說的這一切，如果再這樣下去，就是讓解放軍打不散，部隊也會自己被瓦解的。他想，在這民族雜居的地方，要利用好歷史上遺留下來的民族隔閡，挑動少數民族與共產黨之間的矛盾，只要民眾起來，我們才能在亂中把握時機。

那是一個秋日的早上，冷漠的天空下，遼闊的田野寂靜無聲。太陽發著黯淡的紅光暈罩著前川村，輕綃似的霧裡傳來羊群「咩咩」的叫聲，嗚嗚咽咽，羊群撒著歡兒向莊外奔去。一個女人走到泉邊，這是前川村最勤快的女人，她一眼便看到泉頭上放著一個豬頭，泉眼裡放著一盤包著糞便的豬大腸。

女人就喊叫了，這一喊驚動了莊子裡的男子漢。不知誰喊了一聲：「解放軍昨天剛殺了豬，肯定是解放軍幹的。」

全莊的人們一下被激怒了，他們都是穆斯林撒拉人，在前川村的周圍只有駐紮的解放軍是漢人。「共產黨解放軍壞天良怎麼做這種缺德的事呢？到區上找來喜給評個理走。」人們說著就騎上馬，手拿刀槍往區公所走去。

馬隊在崎嶇的山路上急馳著，這時，前川人看見了迎面過來的來喜和區上幾個幹部。阿蔔都一把抓住來喜的領子，拉上就往解放軍兵營走，人們喊叫著，把幹部們推搡著。

到了兵營門口，人們仗著人多勢眾就往裡沖，站崗的士兵一看這情形，就朝天上開槍警告。

「站住！」那士兵繼續大聲吼著。

人們並沒有停下腳步，揮著拳頭往前走。

兵營裡的解放軍聽到槍響都跑了出來。

人們站了下來，阿蔔都說道：「把你們的團長叫出來。」

團長就在士兵們前面。這是一個全臉鬍鬚的漢子，中等個，臉紅紅的，他在離人群五步遠處站了下來。

阿蔔都說：「團長，泉裡的事是你們幹的吧。你們要把撒拉人殺呢還是刮呢，隨你們的便，何必要幹這種豬狗做得事情。」

團長說：「阿爺，什麼泉裡的事？你老漢家說清楚。」阿蔔都說：「你手下的人做得事情，你團長能不知道？」

團長和人群一起到了泉邊，團長看到這個情景心裡一驚，做這事的人是有政治目的的，他們到底要幹什麼？

這時，阿蔔都就說話了：「沒話說了吧。」憤怒的人們喊道：「把團長的頭割下。」

團長看了一眼那些提著刀槍的人群說道：「老鄉們，我看到這件事和你們一樣的氣憤。這是有人在栽贓解放軍。你們知道，自從解放軍駐紮在前川村以後，我們部隊有嚴格的紀律，一是生活上要尊重少數民族的風俗習慣，所有官兵一律不許吃大肉；二是沒有公事不讓戰士們到莊裡去；三是解放軍駐在這裡，就是為了保護群眾的利益。你們想一想，這能是解放軍幹的嗎？」

阿蔔都說：「你敢用你的頭保證你的手下人就不幹這種事情？」團長把胸脯一拍說道：「我敢保證絕對不是解放軍幹的。但是，我下去一定儘快調查，把這件事查得水落石出。我提醒大家千萬不能上了壞人的當。」

馬哈力早對解放軍有所瞭解，他通過與解放軍交手和被解放軍俘虜後，深知解放軍絕不會幹這種事情，這事肯定是陝福這些人幹的。可是，在群情激憤的時候，他知道莊裡人是不會聽他的。

莊裡人聽到團長乾脆的回答氣有點消了。馬哈力趁這個機會對莊裡的人們說道：「團長拿頭都擔保了，大家還不相信解放軍嗎？」阿蔔都說：「團長，我問一下，你說你們解放軍不讓吃大肉，昨天有人怎麼看見你們解放軍拿著半扇子豬肉。」

團長說：「你說得這件事我下去一定認真調查，查出來我們會用紀律嚴辦的，但我重新聲明，泉裡的東西絕不是解放軍放的。」

馬哈力聽到這裡，一肚子氣噴了出來，指著阿蔔都說：「你老漢家要做什麼呢？人家團長把話都說到了這個地步，你們到底要幹什麼？」

阿蔔都說：「先不要說肯定話，哪一個幹了這豬狗事，撒拉人能原諒，撒拉人的刀子不答應。」說完，把袖子一甩氣洶洶地騎上馬就往家走去。

來喜說：「鄉親們，你們先回去，讓馬哈力、團長和我們一同進行調查，誰要幹了這件事，政府一定會對他們進行嚴懲的，但是，你們一定要擦亮眼睛，千萬不要上了壞人的當。」

二十七

夏芹在印刷廠與駐廠軍代表過了一段浪漫而又風險的戀情之後，待要讓她與這個土八路過實實在在的日子，她卻退縮了。她的生活不能沒有男人，可她不願與男人整天在鍋碗瓢盆油鹽醬醋上糾纏不休。她希望的是一種虛幻的，不著邊際的肉欲與情愛的不著邊際。她很快就勾上了廠黨委書記。這是一個解放戰爭時入伍的大學生，才貌雙全，長著一個惹女人喜愛的小白臉。她知道十男九壞，沒有一個男人骨子裡是不愛女人的，除非這個男人四體不全生理上有毛病。她先是利用工作之便與書記接觸。儘量讓書記注意她，並且書記一個人在辦公室的時候，她會恰到時機去敲響書記的房門。

書記自然抵不住那香風的吹拂。這個書記有個習慣，在動情時就會寫上一首詩來送給她，她不管看懂看不懂，每次都是愉快地接受這樣的禮品，然後把詩永遠地鎖到自己的抽屜裡。

那天早上，滿世界雪花飄飄，書記的房子裡卻很暖，兩人坐在一起，先是臉貼著臉，嘴吸著嘴，甜甜蜜蜜的一段溫存，接著書記就輕輕地朗頌起了他的新詩：

我在漫長的的歲月裡，

終於發現了你的眼睛。
從此，
我孤獨的心不再孤寂，
我的生命又被碧血澆融。
你是否看見了，
月光下我徘徊的身影。
你是否聽見了，
睡夢中我呢喃的聲音。

時光隨著流水逝去，
聽見大雁咕咕的餘音。
心與心的默契，
容不得猜疑的虛情。

我拾起一片落葉，
讓它隨風飄去，
飄往那美麗的天堂，
來年的這一年再回故里。

夏芹對書記的詩不能理解，可她知道這詩是寫給她的，是對她深深的一份愛，她在書記把詩抄好交給她後，她就在一種縹緲的霧氣中唱起了花兒：

園子裡長得綠韭菜，
不要割，
就叫它綠綠地長著；
尕妹是清泉阿哥是水，
不要斷，
就叫它清清地淌著。

書記在夏芹唱花兒時就緊緊盯著她的眼睛，他喜歡夏芹的這種癡迷神態。

夏芹微笑了，把書記摟得很緊，香軟的身軀緊緊地貼著書記，呼吸一陣緊一陣緩。書記的手不斷向下滑去。夏芹的身體仍然那麼豐滿柔軟富有彈性，在他手指的觸摸下微微顫動。一陣心悸，書記伏下身子搜尋著夏芹的雙唇。夏芹微微仰頭，迎上去，兩唇相交，緊緊咬在一起，天地之間頓時一片空靈。

很久很久，夏芹和書記在浪花上蕩漾著。夏芹嬌嬌吁吁，兩眼迷離，一手撫著怦怦亂跳的胸口，笑道：「看你急的，我都快被你憋死了。」

「我倒希望能被你吻死呢。」書記專注地望著她。

夏芹觸到了他的目光，嬌滴滴地再次撲到書記懷中。

窗外，陽光明媚。辦公室內的地板上鋪著一個紅地毯，紅地毯上傳出一陣陣充滿誘惑的笑語聲，夾著沉重的喘息。

終於一切平靜下來，室內春意盎然。突然，門被猛得撞開了，進來的是軍代表。

軍代表臉黑黑的，平日裡他就對這白臉書記充滿了醋意，他在紅地毯上一把將書記提了起來。

書記說：「你要幹什麼？」

軍代表說：「我要抓你這個流氓書記。」

這時，夏芹已把衣裳穿戴整齊了，她說：「李鐵飛，你要幹什麼？」

軍代表說：「幹什麼你不清楚嗎？」

夏芹過去「啪啪啪」就給軍代表幾個耳光。就在這一會兒，書記也穿戴整齊，室內恢復了原樣。夏芹扯著軍代表的領子喊道：「李鐵飛，你這個大流氓，你在書記的房裡還要幹什麼？」

人們聽到喊叫都圍了過來。夏芹就往李鐵飛臉上抓了一把說道：「書記，你可要為我們工人做主啊。他是一個有老婆有娃娃的人了，死纏著我，你管不管。」

軍代表氣得臉紫裡透紅，他說道：「我把你個臭婊子。」說著，過來就要打夏芹。

這時，只聽書記大喝一聲：「住手！你一個有老婆有娃娃的人了，死纏人家一個女人幹什麼？」

人們早知道軍代表與鄉下的女人離了婚，與夏芹有一段風流纏綿。聽到書記一聲喊，大家說：

「把這老嫖客從廠裡趕走。」

人們說著就把軍代表的胳膊扭了過去，連推帶搡往軍分區拉。

書記並沒有跟了去，他知道這時候一定要穩住，無事不可膽大，有事不可膽小，今日裡他和軍代表不是魚死就是網破，先讓他咬去，他咬煩了，人們反倒不會相信他的。

軍分區很快來了人，在廠裡一瞭解，人們紛紛譴責軍代表，軍分區的人就和廠長、書記商量怎麼處理這件事情。

書記說：「只要是個男人，就不敢保證自己一輩子在這男女的事上不犯錯誤。我的意見嘛，老李同志在印刷廠沒有功勞也有苦勞，把他再換一個地方。」

軍分區的人就說：「這種道德敗壞的人放到哪裡都會給解放軍丟臉，讓他原回他的陝西老家吧。」

書記說：「這就是你們的事了，我的意見還是那句話，懲前毖後，治病救人，不要把人一棍子打死。」

廠長聽了書記的話很感動，說道：「我同意書記的意見，讓老李同志回去再為人民立新功。」廠長和軍代表關係一直很好，倆人長期扭在一起對付書記，他真沒想到書記今日裡這般寬宏大度，反倒顯得他小肚雞腸了。

軍分區的人就讓廠裡寫了證明材料，廠裡雖然指出了軍代表的錯誤，但對他在印刷廠的成績也做了充分的肯定。軍分區的人走得時候，雙方都帶著滿意的微笑，廠長和書記把他們一直送到了門外。

鳳凰山的解放使劉龍一夜之間又重新挺起了腰板。按解放前三年算他是一個響噹噹硬邦邦的貧雇農，進了農會使他重新品嘗了掌握權利的好處。他不止一次地想，還是有權有勢好啊！有權了可以有錢有女人有房子有土地，有權了不僅那些平日裡與自己平起平坐的人恭維他，就連昔日裡在鄉間耀武揚威的人見了他也低聲下氣。往日的歲月裡，自己窮得叮噹響，誰把他當過個人，可是，今日裡雖然他只有一條腿，卻出門有人問話，進門有人遞煙倒茶。他的臉紅潤了，氣粗了，膽壯了，就連說話做事也顯出了與往日的不同。可是，他心裡仍不滿足，不滿足的是有那麼多農會會員可以到區上工作轉成國家正式幹部，可他卻始終窩在鄉里當著個農會會員。他曾為這事找過來喜，來喜給他說了實話，區上對他擔任過鳳凰山保安大隊副司令一職的歷史正在進行審查。於是，他又一次深深地陷入了苦悶之中。

就在劉龍心情煩躁不安的一天，他走進堂屋，只見堂屋裡坐著一個人，他定睛一看，這人原來是陝福。陝福身後站著兩個人，一左一右，用眼睛逼視著他。

他愣了一下，只見陝福說話了，「我的劉司令，進了農會也不請個客，我可親自上門拜訪來了。」陝福說著話，瞅著劉龍的眼睛。

劉龍想退出去，可是，陝福身後的兩個人手裡提著槍，他沒敢動。陝福反客為主說道：「坐，多日不見了，今天我倆人好好嘮一嘮。」

劉龍就把屁股放在炕沿上。他很快平靜了下來，問道：「旅長今天到我的破房子裡來，不知有什麼需要兄弟效力的事嗎？」

陝福說：「沒有啥，只是想和你坐一坐，喧一喧。」

劉龍想，這在往日是連想都不敢想的事情，堂堂的大旅長能到自己這麼一個窮叫花子的房裡來。劉龍正這麼想著，只見陝福身後的兩個人把一捆錢放到了他的炕桌上。劉龍一見，眼睛放光，屁股一下抬了起來。

陝福說道：「一點小意思。」

劉龍哈著腰說道：「我為旅長沒做啥著，這錢我怎麼能拿呢？」

陝福說：「今天沒做啥，明日可以為黨國建功立業嘛。」

劉龍說：「我能為旅長幹什麼呢？」

陝福說：「能幹的事情多了，我只讓你給我聯繫糧食。誰家有糶糧食的，你就把它買上，我給你加倍付錢。」

劉龍想，鳳凰山買賣糧食是人人都幹的一件事情，並不難，他就一口答應了。

陝福臨走又給劉龍放下了買糧食的錢和一把手槍。他說道：「這槍你就使著，一定要保管好，不要誤了大事。」說完，跳上馬，踏著濃濃的夜色匆匆上路了。

陝福一走，劉龍心裡一片空白，他不知怎麼辦才好，他想到了共產黨給他帶來的好處，可那好處太有限了。進了農會，只是分地時分了幾塊好地，分了幾頭犏牛，可哪能比得上陝福給的這一筆錢呢？這些錢買地能買十幾畝，買牲口能夠成幫的趕。人生在世能活多少年？思來想去，他最後認定，不如我兩頭裡揩油，只要事情別發，痛痛快快活一天是一天。

然而，劉龍活得並不痛快，自從陝福走後，他為陝福買糧買油，錢像水一般地往家裡流，可他活得苦，心裡累，整日裡擔驚受怕，晚夕裡在夢中也經受著被抓了砍頭的熬煎。

劉龍為了遮掩自己在背後為陝福做事的隱情，他在鳳凰山為共產黨幹事越來越積極了，對那些往日裡的有錢漢，今日裡的地主富農他下手越來越狠毒。他敲這些有錢漢的頭，扇他們的耳光，逼得那些地主富農見了他就像老鼠見了貓般的膽戰心驚。晚夕裡，他就往那些地主富農家裡跑，這些人家的那些年輕女人們過去的日子裡把他眼角裡都不掃，可現在對他百依百順侍候得都很殷情。於是，他也就在炕頭上顯出了本事，待他把心中的煩惱一古腦兒發洩之後，他就在女人的身上感到自己是個了不起的男子漢了。

菊花雖然是個小雞肚腸的女人，可她對劉龍是很賢慧的。她看到劉龍每日裡到集上買糧食，晚夕裡讓人馱走，心裡就嘀咕了。

她問劉龍說：「阿哥，你有啥事瞞著我。」

劉龍說：「沒啥事啊。」

她說：「沒啥事，晚夕裡偷偷摸摸讓人把糧食馱走，你給哪一個買糧食著呢？」

劉龍說：「你別胡說。」

菊花就在他懷裡撒嬌說道：「我把我的身子靠了你，你瞞著我做啥呢。」

劉龍說：「實話，沒瞞你。」

菊花說：「你不說實話我就不讓你上炕，你就蹲到地下睡去。」說著，她把被子一扯，劉龍就赤條條的如一條大白蛇了。

劉龍雖說在外面凶得很，可到了家裡，他就軟了。一物降一物，菊花讓他東，他是不敢西的。

劉龍說：「你別鬧，我說我說。」

菊花就把被子給他蓋了。

劉龍鑽到被子裡，過了一會說道：「我給你說，你可不許給任何人說，說了我就沒命了，你也不得好過。」劉龍就把陝福如何到家裡來，給了他錢，讓他給辦糧的事全給菊花說了。

菊花聽後半天沒吭聲。

劉龍說：「你咋不說話呢？」

菊花說：「我說什麼呢？你把我兩個賣了我再有啥說的。」

劉龍說：「這話怎麼這樣說呢，我還不是為了我倆好。」

菊花說：「男人們的事我們婦道人家別管是好，可這事關係到這個家，關係到我倆人的命運。你想一想，共產黨是做啥的，這件事他們遲早會發現，發現了你我都別想活。」

劉龍一聽菊花說，心裡越發害怕了。他說：「你說怎麼辦呢？」

「我說你就把錢給區上交一半去，說陝福硬逼著要你幹這件事情。」菊花往劉龍懷裡擠了擠繼續說道：「這樣你錢也有了，共產黨反倒對你會信任的。」

劉龍聽了菊花的話心裡很高興，說道：「我現在就去找來喜。」

菊花說：「也好，事不宜遲。你把錢留下一半，誰也不知道他們到底給了你多少，就是陝福以後被共產黨抓住，他能說清到底給了你多少嗎？」

劉龍從被子裡爬出來，騎上馬，踏著公雞的啼鳴直奔了區公所。

到了區公所，人們還睡著，他就讓哨兵把來喜叫了起來。

來喜聽了劉龍的話，看了劉龍拿來的槍和錢，把軍分區的團長也趕快叫了過來。

團長說：「我的意見，我們就將計就計，你就到集上給陝福買糧食，有什麼情況你隨時與我們聯繫。」團長說完對來喜說道：「程區長，你的意見怎麼辦好。」

來喜說：「我同意團長的意見，但一定要保護好劉龍同志的安全。」

團長轉過頭對劉龍說道：「這把槍和錢你原帶上，等把陝福抓到後再說。」

劉龍說：「這槍我拿上擔驚受怕的。」

來喜說：「團長讓你拿你就先帶上。通過這件事，說明你是可以信賴的，經得起考驗的，你好好幹，不要害怕，你的後面有共產黨和人民群眾對你的支持。」

劉龍聽到這話就笑了，他說：「感謝領導對我的信任。」

劉龍回到家裡，天完全亮了，他心裡很高興。他想，菊花這女人確實比自己多一個心眼，自己真該好好地待她了。

二十八

程福祥被劉龍扒了驢皮子，心裡就憋屈得難受，到了山莊後雖然山莊人待他好，可受了些風寒，回到家裡一下病得躺在了炕上。最使他精神上受到挫磨的是來喜和他斷絕了父子關係，去姓他親生老子的姓。來喜的親生老子是貧農，這對來喜今後的進步是很有好處的。然而，這件事卻使程福祥雪上加霜，病在炕上一下起不來了。

這些日子裡，春香挑起了這個家的全部擔子。她每天給程福祥接屎接尿，還做飯洗衣培植園子裡的上百株牡丹。

往日紅紅火火的程家大院，再沒了脂粉的芬芳，也沒了春天的歡笑，只有那凋落的花葉和破敗的老屋，大院裡死氣沉沉。

程福祥躺在炕上抓著春香的手，皺紋密佈的臉上流下了混濁的兩行淚來。

春香說：「阿爺。」她一直隨著兒子這樣叫他的。「把心放寬展，病自然就會好了，和那些人們有什麼可鬥氣的。天順保不是慢慢長大了嗎，你有什麼想不開的。」

程福祥想，真是有什麼想不開的呢？尕娃天順保已經上了學，這麼好的女人整天守著自己，天倫之樂其樂融融，旁人愛咋說就咋說去。世態炎涼歷來如此，人在上水裡時，人人都巴結，人若往下坡裡滑，都這麼個屌樣。

程福祥說：「春香你把門扣上，上炕來陪我睡一會。」

春香就出去扣了門，把黃狗拴到堂屋門上，上炕鑽進了程福祥的懷裡。

程福祥摟著春香，心中的悲哀慢慢化解，心情一下舒暢明亮了。多麼好的一個女人啊，就是因為有了這個女人，他才能夠在人們打罵他、挫磨他時，挺著腰板沒有倒下。就是因為有了這個女人，他身上的病才如絲線般慢慢被抽走了。劉龍給他披了驢皮子後，他想到過死，當來喜與他劃清界限時，他又一次躺在了炕上，可每一次都因為有身邊這個女人，他才重新緩過勁來。此時的他才真正感到，男人是讓女人支撐的，女人的耐力和韌性遠遠比男人強。

這時，門外的狗咬起來了，他說：「春香快開門去，天順保放學了。」春香一骨碌翻起來，剛把門打開，天順保就從她的胳膊底下鑽了進去。

天順保一進門就說：「阿媽我再不上學了，老師說阿爺是大地主，是剝削和壓迫貧下中農的。阿媽你說是啦？」春香說：「尕娃，小聲些，阿爺這些日子病得起都起不來了。」

程福祥在堂屋裡喊了起來，「天順保嘛，到阿爺的跟前來。」天順保就走了進去，呆呆地站在炕邊。

程福祥說：「天順保，不管世道怎麼變，學一定要上。阿爺是地主不是地主，與你上學沒啥關係。你不上學，當一輩子莊稼人有什麼出息。」

天順保說：「同學們把我一天欺侮著不成。」程福祥說：「孟子曰：『天降大任於斯人也，必先苦其心志，勞其筋骨，餓其體膚，空乏其身，行拂亂其所為，所以動心忍性，曾益其所不能。』

你尕娃小小年紀受些委屈怕啥呢？」天順保望著程福祥滿頭的白髮說道：「阿爺，你好好地養病，我聽你的話。」春香一看這個樣子就哭了。

程福祥說：「這就像阿爺的尕娃了。過來讓阿爺摸個牛。」天順保走到炕邊，把臉貼在程福祥的臉上。程福祥伸出乾柴般的手抓住天順保的牛牛摸著，兩眼浸著閃閃的淚花說道：「我程家的命蛋蛋，心疼著。」說著，程福祥的眼淚就流了下來。

春香站在炕跟前看著這爺父倆，心想，這日子雖然過得比以前緊巴些，可現在再也沒有那麼多騷狐狸整天纏著他，讓她的心裡流血了。

天順保眨了眨眼睛說道：「阿爺，我現在就到學校裡去。」程福祥說：「這就對了。好好地學習，這樣阿爺的心裡比什麼都舒坦。」天順保拿了一塊蒸饃，就往學校裡跑了。

程福祥長長地舒了一口氣，說道：「唱個花兒吧？」春香說：「今個子你心裡這麼高興，我就給你唱個吧。」春香就壓低聲音在房裡唱了起來：

春季裡到，有什麼節？
什麼來了什麼上歇？
春季裡到，有清明節，
烏鴉來了糞堆上歇。
頭又點來尾又搖，
尕嘴裡喊了春三個月。

夏季裡到，有什麼節？
什麼來了什麼上歇？
夏季裡到，有端陽節，
布穀鳥來了樹尖上歇。
頭又點來尾又搖，
尕嘴裡喊了夏三個月。

秋季裡到，有什麼節？
什麼來了什麼上歇？
秋季裡到，有八月節，
黃鶯來了架杆上歇。
頭又點來尾又搖，
尕嘴裡喊了秋三個月。

冬季裡到，有什麼節？
什麼來了什麼上歇？
冬季裡到，有冬至節，

雪花來了地面上歇。
頭又點來尾又搖，
尕嘴裡喊了冬三個月。

春香唱著唱著程福祥就坐了起來，這是他一個多月來第一次能坐在炕上。程福祥一坐起，春香又像一個尕姑娘一樣臉上綻開了一朵花，笑得甜甜的。

她趕快到灶房裡給程福祥端來一碗熱乎乎的扁豆子面。她說：「你喝著吃些。」程福祥就端著碗喝著吃了起來，心裡覺得暖洋洋的。

程福祥說：「春香，你到程家來讓你受罪了。」春香說：「娃他爺，你怎麼說開這個話了。我到程家來你對我好，這比什麼都強。多做些活把我累不死，我幹著心裡卻受活。」

程福祥說：「我怕是活不長了。」春香就用手捂住程福祥的嘴說道：「別胡說！心裡放寬就活過來了。」程福祥說：「我死了你再嫁個人。」春香氣嘟嘟地說：「你今個子怎麼了？嘴裡怎麼盡說些不吉利的話。」

程福祥說：「生老病死誰也沒有辦法。」春香說：「你再說死死死不吉利的話我就走了。」程福祥說：「那我就不說了，你可千萬別離開我，我今個子心裡舒暢受活，想和你多說些話。」

春香就笑了，她說：「娃他爺，就應該這樣，啥都別想，活得痛痛快快。我想，沒了那些地和牲口，人反倒活得輕鬆自在。前幾年，你為了那些地，費了多少心，吃了多少苦，一年四季儉省著沒吃過個尕油香，沒穿過個好衣裳。現在，沒了那些地，我看你反倒吃得多了，穿得好了，操得心也少了。」

程福祥聽了春香的話，心想，春香說得一點沒錯。人真是個賤骨頭，這多少年那一塊塊大水田地給自己帶來了歡樂，也帶來了憂愁。多少個日日夜夜，自己為那些地痛苦過，為那些地悲傷過。往日裡，像劉龍這樣的人，沒吃沒喝時，到我的門上揩油，混著吃，可世道一變這些人狗臉一翻，反倒說我剝削壓迫他們了。那時候，有那麼多人給我要活，租地，我惜別人的孽障著包地給他們種。我沒少給他們一分工錢，少付一升糧食，每次這些人到程家幹完活，我都是把家裡最好吃的給他們拿上，讓他們拿回家再讓家裡人好好吃。今日裡，這些人卻血口噴人挖人的心呢。人的心，屌的筋，是紅的嘛黑的真是不易識透。

馬哈力領著解放軍在鳳凰山把陝福的遊擊大隊搜剿了三個多月，三個多月來他與解放軍一塊吃，一塊住，一起與那些潛伏下來在山裡打遊擊的兵丁進行戰鬥。進了鳳凰山，他熟悉這裡的一切，他從鳥鳴可知林裡有哪些飛禽，他從風聲可知山上有多少狼蟲出沒。他喜歡爬在山上聽岩石的聲音，他說山和人一樣，沉睡時也有喘息和微微的呼嚕。

馬哈力和區委小分隊一塊走著，從天池跟前的神仙洞再翻過聳立的柏樹嶺，個個累得氣喘吁吁，雙腿發麻。來喜已分不出臉上滴落的是雨還是汗珠，背著一杆槍如同背著一架山，他知道不把陝福這些殘餘兵匪消滅乾淨，鳳凰山不得安寧，這裡的人們就過不上太平的日子。

九十裡山路到暮時已逼近原始森林。來喜靠在一塊鼓凸的岩壁上，身子骨幾乎要癱軟了。馬哈力說：「我估摸著陝福的主力就在這附近。」

人們一個個就都跟了上來。

走到山口處天完全黑了。在山口處的一具破草庵子裡，人們用野蒿子點起火架上幾個幹樹根。夜幕完全降下時，河灘裡的風開始呼嘯，氣溫急遽轉低，人們都往火跟前圍了過去。

此時的馬哈力卻在周圍的山頭轉著，他突然聽到山後面有轟隆隆的聲音，他趕快把團長叫上一塊往後山望去。只見遠處有星星點點的火光，團長說山後面是飛機的聲音。

人們滅了火，兵分三路向山后撲去，馬哈力從很遠的地方就聽見了花兒的聲音：

可憐（哈）可憐真可憐，
背的鋼槍沒子彈，
三八式，
乾把鬥搬。

人人（哈）都說吃糧好，
吃糧人受苦者誰知道？
三更天，
開了火了。

馬哈力聽出這是陝福的部隊。人們都不吭聲，繼續往前走著。飛機轟鳴的聲音越來越大，人們看到眼前是一個大草灘，草灘上火光中映出閃閃爍爍的人影。

密集的子彈打響了，沉重的炮彈一顆顆在人群中轟響。陝福指揮著遊擊大隊始終掌握著制高點。山上的炮火和天上的飛機開始向解放軍進攻。

團長看了一眼山上的炮火，心中焦急萬分，他問馬哈力：「有沒有上山的捷路。」馬哈力說：「捷路是有，就是路太陡，天黑著上是困難。」團長說：「你帶二連從捷路上走，我們在下面往上攻。」馬哈力想，為了給欒二大哥報仇，為了給撒拉的兄弟們解恨，這個險我也就冒了。

馬哈力給解放軍二連帶路，一雙輕捷的腿在前面攀登，上的是一條筆直的險坎。爬到山腰前是黑黝黝的一片，森林的陰冷正悄悄地攏來。在眾樹的擁抱下，天空溫柔地碎了。葉隙間篩下的光線，迷迷濛濛，襯托著挺拔的樹身格外虎虎有勢。忽然，林梢間傳過一陣輕微微的顫動，霎時，千樹萬樹黃葉蕭蕭而下，那紛紛揚揚有如疾風驟雨般的落葉之聲帶著一種透骨的淒涼卷過森林。

穿過森林是山北壁立的岩石，馬哈力在前，二連在後，順著岩縫往上攀。這時，山南槍聲如炒豆般炸響，震撼著莽莽的蒼宇。在一塊青石頭後面他們攀上了山頂，依稀可見不遠處有影影綽綽的人在跳動。馬哈力和二連的人們爬在青石頭後面，他們把一個個手榴彈拋了出去，槍子兒唱著歡快的歌向陝福的遊擊大隊撲去。

這是一個深秋子夜，夜色如墨，西天斜綴的一彎殘月，早已隱人雲層深處。陝福的部隊不愧是一支訓練有素，滾打磨煉出來的，他們很快分散開來，向兩邊樹林裡隱了進去，火光中一片混亂和騷動，有人怒罵，有人尖叫，伴隨著一道紅光，東方很快就發白了，大山也在淩厲蕭瑟的晨風中沉默了。

黎明中白色的炊煙從山溝中一縷縷升騰起來，飄散在空中，山上山下到處有被炮火和槍彈打死的屍體。解放軍繼續在山上搜索著，可一直沒有找見陝福的蹤影。

天上飛過來一隻蒼鷹，在人們頭頂上盤旋飛舞著，注視著為死難戰友默默送行的解放軍。馬哈力也摘了帽子，他和解放軍們站在一起。看到這麼多的好兄弟走了，馬哈力這個鐵一般的漢子，眼睛裡也流出了淚水。

山溝裡打柴人上來了，一曲蒼涼的花兒從頭上飄過：

我聽見尕妹睡倒了，
苦命的人，
阿哥是洋蠟者淚了；
陽世上再沒有人疼腸了，
一輩子，
活人的心兒毀了。

花兒優美的旋律時起時伏，憂鬱悲傷，解放軍們聽到這歌聲，望著死去的戰友，都痛哭流涕了。馬哈力此時心裡有一種空落，這一次雖然把陝福的部隊打敗了，可是，沒有抓住這個塌鼻子，他感到心緒是那樣的煩亂。多少個日日夜夜裡，他想著要為老五哥、欒二這些陽世上的兒子娃報仇，思謀著如何為撒拉的父老兄弟們雪恨，可又讓這狗雜種跑了。

他望了一望天，天上有霧濛濛的紗被籠罩著，遠方的山頂還被白雪覆蓋掉在兩邊的山巒裡。風兒吹過來了，搖動著滿山的樹林，疲憊的烏鴉哀鳴著，從人們頭上匆匆飛過，進入了黑騰騰的原始森林。他忽然看到東方那跳動的亮明星閃爍出了燦爛的光芒。

陝福從解放軍包圍圈中逃脫的消息很快傳到了鳳凰山莊。山莊人群情激憤紛紛要求尕虎去搜捕這只兇殘的豺狼，去報山莊人的深仇大恨。

尕虎跪在山神爺眼前說道：「山莊人再不能袖手旁觀了，這狗日的跑脫，後悔就來不及了。」山神爺望著眼前已長得高大雄偉的尕虎說道：「尕娃！阿爺就是盼望著這一天，我要親手刮了這個人面獸心的塌鼻子。我和你帶上山莊的年輕人今天就出發，記著要抓活的，不要讓這狗日的死得太便宜。」

尕虎說：「阿爺，你放心，不抓住塌鼻子我就不是山莊的兒子娃。」說著，尕虎領著山莊人進入欒二和秋菊的靈堂，尕虎跪在前邊，弟兄們跪在他的後面，只聽尕虎那略帶嘶啞的聲音說道：「阿爸阿媽你們等著，兒子要為你們報仇去了！」說著這話，這位與欒二酷似的漢子，放聲大哭了。人們看到尕虎哭，也都哭了起來。男兒有淚不輕彈，然而到了傷心痛哭的時候，這哭聲如雷鳴，也似牛一般地猛吼，令天地無光，日月黯淡，颯颯的風中似有萬馬奔騰。

陝福在密集的炮火下，是從一個犧牲了的解放軍身上扒下衣服而混下山的。到了山下，他順著溝進了原始森林。他本是慌慌張張逃命的，可一進入到古木參天的森林裡，他分不出東南西北、左西右東了。

森林與溝裡的樹木是不同的，高高低低，叢叢簇簇。葉子似乎都蓬在上部，中段的樹木看起來可稍遠一些。樹幹發著紅色，不少裸露著。忽然，林梢間傳過一陣輕微的顫動。霎時，寂靜的森林裡鳥兒嘩嘩啦啦拍擊著翅膀，幽暗的夜空裡閃爍出點點滴滴的星光。陝福被驚呆了，他好似在眼前遇到了殺來的千軍萬馬。

經歷過這一幕，森林很快沉默了，再聽不到一絲聲音，不用說鳥啼蟲唧，就連交柯的枝葉的喁喁私語也戛然中止。這靜寂隱隱藏著些蹊蹺。陝福踏著那些腐枝敗葉走著，他心中突然滑過一絲不安。在這裡就是餓不死，也會凍死或被野獸吃掉。他掏出槍在四面瞅了瞅，樹上散發出來的氣息讓他覺得新鮮而陶醉。每一個奇形怪狀的樹都讓他感到神密而興奮。他在一處乾燥的地方坐了下來，從地上拾了幾個野果子放進嘴裡，他感到很香，很甜，沁人心脾，讓他每個毛孔都似乎透出微微的氣息。

肚子一吃飽，他的膽子又壯了，他站了起來，四面瞅了瞅，就向林中的一條小路走了過去。他想，不管怎樣也不能站，不怕慢就怕站，有路肯定有人，順著路走就能出了這莽莽的森林。

走到天黑，他在一個樹洞邊坐了下來。他看到那樹洞很大，在一個粗壯高大的樹上面，離地面有二米多高，他伸出胳膊爬了上去。進到樹洞，他看到裡面有三個人睡的地方，裡面鋪了一層綿綿的草。他感到很幸運，到了晚上還能夠睡在這麼舒適的地方。他把草往裡面攏了攏，鑽到草裡面就睡著了。他太累了，不知睡了多長時間，當他醒來時，只見身邊站著一個黑大漢。他把手很快地伸到腰裡，槍沒有了，他一骨碌翻了起來，從樹洞口猛得跳了下去。

這時，那個毛絨絨的黑大漢也從樹洞跳了下來，這人長得很凶，滿臉的大鬍子。黑大漢走到陝福跟前，黑大漢一把攥住他的領子，緊接著那拳頭在他臉上左右出擊。他用手擋了擋，一下倒在了地上。他覺得嘴裡很鹹，他舔了一下嘴唇，這時，他的眼眶上又挨了狠狠一拳。他一下抓拄了黑大漢的手腕，憑著慣性他順勢往後一躺，兩腳同時蹬了出去。那黑大漢防不勝防從他身上滑了過去，一頭栽到三四米遠的一個泥灘裡。

黑大漢很快翻了起來，繞著花步到了陝福的跟前，從地上跳起，猛得飛起一腳踏在他的臉上，接著拳腳相加，把個陝福打得在地上滾過來，滾過去，臉上的血糊住了他的眼睛。

原來，打陝福的這人就是與李志新一起逃出的紅軍陳凱，自打西路紅軍被馬步芳追殺後，他就進了這片人跡罕至的原始森林。多年的孤獨生活，加上往日馬步芳隊伍血腥的屠殺和民團的剿捕，使他仇視外界的來人，因為，他的意識裡共產黨已經失敗了，他不相信共產黨還會捲土重來。

陝福驚慌地爬在地上，他抬起頭望著面前怒目而視的黑大漢。陝福說道：「好漢饒命，好漢饒命。」

陳凱雖然已不會說話，可他聽得懂陝福說的什麼，他好像想到了什麼突然抱住頭大哭了起來。陝福看到眼前的情景一下子愣住了，往後竄了竄，他猛得翻起身來抽出腰刀捅進了這位黑大漢的胸膛。

陝福望了一下天，天上有一對驚起的烏鴉朝遠方飛去。陳凱痛苦地閉上了眼睛，他沒有看到在這片森林之外，紅旗已插上了山崗，共產黨已掌握了政權。陝福把刀上的血跡擦去，仰躺在黃黃的乾草地上，他的心突然跳了起來。他感到心裡一陣空落，多少個日子裡他還沒有這樣焦躁不安。他知道他犯下的血債太多了，他不知道今後怎麼活下去。

難道這世界對自己真的沒有了立錐之地？陝福站起來伸了伸腰，搖搖晃晃往樹洞跟前走了過去，他太累了，他想，活一天是一天吧，只要自己還有一口氣，就能盼到國民黨反攻大路的那一天。

山神爺和尕虎等人進入原始森林是從山崖下的一堆人屎看出陝福去向的，他們帶著山莊人順著被人踏過的落葉一直往森林深處走去。山莊人走得很急，他們知道陝福若穿過這片森林，他就會進入藏族人住得牧區，他就會被好客的藏族人保護了起來。

過了一條山溝，前面是一片開闊的灌木地帶，尕虎突然看見前面石頭灘裡坐著幾個軍人。這幾個軍人也同時發現了他們，說道：「站住！」

山莊人馬上轉回頭進了樹林，隱藏在了密密的樹林裡。這時，山谷裡幾聲槍響，軍人們追了上來。尕虎看到了軍人們頭上的紅五星，他知道這就是中國人民解放軍。

追上來的解放軍不斷向樹林逼近，突然，一聲槍響，前面的一個軍人倒了下去。山神爺知道，這一開槍已沒有退的路了，他大喝一聲，槍子兒撲天蓋地向解放軍掃了過去。解放軍的機槍也「噠噠」地叫了起來，樹葉兒「唰唰唰」地落到了地上。

解放軍很快地沖進了樹林。可是，這些軍人沒有在森林裡戰鬥的經驗，加之地形不熟，很快地處於被動挨打的地位。這幾個解放軍是一個偵察班，他們一看這個情形，趕快向附近一個山溝撤了回去。

山神爺說：「走，再不能在這裡耽誤時間，塌鼻子跑脫後悔就來不急了。」山莊人從另一條道上繼續去追趕陝福。他們踏著落日的餘暈，匆匆向森林深處挺進，樹林裡馬嘶狗吠，十幾隻獵狗左奔右突來回在樹林裡搜尋著。

忽然，獵狗們都向東面奔去，站在一個低窪處昂著頭向人們狂吠猛叫。尕虎和山神爺走了過去，只見窪地上斜躺著一具屍體，屍體被烏鴉掏空了腸肚，叼去了眼睛，一條腿上的肉已被野狗撕咬的只剩下了白燦燦的幹骨頭。這就是被陝福捅死的黑大漢陳凱。

尕虎看到這具死屍，心中一陣興奮，他說：「阿爺，塌鼻子就在這裡。」山神爺說：「好，趕快去追。」尕虎和山神爺跳上馬又匆匆上路了。

翻過一架嶺，尕虎突然看到了對面山上的一個黑點。他打馬向前，飛快地直向那黑點沖去。黑點越來越近，山神爺一眼認出那就是他們的仇人陝福。他追上去用馬鞭打掉了陝福手中的槍，望著那張疙裡疙瘩的臉「哈哈哈」大笑了起來，山莊人把陝福圍在中間也大笑了起來。

突然，山神爺的臉冒出了火，揪住陝福的耳朵，問道：「我的大旅長，你認識我嗎？」陝福坐在地上驚慌地搖了搖頭。山神爺說：「你殺了我們大掌櫃的，殺了山莊的那麼多平民百姓，老天爺真是有眼，把你這個野獸終於送到我們山莊人的手裡來了。」

陝福一聽這話，知道這都是鳳凰山莊人。他此時反倒一點也不害怕了。他說道：「我是為了山莊人才放的火，不然的話麻風病讓你們都活不了。」山神爺說：「死到臨頭了，嘴還強得很。」說著抽出槍來。陝福並沒有害怕，他說道：「你開槍吧，今天我死，明天你們也逃不出共產黨的手心窩。」

山神爺聽陝福這樣說又把槍收了起來問道：「我們死不死與你無關，你瞎操心。」陝福說：「你們打死過解放軍，解放軍能放過你們嗎？你們遲早要落個我一樣的下場。不如今天我們聯起手來，我可以向蔣委員長要槍，要炮，要牛油，要麵包。過去的事情就讓它過去，日子長著呢。」

尕虎咬著牙，眼睛裡放著凶光，他緊緊地盯著陝福。就在山神爺猶豫的一瞬間，陝福猛轉身朝後面的一個草坡滾了下去，一頭紮進了濃密的叢林中。

尕虎一看，從靴子裡抽出一把尖刀追了上去，大約一袋煙的功夫他就提著陝福的頭拖著陝福的屍體走了上來。山神爺一看尕虎殺了這個人面獸心的仇人，撫著尕虎毛茸茸的頭哈哈笑了起來。

山莊人拉成圈子在草地上跳起了舞。中間燒著一堆火，烤著陝福的肉，他們跳一會舞，吃一塊肉。山神爺在這歡快的夜晚卻放聲大哭了，多少年的酸甜苦辣隨著淚水一古腦兒流了出來，他一下感到心中憋悶的鬱氣被釋放，心情舒暢多了，悠揚的花兒從口中自然地流淌了出來：

刀槍矛子（哈）沒害（呀）怕，
沒犯個法，
衙門的大堂上站下；
尕妹是宮燈（者）阿哥是蠟，
大樑上掛，
紅燈裡把蠟（哈）照下。

山莊人看到山神爺沙啞著嗓子唱起了花兒，他們都唱了起來。自從離開神仙洞，他們再沒有這麼高興過了。

三個一堆，四個一夥，男男女女分開對著花兒，花兒對到上心處，一男一女就牽著手兒進了樹林裡。

山神爺看到那一對對男女唱得那麼悠揚，玩得那樣無拘無束，一陣孤獨感襲上了心頭。

他又唱了起來：

天上的咕嚕雁飛回者來，
南來（吧）北往的叫哩；
我唱的花兒（哈）還者（呀）來，
不還是當賬者要哩。

他唱完後，沒人回應。他的心似落進了萬丈懸崖，多少個日子裡他為鳳凰山莊出生入死，他時時想著怎樣才能為老五哥和欒二報仇，怎樣才能為山莊人雪恨，他真不敢相信今日發生的一切是真的。他哭了，老臉上流下了興奮的熱淚，他悽惶的如一個受了委屈的孩子，抱住身邊一棵松樹哭了。

解放軍發現山莊人，是尕虎殺了陝福的第二天。那天黃昏，解放軍在民兵小分隊的帶領下，宿營在古木參天的樹林裡，他們突然看見了火。那火跳動著，像一個個幽靈在漆黑的森林裡遊動。解放軍就向遙遠的火光逼近，這時他們就看見了一條冰路。那段路上樹木稀稀拉拉，除一個個大石頭之外，到處都光滑得猶如在玻璃面上。過了這條冰路，又進到了一個樹林，這時他們就看見了狂歡歌舞的山莊人。

解放軍就埋伏在了山莊人狂歡的草灘周圍。快天亮時，解放軍被山莊人發現了。牛角號一響，山莊人紛紛躍上被麻布包了馬蹄的馬背提著槍直向解放軍撲去。戰鬥是殘酷的，山莊人和解放軍在冰路上展開了一場殊死的搏殺。馬哈力在一棵大樹背後向山神爺和尕虎吼叫著，然而，山莊人經過無數個風風雨雨之後，他們已不相信任何人的話了。他們舉著砍刀，拿著槍向解放軍發起一次次進攻。

解放軍接到上級的命令，只是想讓這些人放下武器，可密集的子彈不一會兒就奪去了十幾個解放軍的生命。解放軍的子彈也開始狂叫了，不一會兒就把山莊人壓到了一個石崖坎邊上。望著滿天的白雲，看著追過來的解放軍，山神爺、尕虎和那些山莊人，都坐了下來。他們的身後是萬丈的懸崖，眼前是緩緩而上的解放軍，他們又唱起了花兒：

女唱：粉壁牆上畫鴉哩，
子牙封神斬將哩。
誰惜我的孽障哩？
男唱：粉壁牆上畫龍哩，
尕妹旁邊有人哩，
維你白猿盜桃哩。
女唱：八合全升量蕎哩，
維你白猿盜桃哩，

丟你是張良辭朝哩。
男唱：張良辭朝辭不下，
只等韓信一句話，
尕妹給我一句話！
女唱：野狐橋的橋塌了，
好的好的霜煞了，
丟下苦命冤家了。
男唱：野狐橋上會開了，
尕妹子帶著話來了，
阿哥把你看來了！

解放軍一看，這男男女女都坐下唱了起來，就伏在百米之外的一個石坎下觀察著動靜。只見山莊人手挽著手望著蒼天齊聲吼道：

鴛鴦窗子鴛鴦門，
大老爺堂上的宮燈。
殺人的刀子接血的盆，
沒有尕百姓活得路了——

唱完這首花兒，山莊人一對對、一排排向萬丈懸崖跳了下去。山神爺望了一眼沖過來的來喜笑了笑，他看見了來喜臉上青痣上的一撮毛，他縱身一跳，伸出雙臂去擁抱了山腰那翻躍升騰的白雲和沖天而上的一道血光。

馬哈力跪了去，他雙手向前，捧著天上的那顆緩緩落下去的太陽。他靜靜地看著遠方，遠方到處是如火如荼的牡丹。他看到天上的鷲鷹扇動著翅膀向山谷撲去，夕陽斜斜地染紅了半邊天空……

獵海人

崖頭坪馬幫的血色花兒

作　　者　火日丹
出版策劃　獵海人
製作發行　獵海人
114 台北市內湖區瑞光路76巷69號2樓
電話：+886-2-2518-0207
傳真：+886-2-2518-0778
服務信箱：s.seahunter@gmail.com

網路訂購　博客來網路書店：http://www.books.com.tw
三民網路書店：http://www.m.sanmin.com.tw
金石堂網路書店：http://www.kingstone.com.tw
學思行網路書店：http://www.taaze.tw

法律顧問　毛國樑　律師

出版日期：2016年6月
定　　價：370元

國家圖書館出版品預行編目

崖頭坪馬幫的血色花兒 / 火日丹著. -- 臺北市 : 獵海人,
2016.06
面；　公分
ISBN 978-986-93145-5-8(平裝)

857.7　　105010334